新风 自然之美经典文丛

海边的早晨

郭 风——著

郑斯扬——编

海峡出版发行集团

海峡文艺出版社

图书在版编目(CIP)数据

海边的早晨/郭风著;郑斯扬编. 一福州:海峡文
艺出版社,2024.8
(郭风自然之美经典文丛)
ISBN 978-7-5550-3781-1

Ⅰ.I267

中国国家版本馆 CIP 数据核字第 2024KU1513 号

海边的早晨

郭　风　著　郑斯扬　编

出 版 人　林　滨
责任编辑　林可莘
出版发行　海峡文艺出版社
经　　销　福建新华发行(集团)有限责任公司
社　　址　福州市东水路 76 号 14 层
发 行 部　0591－87536797
印　　刷　上海盛通时代印刷有限公司
厂　　址　上海市金山工业区广业路 568 号
开　　本　720 毫米×1010 毫米　1/16
字　　数　190 千字
印　　张　18.25
版　　次　2024 年 8 月第 1 版
印　　次　2024 年 8 月第 1 次印刷
书　　号　ISBN 978-7-5550-3781-1
定　　价　58.00 元

如发现印装质量问题,请寄承印厂调换

郭风：永远的叶笛诗人

郭风（1918—2010），原名郭嘉桂，回族，福建莆田人，中国散文家、儿童文学家。郭风一生笔耕不辍，创作生涯历经60多年，留下大量的文学佳作。早在17岁时，他就开始文学创作，在23岁时，他首次以"郭风"之名发表散文诗《桥》，这为其进入文坛奠定了某种基调。组诗《桥》有一个敏锐的见解——平凡亦是伟大，这个见解反映了他个人的思想，也折射出他所遵循的批评观。1957年，《人民日报》3月号以显著的位置和大块篇幅，推出郭风的《散文五题》。这五篇散文：《闽南印象》《木兰溪畔一村庄》《水兵》《榕树》《叶笛》，集中描写了闽南的自然风光。诗化的闽南不仅是人物生活的背景，而且作为美好生活的象征独立了出来。独特的视角、诗意的语言和丰沛的情感为郭风赢得了"叶笛诗人"的美誉。与此同时，《文艺报》发表高风的文章《叶笛之歌》，首次提出郭风的散文就是散文诗，指明郭风散文的审美特性。这篇评论文章不但激活了郭风内心的感悟，而且也确证了其散文的艺术理性。而后，郭风又陆续发表散文诗《麦笛》《故乡的画册》《海的随笔》等作品，此时的郭风已经在文坛产生影响，他的美学风格也在叶笛与麦笛的合奏中不断吹响。

起初，人们多是通过诗化的南国散文认识郭风，但是他散文创作的重要意义在于他完好地发展了五四新文学中散文诗的创作理路。五四时期鲁迅的《野草》可谓"最为杰出的散文诗"，沈尹默、刘半农、郭沫若、郑振铎、张闻天等人译介的屠格涅夫、波特莱尔、泰戈尔等人的散文诗和研究著作对中国散文诗的产生和发展起到重要的促进作用。俞平伯的《冬夜》、冰心的《繁星》《春水》、许地山的《空山灵雨》、焦菊隐的《夜哭》《他乡》等散文诗集，是现代中国文学史上散文诗重要的起步之作，为中国散文诗文体的定型和艺术理论建设起到奠基作用。郭风是中华人民共和国成立后首开散文诗创作之风的作家。关于郭风的散文，有一个引人瞩目的特点：他把地方风物带入创作中，凸显田园牧歌的意境和情调，创造了一个充溢醇厚乡土气息的南国世界。因此，郭风的散文颇具地方特色，这种创作在现代散文诗中并不多见。郭风非常重视散文诗的结构美，他的创作追求凝练、生动、含蓄，给人以深沉的生命感、强烈的归属感、热烈的幸福感。1960 年，上海的《文汇报》发表冰心的文章说："最近，我又看到郭风的新的散文集《山溪和海岛》。它重新给我以很大的兴奋和喜悦！在这本选集里，郭风所描写的范围更广阔了，情绪和笔调更欢畅了。山溪、森林、海岛、渔村……都被迎着浩荡的东风而飘扬高举的红旗所映射，显得红光照耀，喜气洋溢。这些作品是祖国海山的颂歌，伟大的中国共产党的颂歌！"

在散文、散文诗集《英雄和花朵》《曙》中，郭风看见光明、追逐光明、描绘光明，他引领读者在曙光里看到民族的荣耀、人民的意志、英雄的诗情。具体到这些文字的传达里，也是意境新鲜、语言洗练、情感充沛。他用光影和色彩表现奔驰的火车、奔腾的长江、闪耀的海景、古老美丽的村镇，将胜利的喜悦推至山川河岳、日月星辰、花草树木以及万事万物之上，从而发展了一种更为细腻的情感，激发了内在经验，形成新的艺术意味。郭风散文集《避雨的豹》以动物与植物为故事题材，是专门写给孩子看的。《初霜》《丘鹬、溪鲫和虾……》等特别看重知识性和趣味性，具有启蒙教育作用，即便是成年人也能从中收获乐趣。在郭风的艺术理想中，自然美和艺术美之间是相通的，艺术价值从被表现的自然之美中升腾起来，不断形成积极的心理价值。写过《郭风评传》的王炳根曾说："再没有这么纯净天真透明的老人了，他的文是干净的，人也是干净的。他就是个小顽童，有一颗孩子的心……"在《我与散文诗》中郭风曾说："我有一个奢望，这便是：我想通过不懈地、持续地运用诗篇，来描绘自然风景美，以表现一个总的文学主题，即人们的内心如何在感知自然美，内心有多少对于光明、欢乐和美的渴望，不止的追求。这些，关系到人的情操和道德。因而，从某种意义上来看，这是表达一种更为宽广的、永久的政治主题。"

　　1981 年，《人民日报》刊发《我与散文诗》。文中，郭风回顾了个人散文创作的缘起和历程，特别指出一个作家的创作风格和创作观点的形成，与他个人所受教养、成长环境、童年生活存在重要联系，可能影响他的终生实践。长期以来，郭风对散文、散文诗的理论问题进行了许多细致的探讨，发表的文章遍及各种大小报刊。概括起来主要分为三个方面：散文诗的渊源、散文和散文诗的文体、散文的鉴赏与选本。尽管这些论述还不能自成一个完善的理论体系，但某些文论，如《有关散文创作的书简》《谈散文诗》《有关散文的对话》等已经系统回答了一系列思想性和艺术性的重要问题，为更好地继承与发展中国散文传统提供了方向性的意见和建议。1994 年，郭风在《文学评论》发表了 31 则极富哲理意味的《散文偶记》。可以说，这是郭风又一篇散文力作，再次丰富了他的散文文体，而且还是一篇别具特色的理论文章，更重要的是郭风将他几十年来对散文之道思考的"秘密"公之于世。它综合了郭风以前在《散文诗创作答问》《格律诗和散文》《散文诗断想》以及《有关散文的评价》《关于选本》等文章中提出的思想，并对其进行系统、深入、精简、凝练的哲理性概括。郭风认为，散文中看到的某种人格境界，乃是作家学识、见识、阅历以及气质、品质之综合一体的最高艺术境界。郭风也正是如此！耄耋之年的他还在用自己的智慧和经验推进散文写作的发展，并大力帮助后辈作家们开拓散文写作空间。可以说，他的创作实践和理论建设为我国的散文繁荣和发展做出了令人瞩目的贡献。

"郭风自然之美经典文丛"共计 5 册，分别是《夏日寄思》《枇杷林里》《海边的早晨》《落日风景》《秋窗日影》。为了更加准确全面地呈现郭风散文创作的成就，我以作品发表、出版的时间先后为序进行选编，力求在有限的篇幅之中，展示郭风从 20 世纪 30 年代至 21 世纪初的创作生涯。各分册的书名直接以散文题目命名，之所以如此，是因为题目本身就是郭风情感力量下的硕果，体现了他内心世界的感受、期待和追求。那些贮满闽南风情的散文诗质朴清新、诗情画意、天趣盎然，是郭风散文创作中最具特色和魅力的部分。这些作品多集中在郭风早期的创作中，因此文丛尽可能多地选择了最具代表性的作品，构成了选集的重要内容。

文丛中以"致 E·N"为副标题的散文，实际上是郭风写给一位女性友人的信。郭风以第三人称，含蓄地道出爱与思念，表达了自己的爱慕之情，但这些信从未向友人寄出。在《郭风全集》中共有 8 篇以"致 E·N"为副标题而出现的散文，文丛选择了其中的 5 篇，从中可以感受到郭风慎重处理情感的方式与严谨的个性。

郭风成长在福建莆田，民间的、乡土的文化和艺术深深滋养着他的心灵，从小就培养起对乡土的眷恋之情，成为他最早的审美启蒙教育。他曾说："这种艺术熏陶所培育的艺术趣味，在尔后我的创作实践中，总是给我以某种提醒，某种召唤，某种启示：应该尽自己力之所及，使自己的作品——在这里，我说的是使自己所作的抒情散文、散文诗，具有浓重的乡土气息，具有民间的、乡亲的情绪。"文丛注重选择表现闽南乡间风光和具有乡土生活情景的作品，构成选集的主体，为的就是展现郭风个人的、自我的和精神方面的个性气质。

文丛的选编过程，就是文学经典化的过程——让更多的人了解郭风究竟是怎样的一个人，他一生中为什么会反复描绘自然风物，故乡为什么会成为他终身灵感的来源。这样的疑问以最自然的方式引导人们走近郭风、走近文学，进入议论和阐释之中，从而进行更新形式的传播。这才是文学经典所追求的理想。

文丛选编内容来自王炳根先生所编《郭风全集》的散文、散文诗卷。诚然，依托《郭风全集》开展选编可以最大程度上避免遗珠之憾，选编工作之所以有序顺利，那是因为我站在了巨人的肩膀上。这里要向王炳根先生致以最真挚的敬意！

在选编的过程中，我还得到郭风之女郭琼芹女士和女婿陈创业先生的支持和帮助，在此特别致谢！阅读这些美文让我收获颇多思索与启发，相信阅读这套文丛的读者，也将与我一样收获愉快与启示。

郑斯扬

2024 年夏于福州

目 录

漫写梅花

一

今年春节前夕，我的女儿从市上买回几枝含苞待放的梅花。这使我欢喜之至。我用清水把这几枝梅花养在瓷瓶中，放在书橱上。不知怎的，室内有了此花，心中仿佛有一种特殊的充实感，心中充满某种期望。

我深深以为，写出作品乃是作家之本分。应把蓄积于胸中的、对于世事和自然景象的热情从笔端流露出来。我以为晚年更应抓紧时间写作。今年春节期间，我没有什么休息。凌晨即起，在曙光熹微中奋笔写作，深以为乐。但有时却是字斟句酌，苦苦为不能准确地、自然流畅地表达情意而焦虑、不安。有时，在某一刻间，偶然抬头看到瓷瓶中的梅花的枝间，夜里开放一些新的花朵，说不清为什么，忽地会有一种慰藉和鼓舞来到胸中，心情不觉间舒展起来。

二

我家以前有一座祖遗的一族人共有的小园林。园名芳坚馆。

园中的一个花坛间，种着松、竹、梅，所谓岁寒三友。我幼小时，记得那一从绿竹，最是生意葱茏。一棵古松和一棵古梅也都生长得很好。后来，那棵古松忽地枯萎了，结束了一棵树的生命而离开我家的小园林。我似乎有些寂寞。但我仍然常在清晨或在晚上放学之后到花坛前来，看望古梅和绿竹。当时，我在私塾里读书，读《论语》，又读《诗经》《千家诗》等，似乎已开始接受古典文学的熏陶，也在朦朦胧胧中，开始喜欢接近自然，在无意间养成对于花、树和自然景物的特殊爱好。

说来有点奇怪，有些幼年所得的情景至今想来，还是历历如在目前。例如，我一想到那从绿竹，便会想到夏天的晴朗的早晨，竹叶上挂着很多很多闪闪发亮的露珠，令我喜爱。此外，我记得，那竹竿上常有许多蚂蚁、蜗牛在爬来爬去，引起幼年的我的兴趣。是的，我现在还记得很清楚，小时我喜欢蹲在花坛前，观察蚂蚁、蜗牛的生活情况，而自得乐趣。至于对那棵古梅的喜爱，好像随年岁的增长有所变化和发展。记得我很喜欢它的一树绿荫，喜欢站在它的树荫下，观看黄莺们在枝叶间飞来飞去和唱歌。我想，那时我一定很幼小。后来，年纪稍大，每到冬天，看到园中这棵古梅的树上，木叶纷纷飘落，就期望着它能早早地开花，开一树雪白的香花，而且雪也开始纷纷地飘落在它的树枝上……呵，我至今还想不起来，那时的我——大约已是少年时代了，为什么会把雪的降落和梅花的开放联系起来，一起想望呢？

三

在我的家乡，是不会下雪的。从我懂事起至青年时代，我记得只在家乡看过一次下霰的情景。只下一两分钟吧。随着，那下霰的天便变为下雨的天了。当然，我一直未看到下雪天的梅花。

二十世纪四十年代初期，我在永安县霞岭读书。那是抗日战争时期，许多学校都内迁到山区办学，以避免日寇的狂轰滥炸。我所就读的学校校舍，是由山村里一座旧祠堂改建而成，再加上两三座木造的教学楼，显得简陋之至。但自然环境很好，燕溪从学校的小广场前曲折地流过。四近是山峦和墨绿色的杉木林。自然景色中，还有一棵梨树，至今长活在我的心中。

那年寒假，我没有回乡过春节。下雪了。这是1942年冬春之交时节，我第一次看到山村间下着大雪。山峦，杉木林，流过学校前的燕溪上的浮桥，附近的村舍，都披上白雪，景象动人。就在四面雪景中，我发现祠堂前（当时改造为教授的宿舍）一棵梨树开放满树雪白的梨花，花瓣上又披着点点雪花，美丽极了。

人的记忆和回想，似乎也是一种很有趣的心理活动。我当时曾设想：如果这祠堂的庭前，恰巧有两三棵梅树也正开花，花上也沾着点点雪花，那情景当是多么动人的呵！呵，我怎的记得几十年前在心中一闪而过的某种设想呢？

四

我想起 1969 年左右的一些事，那时"文化大革命"正进入所谓"清理阶级队伍"（简称"清队"）阶段。我远离我的爱人和年幼的子女，被"遣送"（离开福州时，大家坐在闷罐车中）到建阳的麻沙去，进行"审查"。麻沙是宋代一个颇见繁荣的山镇，以出版木版印的书籍即所谓"麻沙版"而著称于世。该镇四近山林翁郁，有一片在山峦环抱间的平坦的河谷小平原。宽阔的、深绿色的山溪流过镇前。当时，在这自然景色美妙的文化古镇里，有数百名老干部和知识分子在"牛棚"里，苦苦地、挖空心思地日夜写"交代材料"。除此之外，"牛棚"中人，时而被叫去参加劳动。说也奇怪，当我被从"牛棚"里喊出来，要到劳动地点而路过镇上用鹅卵石铺成的古老街道时，我心中总有种种思念。例如想到在这里是否能够寻找到一些古代书肆和印书作坊的遗址等。有一次，我们一早从麻沙出发，步行二十余里至附近另一山镇书坊去挑运萝卜、蔬菜时，说也奇怪，我竟忘记自己力所不能胜的劳动的辛苦，心中暗自设想着：距今七八百年以前，这书坊，这古镇，定是市声喧腾，马来车往，有很多各地来的书贾在这里贩运书籍，那古街道和古书肆在哪里呢？想着又想着，是的，不仅忘记劳动的疲倦，而且一时还忘记了身在逆境之中。

我们去劳动，有时是到很深的山间去，在那里抬回农民燃火"炼山"遗弃的木柴。我要说，那时我虽年逾五旬，骨瘦如柴，却把到深山野林去劳动视为美事。因为那些平日人迹罕至的山林间，时而有美景入目。有一次，在往劳动场所的途中，路经一个山坳，突然看到有一道小小的瀑布从山崖倾泻而下，崖边有两三株山中野梅，繁花缀满枝间，远望瀑布和两三棵盛开的梅树，如雾，如迷蒙的烟……我当然不敢驻足，不敢久久眺望和观赏，但我的脚步不觉间放慢了，暗中几次回首眺望那瀑布和那梅花，心中感到无限的安慰……

五

对于美好事物的执着，对于生活的信念，会使一个人在十分困苦的环境中，也显得十分坚强，并且，使一个人以百倍的勇气坚持生活下去。

对于美好事物以及对于生活的信念，在人的心中永生。

六

今年的元宵节前后——那几天的日子，我在泉州、仙游度过。旧历正月十四日上午八时，我们从泉州出发，到安海去看宋代古桥五里桥和始建于隋的古寺龙山寺。随后，前往郑成功的故乡石井，参观他的纪念馆。午后二时至南安宝盖山拜谒郑成功墓。

对于参观体现我国古代劳动人民的聪明才智的古建筑也好，对于参观体现我国明末民族英雄的凛然气节的文物也好，我的心一直沉浸于景仰之情感中。

快到郑成功墓时，忽地发现墓道的两旁，有些地方种植着梅树。其中有一株正在枝间疏朗地开放几朵梅花。我又发现这墓道旁所种的梅树，花形很小，并不惹眼。我感到，我喜欢这样的梅花。

（首发于《花鸟世界》1984年第1期，收入《给爱花的人》）

兰花随笔

一

对于兰花的记忆，早在髫年时便有了。我在若干回忆性的作品中，曾数次提及"芳坚馆"，这个我家祖遗的、堂兄弟叔侄们共有的小小园林。这个有池、有假山和种着各种花木的小小园林，与我的幼年乃至青年时代的生活发生某种密切关系（幼年以及青年时代的课余时间，大半在这里度过）；它，对于我的性情似乎起过某种陶冶作用，甚至对我的某种性格的形成，似乎起过潜移默化的作用。故在一些作品中，不免提及它，不能自禁地流露着对它的怀念之情。

芳坚馆里种着许多兰花，一盆一盆地放在石条架上；我记得馆中有一座大花坛，种着松、竹、梅三种花木，种着所谓"岁寒三友"，在这座花坛的砌墙的石条上也放置许多盆兰花。

现在追忆起来，这些兰花多是在秋季盛开的，是秋兰。

我在髫年时代，未能进入新式的学堂，而是先在我家附近的私塾里读"子曰诗云"。记得我将离开私塾而转入砺青小学四年级念书时，私塾老师开始授我以《离骚》。我若懂非懂地聆听老师怀着一种赞赏和尊崇之情，为我解说这篇我国古典文学杰作的文义，包括每一句的含义和全文的含义；特别是他吟诵时，能够把那些在幼小的我看来十分艰深古奥的文字，好像具有魔力似的变成一个一个美丽的音符，吹入我的幼小的心灵……

老师说，江离，香草；芷，香草。可是，这些芬芳的美丽的花草，不但当时在芳坚馆里未能看到，后来，我在其他地方亦未能看到。只是，从髫年时代起，兰花便像诗和音乐一般，在我的心中占有一席特殊的位置。

二

芳坚馆的花厅的两壁上，挂着一些清代的字画。我记得曾挂着王文治、翁同龢等的书法，郑燮的画。我常在这些字画前伫立很久很久。我似乎曾经感到，王文治、翁同龢的书法多么不相同，但都多么美丽。至于郑板桥所描绘的兰花和竹，更是使我喜欢。早晨的日光，把芳坚馆花坛上的竹影，投射在墙上。少小时的我，会认为郑板桥就是把被日光照出的竹影，画在宣纸上；我甚至有过奇异的想法，以为如果芳坚馆里一盆一盆的兰花，开放得如同板桥画中的兰花那么美丽，那该多么好啊。

三

一天，我家的四叔公请了一位画家到芳坚馆里来了。现在想起来，当时我该已离开私塾而进砺青小学就读了。

我记得这位画家留着很长的胡子，有一种看似威严的仪表。

花厅的八仙桌上安放着宣纸、大砚台以及几副笔墨。当时，使我十分不理解的是，八仙桌上还安放一只香炉。这位留胡子的画家亲自点上一炷香。然后，他把宣纸铺展在桌前；然后，我看见他闭目养神一阵；然后，又顿然憬悟一般地提起笔，从半空中把笔投到宣纸上涂抹起来。这位画家的这些动作，使少年时代的我有某种神秘的感觉，觉得不知这是怎么回事。我想赶快离开花厅，但又不甘心。终于看到他把一帧兰花描绘出来了。

我离开花厅时，心中抑郁、不愉快。记得这位留大胡子的画家，把兰花画得枯瘦和带着一种哀愁。但似乎不仅仅因此使我感到不愉快。现在想来，这是因为他的画有一种不易觉察的矫揉造作的样子，我似乎从小就天生地不喜欢这样的作品。我喜欢自然成章。记得从那天以后，我从未再看到这位画家到芳坚馆里来。

四

我国民族绘画艺术中有若干高贵的、独特的画种。例如水墨山水画。又例如兰或竹的水墨画。十九世纪初叶崛起于法国画坛的古典主义艺术大师让·多米尼克·安格尔对于古希腊罗马的艺术推崇备至。他说过："对于古希腊罗马艺术的精美还有所怀疑的话，那就无异于诽谤。"我是主张艺术必须有独特性和创新的，但同时主张必须有所继承，有所师承。我想借用安格尔的话，以为对于我国民族艺术的精美绝不可有所怀疑。我们需要认真继承古典艺术大师的遗产，并从吸收其养分中发展当代艺术的独特性以及艺术家个人的艺术个性。

我不必在这里谈论我自己对于水墨山水画以及墨竹的某些感受。我想到，在我所见极为有限的兰花的水墨画中，有的表达超世绝尘的情操，有的表达愤世嫉俗的思想，有的表达爱国和怀念故土的情怀。我所见过的一些古典的水墨兰花，往往使我产生反复观赏的愿望。我委实认为，对于我国民族艺术需要用最真挚的感情来爱，来学习它。那些矫揉造作的作品，是因为作者并未从古典名作中真正领会前人观察事物之入微和表情达意的自然自在的态度。

五

记得二十世纪三十年代的末期，我曾到亡妇的故乡住过几次。那里是莆田的一个山区。那里山高林深。亡妇娘家的后垄村，二三十座木造的村舍，疏疏落落地分散坐落于山谷和梯田之间。后来我知道，这一带的岗峦间，有许多分散的小谷地，都被开垦为梯田，都由后垄村的农民耕耘、种植。我在后垄村期间，我的内弟时或带我去看看他家耕种的田地，在村庄附近的山谷或森林间游玩。我来不及一一追忆对于这个偏远山村之美景的种种印象，但总的印象是很清楚的：那里有多么苍郁的竹林啊；那一片一片杉木林间，时或出现一棵两棵古松，多么动人。山间有一条小小的山溪，溪中有许多巨大岩石，流水从岩石间潺潺地流过溪床，多么美丽。使我念念不忘的是，有一天，我和内弟一起穿过一片杂木林，正要走向一片溪滩时，我闻到一阵又一阵的清香，随着山风吹来。正当我们走出这片杂木林时，我倏地看见前面靠近溪滩的松树下，有一片丛生一起，占地近两三米见方的兰草，正在盛开兰花！这僻远的深山野林间开放的兰花，显得别有一种情致和气势，使我惊喜。我所见有限，在绘画中，在我所见的若干兰花的水墨画中，往往表达兰花处于幽静的山林间的情致，这当然是可以的。但表达群居的兰草的情致和气势，和它们在野生中养成豪放性情的画卷，似乎不多。

（首发于《花鸟世界》1984 年第 2 期）

闽西北旅行

岩洞

宁化县的山镇湖村附近（离镇大约一千米地方）有岩洞名石子嵊洞，俗称老虎岩。它是一座石灰岩溶洞。我所以要来看一看，是因为听说洞中发现许多第四纪更新世晚期哺乳类动物化石。我想，大概由于附近有一座水泥厂和它的采石场，旷野到处看见碎石，听见伐石叮叮声。四近林木疏朗，有几棵枫树笔直站立，枝间霜叶欲燃，令我感到这里有一个明亮的秋天。石子嵊就在这旷野里拔地而起。我们沿着梯田间的小径走上满地石头的山坡，至半山处，便见到这座远古人类曾经居住的岩洞了。这座石灰岩溶洞看来委实平淡无奇，看不到千姿百态的钟乳和石笋，洞亦不深。洞顶有一块巨大的顽石，有如无椽的屋顶一般，倾斜地从洞口直伸到洞内的最深处。我有一个联想，以为如果岩顶这块顽石点化成为茅草，这座岩洞便有如一座温暖的茅舍了。

中国古脊椎动物研究所和古人类研究所的专家，前年和去年都在这里采集许多化石标本。其中包括大熊猫、巨貘、中国犀、猪、水鹿、水牛、羊、熊、豹、虎、猕猴、黑鼠和剑齿象等的骨骼化石标本。我自己曾在宁化县文化馆的陈列橱里看到黑鼠、猕猴等的骨骼化石；其中有一副水鹿的下颌骨化石，比较完整。从这些古动物群的骨骼化石判断，这个溶洞居住过古人类是有科学根据的了；实际上，这些动物化石也是古人类狩猎物的科学实证，只有还未发现所欲发现的南方古人类的骨骼化石罢了。

洞内堆积着专家采集化石标本时留下的泥土。我们用石块，呵，好像在使用人类最初使用的、原始的生产工具石锛一样，在泥土堆间发掘，拨来扒去，希望也能采集到化石标本。说实在话，我心中充满种种有趣的希望。例如，我想如果能采集到一块鱼的化石，或一只蚌蛤的化石就好了。这大概是因为前年我在北京时，曾在一位著名诗人家中看到这两种化石，使我爱慕不已。我还想，我如果能采集到一块古蕨类植物的化石也很好。为什么作如是想，我自己也说不清楚了。

我们充满希望又漫不经心地"发掘"，居然在废弃的泥土堆积层间采集到几块动物骨骼和残齿的化石，一一交给同来的一位县文化馆管文物的友人。回程中，我想，石子嶂岩洞，实实在在不过是一座平淡无奇的岩洞。只是，我似乎在这里看到一本书，写了几行我们远古祖先的生活事迹，并想到由我们的祖先最低级的生活、劳动，由穴居茹血而达到今天的文明……心中为之感动不已。

1983 年 11 月 26 日日记

蛟湖

蛟湖不是一个天池。由于它出现于宁化县的深山密林之中，使我联想到它似是一个天池。它的四面都是梯田，都是站立于丘冈之上的灿烂的秋林。它显得宁静。这山谷中间为什么出现一个美丽的湖呢？

我以为，大自然曾在这里从事一项工程，约在二三十万年以前。呵，如果我们能够看见雨水和地下的泉水，如何夜以继日地、迟缓而有耐心地用几十万年的时光，溶化了石灰岩，造出这样一座湖的全过程，乃实在很有意味的事。和我同来的友人，略通地质科学，他简要地告诉我此湖形成的地质原因。又据他说，测量过了，湖面面积近三十亩，水深一百零三米左右。我们来时，正逢暮秋的枯水期，而蛟湖在我眼中则像是装满一湖浩瀚的春水……

"这座湖的深处，可能还有一条提供水源的地下河流……"我向同来的友人说。这当然是一种忽然想到的推测而已。

"不。这座湖，群众也叫它龙王潭，因为据说它的深处有一座龙宫，水从龙宫来。"我的友人笑道。他说的当然是民间传说。

无论怎么说，我看这座湖是很美丽的。我注视着它的蔚蓝色的湖水，不禁想起安徒生在《海的女儿》中对于海水的描绘："水是那么蓝，像最美丽的矢车菊的花瓣……"

这湖水除了照出天空的蔚蓝之外，我看到还有那美丽的秋之杂树的倒影，还有那正在燃烧一般的银杏树的倒影。

使我怅惘不止的是，已看不到黄慎（福建宁化人，"扬州八怪"之一）的"蛟湖草堂"了。据传说，黄慎六十五岁时，从扬州回到宁化故里奉母葬，此后便在湖畔结庐隐居下来，不复外出了。使我感动不止的是，这位当时与郑板桥齐名的现实主义绘画大师和诗人，有许多他的作品至今流传在他的家乡宁化的民间。我很早便看到他的画。至今记得他的一幅描绘渔父的画，一位须眉皆白的老翁，背负鱼篓，手携披着柳叶的鲈鱼，我以为那是令人难以忘怀的劳动者形象；他在赞美劳动和至老自食其力。昨天，我在宁化文化馆看到一幅他的山水画，虽然是水墨写成，未着色，不知怎的，我会以为他描绘的恰是他故里暮秋的山林斑斓璀璨的风景。我相信他的作品将是永生的。

1983 年 11 月 26 日日记

红军墓

从宁化到永安的途中，特别是在宁化境内，我可以说，从车窗中所见，几乎全是一帧一帧美丽的山林风景。宁化、清流、归化，路隘林深苔滑。这当年红军行军时所经历的艰难险阻的山路，红军当年常在夜中和大雪封山中行军的山路，现在是一条因山势而弯曲多变但又十分平坦的公路。只是林木的荫翳，我想仍然不减当年；汽车实际上是在密林中行驶。归纳起来，途中所见特别动人的树林有二。一是时或见到成片的古老的枸橼林，棵棵长得有两三米高，树皮粗糙，几乎全黑，树干和枝间长着下垂的青苔和羊齿类植物，车过此类树林时，我心中便有一种身临原始森林之感。除了成片的枸橼林外，车窗中所见又一情况是成片的杂木林。呵，闽西北的经霜的灿烂之至的秋林！我想起"文革"后期我全家旅居于仙霞岭南边一个高寒的小山村时所见的秋林，这在我心目中已经十分美丽，但色彩没有如此丰富。银杏、枫以及乌桕的满枝霜叶，混杂于杉、樟和其他杂树的暗绿间，在近午时分的秋阳照耀中，显得极为明亮。同车者有画家。她告诉我，她暗中观察过，途中所见，单是枫叶的金黄色和赭红色，细辨起来至少有二十种以上的色彩差异。

树林中时或出现一座红军墓。我听说过，即使在白色恐怖笼罩老苏区的最艰苦的岁月里，人民不仅千方百计地掩护战士、伤病员，而且也千方百计地埋葬忠骸，每年清明都到墓地扫墓。快从宁化进入永安境内时，我看见一座竖立纪念碑的红军墓。车行中，未能停留凭吊。阵风吹过，我看见无数金色、红色、赭黄色的霜叶，如无数蝴蝶纷纷飞向这个山林中的红军墓。此刻，我感到自己的心情至为严肃。我知道，这闽西北秋林的绚丽和红军墓的肃穆将一一保存于我的心中。

1983 年 12 月 27 日日记

桃源洞

本日上午游永安桃源洞。桃源洞并无岩洞，亦未见洞水长流，不知何以能得此名。我以为桃源洞最动人心魄的景致要算一线天。徐霞客的前、后《闽游日记》，我算是熟读若干遍了。此次来，又从友人处借来，翻阅一遍。查出他系于明季崇祯三年（1630 年）七月十四日游桃源洞。据日记载，他先是在行旅途中，从舟上发现桃源洞四近风光的奇美（日记对舟上所见岩峦形状情致的描绘，至为细腻、逼真），随后，他舍舟上岸游一线天等胜迹。他对一线天的印象的记录，采取对比的手法。他说："我所见一线天数处，武夷黄山浮盖，曾未见若此之大而逼，远而整者。"武夷、黄山、浮盖三处，我自己只亲临过武夷的这一处。我觉得他对崇安武夷和永安桃源洞两处一线天的对比后所作的看法，是准确的，无扬此抑彼之感。呵，徐霞客不求名达，毕一生之功，行经大半个中国，作山川、民情的考察，特别是晚年对我国西南云贵诸地各少数民族聚居地区的民俗和地质的考察，沿途备尝艰辛险阻；万里跋涉行程中，几乎有丧失生命和断炊之危难，亦不改初衷，继续考察；其毅力实在罕见，令人钦敬。我以为，他实乃倾注生命之全力写下一部天下不朽之奇书。

我需要记述自己对于此桃源洞一线天的感受，但恐考察不周，笔力不逮。在写作中，我不大喜欢运用成语便句。但此次身历一线天，却自然而然地想起古人所云"鬼斧神工""天造地设"来，并深感此类语言的特有魅力。呵，这里有一座万仞石岩，它怎的崩裂为二，中间留出一条罅隙来？于是，让人们从两边如屏如壁地直立着的岩墙间，侧身一级一级地登上这岩隙间的山路。我登上此种山路尚不及三分之一时，忽然想起徐霞客所谓"远而整"这一概括性用语，的确精当。其所谓"远"者，就是在一线天的岩隙间登山的一种真实感觉。是的，这登山之路多高峻，多长，多悠远呵。我时而停步喘息一下，窥望高空，天之大，此时在我的眼中的确只显得像是一条蓝色的线了。我时而停步回首一顾，天之远，此刻又仿佛在我身后咫尺间，正被岩外的竹影所拭拂。我老了，不敢逞强，慢慢地，量力而行地登上去，用四十五分钟，好像登上一座摩天岭，终于到达岩顶。

岩顶有一石，所谓"透隙而上，一石方整"，徐霞客当年所见的棋石，仍在。有一井，徐霞客所称"水甚甘冽"，亦在，但已枯涸。我从大自然安置的棋石之旁，循小径登观象台古迹，俯瞰徐霞客当年乘舟所过的燕溪支流，只见它环绕着一线天的岩峰而流，水碧如黛。又南眺对岸的走马岩，只见那里的岩石，如一座一座城墙遗址。游兴未尽，因日已近午，乃从西路过一古寨的石门下山。这也是徐霞客当年下山的道路；不过，他离此山时，已是暮色四合的时分了。

1983 年 11 月 29 日日记

石洞和石林

永安大湖村有石灰岩溶洞，名皆山石洞。1941 年春（已过去四十三年了），我曾来游。那时我在永安霞岭，一个冈峦环抱而又有燕溪流经其间的小山村就读。而大湖村也有我的同乡在那里就读（抗战期间，学校内迁山区办学）；记得那天我是从霞岭步行去看望他们的。现在追忆起来，又记得中午在一座临湖的古庙字中用膳，随即往游石洞。留下的印象是：仿佛先曾涉过一大片鹅卵石的枯溪，然后到达此洞；又记得此洞有如一座大石厅，此外一切都模糊，都记不起来了。此次来，已寻不到那座临湖的古庙；到达石洞之前，印象中那条铺满卵石的枯溪也不存在了，但我对石洞的总的记忆是准确的：它真个有如一座宽敞的大石厅。此次来，观察得比较用心，看到岩洞内的岩石、石笋有如石桌、石椅；岩顶垂垂悬挂的钟乳，其色或白或黑或乳黄，其状如莲灯，如佛桌前的长明灯，如瓜灯，如葡萄灯。我以为，备尝跋涉之劳顿以后，能在此厅内休憩一番，是适宜的。

离大湖这座石洞约三至四里，有鳞隐石林之胜。石山呈灰墨色，如削如劈，千形百状，参差错落，一座石山挨着一座石山，一座石山套住一座石山，成队排列在一起，长达七八百米。远望若一派炭黑色的连绵不尽的古代森林。近观则每座石山各有岩洞，有石笋，有钟乳；有的岩洞透空，或作半月形，或作不规则的圆形、长方形；每座岩洞之上，有孤悬于崖壁之间的杂树和下垂飘动的野藤；还有野生的漆树，叶红如火，缀于断岩之上。我以为，这大片的石林，实乃大自然作于僻野的一卷不可多得的油画长卷，是杰作。只是它不肯轻易以此件示人，故知者甚鲜。

石林曰鳞隐，不知何所得而名，颇费解，存疑。

1983 年 12 月 29 日日记

1984 年 1 月 11 日整理毕，福州

（首发于《收获》1984 年第 2 期，收入《旅踪》）

平潭四题

油画

　　我们的汽车乘登陆艇渡过海坛海峡，登上平潭岛娘宫码头后，要再行半个小时，始达县城。车行在一条简易的海岛公路上，一路经过跨海、东壁、北厝、里美、中湖等诸海滨村落。在上岛以后之最初的、短暂的这段时间内，车行中，我发现由于风平浪静和冬季日光的照耀，大海有时碧绿，有时蔚蓝。我又看到大海一会儿在东，一会儿在西南，一会儿在正南出现；一会儿为丘岗或村落所隔，一会儿展现在浩瀚的盐田的前方。这是由于公路的走向随着地形变换，视线也随之变换所致。

　　上岛以后给我印象最深的，似乎是那山和那村屋。灰色的、青灰色的、钢灰色的岩石，以种种形状出现于山顶以及山坡上。那是一座一座石头的山，泥土很薄，几乎不能种树；一眼可以辨识出来，暴雨、强大海风经历几多年代侵袭海岛，因而这些石山上裸露的岩石尤为使我感觉到有一种严峻之感。至于村屋，几乎全是以石造成。许多石屋屹立在一起，使我联想到，村落仿佛是一座壁垒森然的城堡。我的心中还有一个想法，如果我是一位善于作画者，我应该采用油画的写实手法来表达我对此岛的最初印象和感情。是的，这里的自然界（主要就山而言），从外表看来，未免单调。但如同一位普通的兵一样，他的内心是沉毅的、坚定的，是格外顽强的。如果在最初的一瞥间，我的确发现了此岛的土地的性格之美，那么，我的确需要以油画（我说过，如果我善于作画）老老实实地把它描绘出来，这就能够把自己的印象和情感准确地表达出来。可惜的是，我现在还缺乏这样的能力。

1983 年 12 月 19 日日记

台湾渔民接待站

台湾渔民接待站的楼屋是石造的，其围墙也是石造的。来此岛不过一天，我已很喜欢石造的建筑物了。围墙内的庭院间种着榕树、玉兰树、羊蹄甲树；这些均属于亚热带的树木。我知道玉兰和羊蹄甲树均在夏秋之间开花，特别是羊蹄甲树的花，有粉白、粉紫诸色，十分美丽。庭院内还种着美人蕉、菊、一串红，它们现在正在开花。不知怎的，我会想到这些花木，在这里似乎是容易令人思乡和动起情怀的花木。就我自己来说，这些树木花卉为我所习见，而在这里，却显得如此亲切、美丽。据介绍，这里接待的台湾渔民和其他台胞，历来占全国几所台胞接待站接待台胞总人数的四分之一。有很多台轮来平潭港口，或避风，或作贸易，到昨天止，今年已达二百七十余艘，足见来往之频繁。我应该记今天在这里所见的一件事：我来时，看见院内栈房前的场地上，许多包扎工和来岛进行贸易的台胞一起，正在包扎一箱箱货物，院内散发着浓重的中药香味。我没有想到，包扎在箱内的全是中药材"当归"。这种药名，我以为甚易令人想到它具有某种暗示性或双关的含义，同样易于令人动起情怀。

据接待站的负责同志介绍，这里接待许多由我海军部队、海上渔民抢救的在海上遇险的台湾渔民兄弟，其事迹都甚动人。但最使我感动的是，许多台胞绕道香港，或乘渔轮越过台湾海峡到岛上探亲的故事。他们大半已离开家三十余年了。或请其子弟到岛上扫墓，或亲自归乡探望老母。我需要记下如下的事实：有一位台胞到北京游览，他先到天安门广场瞻仰国旗，又到使馆区观看各驻华使馆所挂的国旗，他特意记下，共有一百二十余面外国国旗。他回平潭探亲，把北京所见的这些情景告诉家人时，热泪盈眶。有一位台胞探亲后，将要绕道香港去台湾，随身携带着自己在海滩上所捡的几块鹅卵石和一把泥土。我以为这是人的一种深沉的、真挚的甚或是一种属于本能的情感。简单地说，这是人之常情。我能理解他们怀念祖国、眷恋故土的心。

1983 年 12 月 20 日日记

登君山

君山非天下名山，无楼阁亭台，无庙宇以及摩崖石刻和泉林之胜。不知怎的，和平潭岛其他普通的山冈一样，君山也给我以一种严峻之感。登此山不会使我的想象或幻想的翅膀飞翔起来，只觉得我们是生活在一个现实世界中。我的心中有一种想祛，此来不是为游名山胜地，而是来考察生活、向生活请教和寻求力量。在这山上，已难看到那些裸露的岩石了。我发现这里所有的石隙间，都种上耐旱耐风的能够忍受泥土之稀薄、贫瘠、枯涸的黑松，亦混种少数的杉树、樟树。我在这里看到人们征服和克服水土流失所付出的智慧和力量。工作是有成效的。我想起今夏登上南岳（衡山）最高峰祝融峰时所见到的黑松——那的确是一座高山，海拔一千八百余米，因风大和寒冷，那里的黑松长得低矮。我没有到过黄山，但此刻我想起徐霞客曾不吝笔墨描绘黄山松，给我的印象是黄山松奇而低矮。今日我在君山所见黑松，也都长得低矮，但它们不是零星地长在岩石间，它们是整片地生于此地。是的，整座君山几乎为黑松的暗绿色彩所覆盖了。

君山高四百三十四米，在海岛拔地而立，山上尚有一座水库、若干梯田，掩映在黑松林之间。它们像生活一样美丽，像生活一样朴素而强壮。

1983 年 12 月 21 日日记

冬至节

今天是冬至，一个古老的民族传统节日。晨六时半，我的友人便把我请到他的家中过节，吃红橘和糍丸。七时半，离友人家，由木麻黄的林梢在风中摇动的姿态，估计风力当在六级左右。八时，我们离县城至流水公社码头，乘船前往东庠岛。

我们乘的是一只仅有二十匹马力的小船。船出避风埠，便开始在台湾海峡的风浪中前进。平潭县海坛本岛，号称岛外有岛，它的周围有一百一十余大小岛屿。这使我在这次航行中得到这样的印象：虽然是在茫茫大海中，却好像是在靠近内陆的近海间航行，因为小船时而开过一座无名小岛，故能时而看到陆地。今夏我有机会乘万吨轮船过东海、黄海而达青岛、旅顺。我记得船出黄浦江约两小时，大海的色彩呈赭黑，呈暗黛——离陆地很远而海洋又很深始能出现这类色彩。今天去东庠岛，航程中所见海水亦呈深赭，近于黛绿，可以设想已是远海了。不知怎的，我坐在小船上，一直回望平潭本岛，看着它的轮廓渐渐地淡了，它的色彩由赭黄渐渐地变成淡蓝了。也不知怎的，我的视线又一直注视着昨天去过的君山，感到那里的黑松林——溶化于淡蓝的烟霭之中了。

东庠岛为一设置定置渔网（定置渔网：于海底竖立钢筋水泥柱，把渔网系于柱上，鱼群洄游来，"自投罗网"。潮退，从渔船拉出渔网，把鱼捕捉起来）的渔场。在小庠岛与东庠岛南北相隔约五百米，形成一座狭长海峡，曰东庠门。这东庠门，海底礁岩错落，潮流激急，鱼群喜欢洄游其间，是一处得天独厚的渔场。东庠岛是一座典型的渔村，石造的村屋依着海岸的陡坡，一座一座地屹立着，给我的感觉就像是海滨城堡。立于此岛之高处，可以看到东庠门内，海鸥飞翔。再登高，可以眺望台湾海峡。极目至海的边缘，那里有一种迷蒙而又为日光照耀得明亮的海气，一种琥珀色的海雾。我在心中感到我能看到马祖岛、白犬岛。我想起早在二十年前，就曾在闽江口的一个海岛上，用望远镜眺望马祖列岛，它们的形象至今存在我的心中。从海的边缘，从琥珀色的地平线那里，把视线收回，但见海的色彩，层次分明地呈湛蓝、灰绿、松青，呈种种美丽的色彩。上岛以后，风似乎停息了，看上去海上风平浪静，但海水搏击着礁岩，仍时时溅起激浪。我从渔村山上远远望去，那激浪出现处，好像一瞬间又一瞬间出现一片紫云英的田地，溅起的水泡、水花，好像在田地间化成无数闪光的紫色花朵。

冬季日短。午后四时，我们走上东庠岛的码头，准备登船渡回平潭岛时，便有一种好像海洋薄暮时分的雾气暗暗地升起来。我的心中出现一种情思，一种可以说是中国人民的意愿。呵，这种意愿或情思，只要见及某些相关情景便会触动起来。这种情思，也可以说是一种严肃的政治情感和思想，我觉得应该以最确定的、明白不过的语言表达出来：祖国要统一；海峡两岸的父老同胞、兄弟姐妹、母子、夫妇要团圆。

1983 年 12 月 22 日，冬至节日记

1984 年元旦整理，福州

（首发于《人民文学》1984 年第 2 期，收入《旅踪》）

仙游二题

九鲤湖

　　九鲤湖在仙游县东北的群山丛中。此次来九鲤湖，先是步行了十多里蜿蜒曲折的山间小径、小石路，其间还经过几座小山村和一大片山顶的平畴，然后始达九鲤湖之所在。这些山间小径和村落，给我以一种山林之幽静的感觉。山径旁，时或尚能看到若干生机焕发的古木，心窃爱之。尤为使我感到欢喜的是，一路间，一直沿着一道又一道的山溪前行，时或要过一道小木桥、一道小石桥。那些小石桥，藓痕斑然，古意盎然，桥下流泉潺潺，觉得此等景致，目下已颇不容易看到了。将抵九鲤湖时，好像一路经过的诸多冈峦忽然一一后退，现出一片开朗的、山崖上的平野良田来。这时，乃沿着冈上的田塍前行，而山溪则在悬崖之下的茅草、芦苇丛间流淌，得闻其声，未见其影。过此平畴，又过一小山坡，则一湖在望。它原来便是九鲤湖了。

　　我在来九鲤湖之先，读了徐霞客的《游九鲤湖日记》。日记中写道："……循山屈曲行，三里，平畴荡荡。正似武陵误入，不复知在万峰顶上也……南通通仙桥，越小岭而下，为公馆，为钟鼓楼之蓬莱石，则雷轰漈在焉。"看来，我此次来，所经过之道路，可能就是徐霞客当年所探寻、所经过的道路。"越小岭而下"之后，他所说的雷轰漈，即九鲤湖的第一漈第一瀑，因为筑了一座小型水电站，已不复存在。所以，我是在一种十分幽静的气氛中，而不是在瀑布声中，进入九鲤湖胜境的。不知何故，我并不急于看湖、看瀑布，先至雷轰漈"遗迹"所在之西边，登石阶，到九仙祠看看九仙塑像的风采，随后才到祠前凭栏眺望这座万山丛间的湖。我忽然有一个感觉，认为与来前所设想的湖的形象相比，它显得意外之小，而且平静。

我感到，九鲤湖是一座平静的、没有浩瀚的烟波的湖。我又感到，它，不如说是一座处于高岭之巅的、清可见底的浅潭。我还感到，它的情致和形相颇似庐山的玉渊潭和乌龙潭。是的，它清可见底。我见到其水底全是平坦的、巨大的岩石，而又有石洞、石穴。在徐霞客的眼中，此水底的洼洼坎坎，如灶，如臼，如樽。我自己没有这种感觉和联想。在我的眼中，就水底的整个形相看来，以为如一块天造地设的、凝固的、坚硬的大石棉或蜂巢。我立于湖畔的岩石上，心中有种种想法。我忽而想到一句格言式的话："百川归海，海却不满。"（这似乎是《圣经》上的格言，已懒于查考了）于是，有一个奇异的联想和幻觉，以为这座小湖有如一座大海，天上的雨，以及众山谷中的山泉流入众山溪，又汇流至此，湖却不满。我忽而又想到，这座湖，它真的如我的眼中所见的和心中所感受的，是一座平静而柔和的湖吗？或则，是一座平静的、寂寞的、虚怀若谷的潭吗？

我在这里有种种感受。我感受到湖的平静、甘于寂寞，悄无声息与瀑布的倾泻、奔驰、激发和喧哗、轰鸣所形成的对比，静与动的对比。是的，立于湖岸上，除了间或有些风声，以及林中传来的鸟语外，天地之间悄无声息。是的，湖静极了，万籁似乎也正在屏息着，正在悉心谛听着什么。而到了我从湖左一条高峻的、逼仄的山径走下一个峡谷时，不觉瀑声盈耳，抬头一望，只见百丈之上，水从湖出，又从一巨石决出，形成一大瀑布，如狂怒，如激愤，悬空泻下，坠入百丈深潭。随后，水又从潭出，复向百丈深的峡谷泻下，成为万斛水珠缀成的飞帘，远望颇似武夷之珠帘飞瀑，成为巨玉琢成的双柱；又颇似庐山香炉峰倒悬的银河；真是——蔚成壮观。九鲤湖之瀑分九漈，自三漈以下，即从珠帘、玉柱以下，尚有六漈，有石门，有棋盘石，有将军岩诸胜，瀑、岩、潭、石在草木掩映间各展其奇，但山深路塞，一般游者不得而至。我自度力不能胜，终于未能尽穷九漈之胜，心中不免怅然。回途仍循原路而返，似乎又有重复的、但又似乎较为深刻的某些感受。是的，回程中，一路又经过那些小山溪、小山涧，又过桥，走坎坷的小山径，恍然领悟到这些从深山野林间以及峡谷里所出的小水流，原来是湖的不竭的水源，原来是九漈大瀑布的源头。"为有源头活水来"，感到此行对于某些人生至理、为学至道有一点小小的憬悟。为此，也算不虚此行了。

麦斜岩和莱溪岩

仙游的石所山有麦斜岩的胜景，我小时便听说过。这石所山高一千余米，其山脉地跨仙游、莆田二界。人家说，立石所山之巅，不仅可以眺望仙游的县城，亦可以眺望远至我的家乡莆田的城楼。这种地势以及视线可以观览远程的情景，使我在少小时期便为之向往不已。车不能直达山麓。下车后，须步行六七里，始能抵达岩前。我的意思是：游山要深入它的胜境，这是不用说的，但绝不可仅止于此。有时远望山形山影，亦常有所得，亦极愉快。"日照香炉生紫烟，遥看瀑布挂前川"。可以设想李白的感动之情。此次，我大体领略到远眺石所山以至渐渐逼近其山前时，它所赋予我的种种美感。我的确为之感动不已。我步行于峰峦环抱的山野之间，或幽深的、坎坷不平的山间小路以及梯田的小径间，或山村的篱落之前，或参天古树的枝丫之间，就是说，一路上，我从不同角落和方向眺望石所山的山形的变化与其景色的变化，实在美不胜收，别有情趣。我以为这且不必多描述。但必须记下如下一事：石所山之巅有巨石，其形如钟；人家说，每临风雨到来之时，它发出鸣声亦如钟。此石有一极大特性是，不管途中我从什么方向、角度去眺望它，由于方向、角度的变化，视线所及，山形和山上林木的形象、姿态都有所变化，而且其变化层出不穷，至为可观，而此巨石之形状、情致，始终如一座钟，立于山之巅。此不变似乎尤为使我感动不已。

麦斜岩确很美丽。我有一个体会，它的美丽，在于它的幽深，在于它有各色各样的岩石。我实在不必要把我对于岩石的形状的联想，例如，联想到这里的岩石形状如鹰、如虎、如豹、如鹭，等等，一一罗列出来。但有一个总的印象不可不讲，这便是，麦斜岩的岩石太多了，它们尽管千变万化，但都具有一种雄壮之美；抑或说，它们均属于一种阳刚之美。我是从山前一条古老的、曲折的石磴一直登上去，一直走到岩上的一座寺庵的。这一条石磴路则幽深极了，抑或柔和极了。石磴路的一边是一道布满岩石的、枯涸的山涧，一边是爬满野藤的枫树，时而有鸟声从林间传来，时而见到蛱蝶在草间飞来飞去。于此石磴道上行，似乎能够发觉自己的心情，无形间变得柔和起来。到庵里后，不知何故，我急于到庵后玉泉岩的岩洞。觉得这个岩洞，天然地以一块一块岩石搭起来，颇可取。据云，它只有百米深，但黑暗得不可探测，便不想走进去。于是回到庵里喝茶、休息。这时，我忽地想起来，呵，这个小山庵，山高了，路远了，以致游客不多，香火不旺，也因此图得人间的真正的清静。

仙游尚有莱溪岩胜境。据友人称，它在当地与麦斜岩齐名，不可不去。车亦不能直接到山麓。舍车后，在山谷的小路间屈曲前行。我一路眺望莱溪岩的主峰，看见它有蓝色的烟霭，感到它有如一座郁绿的尖塔拔地而起。及至山麓，感到林木比麦斜岩更为幽深。也是循着一条古老的、蜿蜒的石磴一级一级地登上去，一路上时而要过小石桥或独木桥，桥下涧水汩汩。尤为可取的是，在攀登石磴间，途中有几处可以望见瀑布从山腰的榛树间悬挂下来，瀑声轰然。我感到，此莱溪岩，其泉林岩瀑之美，要一边登山一边观看，它的美景都在路中。你要不怕跋涉，你要有耐心，你要一步一步地攀登，一步一步地留神，从容地、慢慢地登山，不能急。山上有寺，已圮，正在修整中。

寺后有一巨岩如壁，如城墙。据云，原来有一道瀑布自崖间泻下来，不知何故，那瀑布如今枯涸了，不禁怅惘不已。寺左有一小阁，有栏可凭，可眺望。使我高兴的是，刚坐下来，便听见有泉声、鸟语传来，但不知泉自何处出，鸟语从什么地方传来，此阁的四近林木太密了。近晚，下山走了一段小路，寻车返回仙游县城。

（首发于《散文》1984 年第 4 期，收入《旅踪》）

雾

一

看不见江南的大地。

——冬季的雾，弥漫着车窗外面的世界。火车在轨道上行进。一个小时过去了，又一个小时过去了，一个车站，又一个车站过去了。

只看见冬季的落叶树的树影，在灰蒙蒙的雾中闪过去，只看见它们向上举起的长长的树枝，各个呈暗褐色，好像接连不尽的水印木刻画，从窗外不停地向后面闪过去。

呵，我心中忽而想到，它们好像和正在消失的时间一起向火车的后面不停地闪过去。

还看见一个太阳。一个在江南的灰蒙蒙的雾中，看来有如一个白色圆月一般的太阳。

它，时或在树梢，时或在木刻画一般的长长的树枝间，不停地在窗外出现。

它，又好像合着火车前进的节奏，和车轮声一起在晃动。

我注视着它，注视着在雾中有如一个圆月的太阳。

二

冬季的雾，弥漫着车窗外面的世界。我真的只能看见火车轨道旁边的模糊的树影不停地闪过去吗……

——我知道，列车已在罩着浓雾的曙明中行驶在我国江南的美丽的大地上了……

我把车帘拉开，一直向窗外注视着。

——雾弥漫着，而我仿佛仍然能够看见我以前多次看到，而今使我思念的那桑园，那湖中帆影，那在初春的阳光下闪闪发光的种花的玻璃暖房；看见那小河上的古桥以及从桥洞间驶过的木船……

呵，车窗外是浓雾的世界。

——但我一直在注视着，我仿佛仍然能够看到我路过这里时，曾经多次看到的，而今又多么思念的、那江南的明媚的蓝天，那蓝天间的云絮，以及——有一次下雨时，我看见被雨水洒得湿淋淋的水渠边，草地上的蒲公英；还有绿竹，以及环绕在绿竹间的江南的村庄和屋顶的炊烟……

我仿佛仍然看得见这美丽的江南的大地上耸立着的一座又一座的白蝴蝶一般在风中旋转的风车呵……

（首发于《文汇报》1984 年 5 月 26 日）

睡莲

对于睡莲的最初的记忆，要算到童年在蒙馆里读书的岁月。我才六七岁吧？最初的记忆，我站在塾师身侧，他坐在一把古旧的太师椅上，面前八仙桌上放着一册《绘图千家诗注释》。我那时虽然幼小，但每当他为我授《千家诗》时，总会感受得到他的心中注满热情，仿佛要把我带到一个美丽的、快乐的，却又为我一时所未易领悟的、奇异的世界中去。

四顾山光接水光，凭栏十里芰荷香。
清风明月无人管，并作南来一味凉。

我至今还记得很清楚，这天他的心情很好。在给我授毕黄庭坚这首《鄂州南楼书事》后告诉我，他的后园便有荷花，允许我去观看。现在想起来，他的所谓后园，不过是屋后一块小小的空地。那里，他在课余亲自砌了一座花坛，种着几种故乡普通人家都喜欢种的花木，如仙丹、南天竹、蔷薇以及月桂等。空地中央放置一只形体颇大的陶缸，缸里满注清水，养着睡莲——后来我才知道，他所说的荷花，其实是睡莲。水面浮着暗绿色的莲叶，在莲叶中间开放着两朵白色的睡莲。现在我还很难说得清楚，当我看到这两朵初次相见的睡莲时，是怎样的心情。心中出现了一点童稚的喜悦，或一点惊异？我已经有了像联想这样的心理活动？我好像被吸引了。站在陶缸前很久很久，注视着那两朵白色的睡莲，心中想起晚间天上的月亮？是的，我说不清当时的心情。但我现在可以这样说，时过数十年后，那两朵初次相见的洁白、娴静，好像明月一般的睡莲的形象，始终长存在我的记忆之中。说不清是什么缘故，我有时甚或会把幼时读诗和看到睡莲的情景联系在一起加以思考。幼时跟塾师读我国古代诗歌，我朦朦胧胧地感觉到那中间有一种情景，有一种音乐、一种色彩，有一种能够吸引我，使我愉快、爱慕，但又都是我所不能把持的东西。我以为，幼时蒙馆塾师授我以我国古典诗歌时，最初唤起我童稚的心灵里的某些感受的，可能就是诗歌在我童稚的心灵间最初唤起的美感，或者说一种最初的可贵的美的启蒙。这些，我觉得为我以后真诚地爱好文学打下了基础。我又以为，幼时在塾师后园见到睡莲所唤起的最初的美感，对于我也是一种最初的可贵的美的启蒙，对我心灵上所产生的某种影响，也是深远的。

我时常怀念在蒙馆里给我以启蒙教育的塾师。我应该明确地说，是他最初把我引到诗歌的境界以及美的境界中，是他最初在我心灵间唤起对诗歌和美的热忱。我在他的蒙馆里读书时，他已五十多岁了？记得授课之余，他常独自在他的那个所谓后园里，或锄草，或浇水种花。想起来，在那样的年月里，他是一位淡泊为怀、洁身自爱的人。我也时常记起，幼时在塾师后园最初相见的那两朵洁白、娴静，好像明月一般的睡莲，这时

海边的早晨

我更怀念幼时教我读中国古典诗取的塾师。想到他，有一种感激之情、尊敬之情，便自然地从我心中生出来。

1984 年 3 月 28 日，福州

（首发于《福建画报》1984 年第 7 期）

湄洲湾

我们乘坐的机帆船，缓缓地离开了醴泉半岛的商业码头，便开始航行于湄洲湾的内澳海域了。莆田湄洲湾建港工程指挥部的楼屋，建筑于靠近海岸的一座丘陵上。它和丘陵上的岩石、树木、番薯地一一后退了。港湾更加宽阔地展现在我的眼前。海水呈深碧色，呈深蓝色，海面上出现大小岛屿，有如一座又一座棕色的山立于海中。这是一个美丽的海湾。我们乘坐的是一只平日用以运沙的机帆船，它在海上显得很小很小。船帆低垂下来了，没有风浪。小船平稳地向着东南方向，向着前方的港道航行。

从海上首先看到一座海堤，一座石造的海堤自醴泉半岛向东延伸，把秀屿和陆地连接起来。据云，在古代原来有一条长桥，一条跨越海上的石桥，横在秀屿与半岛之间，名曰"铁索桥"。它已完成自己的历史任务，它现在消失了，为海堤所代替。从海上看去，远远便能望见秀屿的山峦。那山峦上有许多裸露的石头，有一座古庙。又据云，在古代，那山峦上还筑了一座城堡，以抗击来自海外的盗贼的掠夺和杀戮。想到这座岛屿，当时孤立海上抗击敌人，心中不禁产生一种崇敬之情。船缓缓地从秀屿港的前侧开行而过，我看见两只巨大的趸船和两座巨大的钢引桥，出现于岸边的海上。这是开发湄洲湾的第一项工程，这是一座泊位很高的食盐的专门码头。我国的食盐已从这个码头运往中国香港、菲律宾等地区和国家。船行中，我看见秀屿港西边的海滩上，停泊着三艘巨大的外国远洋轮船。那里的海滩，原来是一个占地甚大的拆船工地。那些业已显得陈旧的远洋轮的船壳等各项钢材，在海滨的工地上被拆开，将被铸造为新的钢材。离拆船工地不远的山坡上，一座露天的轧钢车间的建筑物正在耸立起来，据云，这里的拆船工业在这海滨配套起来。很明显，这个尚处于规划、筹建和初步开发的湄洲湾的内澳港、秀屿港正跃跃欲试，已开始振翼欲飞了。

盛夏的太阳从海湾上面的蓝空中，俯视着我们行进的机帆船，时有凉风吹拂我的衣衫。不知怎的，我会想起，这凉风是从湄洲湾外的海上吹来的，它原来是大风，可是经过湄洲岛以及罗列于港湾内的一座一座岛屿，然后吹到我们身上和船上，已见微弱而又凉爽。我们乘坐的机帆船不久便在横屿与罗屿之间的港道上行进。这横屿和罗屿并列着，好似海上的门楣，被称为湄洲湾内澳的第三道门户，它们之外，尚有其他岛屿形成的门户，直到湾口的湄洲岛，形成一道一道的门户，守卫着整座的湄洲湾。我觉得我们的机帆船，在海面上犹如一只采菱的小舟，船舷两侧溅起许多浪花，好像有人自海中举起一束一束的白茉莉花。船虽小，却平稳极了。我坐在船上，想起我们的小船行经的港道，水深据云都在十米至十七米以上，想起五万吨至十万吨的大轮船正可以在这港道上自由来往，想起从最辽阔的国土开来的轮船，都可以在秀屿等港口的码头停泊，想起整个湄洲湾的现代化建设的前景和它的繁荣……心中振奋不已。

　　我们在湄洲湾内航行了一小时半左右。第二天，我们将乘车到忠门半岛，从那里的文甲海峡，改乘小轮船渡海到湄洲湾口的湄洲岛上去，那里有世界闻名的妈祖祖庙。

　　（首发于《福建日报》1984 年 9 月 20 日）

台风停息以后……

  9月22日，下午五时三十分。鼓浪屿。此刻台风刚刚止息。我从休养所里走出来，站在海湾的防浪石墙后面，看那空中的浑浊、纷乱而又阴灰的湿云；不知怎的，我会感到那空中的湿云，有如一座一座废墟，都向海湾外面的方向流动而去了。呵，我知道，高空中还充满着风，它在推动着云。但如闽南气象歌谣中所歌唱的，那是"回头风"。就是说，那是从海上袭击而来的台风，在遇到内陆某些山脉的峻岭时，被挡回而形成的所谓"回头风"。此刻，我仿佛能够感觉得到，这种风已显得疲惫、怠倦了。

  我站在海湾的防浪石墙后面，多久了？我一直注视着那空中的湿云的变化。呵，我站在那里多久了？慢慢地，那空中的湿云一分比一分变得美丽起来。我自己仿佛回到耽于幻想的童稚时代，我看见那些云，有的开始变为一群群的羊，一群一群的鹿；其中有些羊正在吃草，正在走向牧场，有些鹿正走过一道河。我看见那些云，有的变为一个一个洞窟，那洞窟的壁上，有野牛、古象的图像。慢慢地，看到那些浑浊的湿云，一边向海湾外面流动而去，一边正在分裂；看到那些湿云正在分裂成为高低的许多层次了，它们的色彩也正在微妙地发生变化；看到那些低处的云，还是阴灰的，再上一层，出现几片白云，几片雪白而明亮的云，仿佛有几缕远方投来的阳光照耀在它们的上面了。我又看见在海湾与天空接壤的地方，出现几处碧绿的、浅灰的、浅蓝的天色；出现几朵彩霞，好像开放了几朵美丽的玫瑰花。

我在心中想道，这台风停息之后，海湾上出现的晚景，原来十分动人和美丽。

（首发于《星火》1984 年第 11 期）

色彩的层次

车入顺昌境内的深山密林间，我发现这一带的松林、杉木林，都站立在山巅。而杜鹃花一丛又一丛地开放在临溪的岩隙间。这形成一种连绵不尽、从车窗外慢慢地掠过去的画屏，一种色彩层次分明的画屏。这画屏的上层是松林、杉木林的暗绿以及若干混杂其间的樟树的嫩绿；下层是杜鹃花的热烈的丹红。但是，不止于此。还有一个层次，这便是，还有蓝天、山上的林木以及岩石、杜鹃花丛照在溪水中的色彩的层次，这反映在水中，并在其间颤动和发亮的色彩的层次，动人极了。

4月是花的季节。我想起二十世纪七十年代初期旅居于闽北一个高山地带的小山村时，曾携儿女漫山游。我知道，杉木林、松林下面的草地间，杜鹃花丛之间，还有各种的野花开放。那色彩是十分缤纷的。然而，行车中，大自然的另外一种并不十分显露的、零散的但又同样是规模恢宏的色彩涂抹则观察不到了。要看到那样绚丽的、丰富的色彩，要随时深入大自然的堂奥中。

（首发于《上海文学》1984年第11期，收入《给爱花的人》）

秋夜的云和月

好像已成为习惯了，走到溪边的草径上，要回到村中去时，我喜欢一边走，一边从枝丫间看深夜的天空。呵，一个晚秋的月亮已经升到中天。我从乌桕的赤裸的枝丫间看这个月亮，感到今夜它是扁圆的，感到今夜它正倾注全部才情在空中发光，是黄色而明亮的。

我一边走着，一边从一棵又一棵乌桕的树枝间看夜空，感到今夜的天空好像一座暗蓝的海，一座发亮的海；感到今夜云多，有许多白色的云从四面黑色的山峦和发光的林梢后面涌上来了。

我走到村前的石桥上时，站住了。我看见天上的白云，有的被月光照耀得好像海中的雪峰，有的像白色的海岛，有的像正在移动的、发亮的绵羊群；我看见这羊群四近有许多星星，也被月光照耀得好像发亮的百合花了。

这时，忽地有个想法无端地流过我的心间，以为这个月亮今夜成为世界的中心了，因为由于有了它，因为它发光，天空上一切都发亮了。

（收入《小小的履印》）

看垞人

在我的家乡，果树园方言称"垞"。我家的附近有许多龙眼垞，即龙眼树的果园。农历七月或八月间，龙眼树的果园里，比较热闹。因为龙眼成熟了，园中住着"看垞人"。他们在树下搭着临时的床，夜间就睡在果园里。那龙眼园多是地主家的私产。"看垞人"往往是在农村里，甚至从沿海地区所谓"界外"的渔村里雇来的短工。

我喜欢到龙眼树的果园去看望"看垞人"。有一位老人，他满腮胡子。只是从他的胡子间流露出来的微笑，十分吸引我，使我感到喜悦，使我想亲近他。我家附近有一座属于关姓地主家的龙眼果园。它是这一带果园中，最好的一座果园。周围砌以土墙。有一个木门，平常锁着。我上学经过这座果园时，喜欢从围墙的土洞间往园里窥看。我感到园里很寂静，除了鸟声外，好像什么声音也听不到。但是，在土墙洞孔里，我看到园里的树上有松鼠，跳来跳去；地上有草，草间有蚱蜢跳出来，有野菊和其他野花。我很想到园中去玩，但是走不进去。这一直是使我懊恼的事。这一天，我看见那木门打开了。这是我放学的时候，我想走进园中，看一看野花和蚱蜢……

我刚走过园门的木槛，猛一抬头，看见园中的龙眼树下搭一只竹床，挂着七补八钉的破旧蚊帐。有一老人独自坐在床沿吸水烟筒。他的面前腾起许多白烟。我一怔，却见老人向我微笑。他放下烟筒向我招手。当时，我虽然年纪幼小，却感到他是如此陌生又如此亲切，使我的疑惑一下都消融了。

我后来常到这座果园来看这位老人。他似乎一下子能够觉察到我的心中喜欢这园中的一些什么东西。有一天，他看见我向他走近了，便从床头取出一个火柴盒，说："你猜——盒里关着一只什么？"

我把火柴盒接过来，放在耳边，只听见咯咯响，有什么昆虫在盒内爬行。我把火柴盒一打开，只见一只蚱蜢飞出来，掉在几尺远的空地上，随后又一跳，跳到前面一片草丛中去。那里开放着白色、蓝色的野菊和其他野花。

又有一次，我到果园里来。老人拿了一只用带子捆住的松鼠给我，说："喏，这送给你。拿好……"

没想到，我刚把松鼠抓到手，说不清是什么缘故，我的手忽地一松，那只松鼠跳到地上，一下子钻到前面的草丛中去，随即沿着一棵老龙眼树的树干一直爬上去，一会儿就蹲在树枝上，翘起尾巴看着我们……

我站在树下，心情懊丧地望着它。然而，我至今记得很清楚，那天，我有一种另外的"收获"。我朦朦胧胧地在果园里认识了一个世界，一个新的天地，一个似乎仅仅是属于儿童的童话世界；当松鼠从草丛间跳出来时，草丛里面出现一个活跃的世界：几只蜥蜴爬出来了，还有几只蛤蟆跳出来，原来宿在草丛间盛开的野菊花瓣上的粉蝶，都飞舞起来。我朦朦胧胧地感受到，草丛里有一个多么热闹的世界。

我似乎为我所新认识的世界感到一种童稚的喜悦和惊异……我忽地发现老人，正站在那里一直看着我，微笑着。可是，从那天以后，我便没有看到他。我至今很怀念他。我很后悔，至今不知道他的姓名和身世。但我以为，他似乎是一位经历坎坷而不失乐观气质的人，他似乎是一位身受许多挫折而尚保有一点赤子之心的人。

1984 年 9 月 14 日

（收入《小小的履印》）

立秋节前五天

我说不清楚。为什么我的心中忽地如许舒畅？为什么我忽地有一个感觉，觉得在这个早晨，我们村里的天空多么蓝，多么深远？

为什么我的心中忽地有一个预感……

我走过村前的石桥时，一下看见桥边溪岸的石隙间有一丛野菊，开放许多蓝色的花朵；这一刻间，我心中一种朦胧的预感立时转成一阵惊喜；我想，使我欢喜的秋天，真的来到我们村间了？

桥下清澈的溪水，照耀着在晨光中初开的蓝色野菊，我看了，十分感动；无端地以为这野花好像在水中向我含笑，向我致意；我看了，又以为这照耀在水中的蓝色野菊，仿佛和我一样，正在回忆着曾经在什么地方最初相见……

回到村中居屋里时，看了一下壁上的挂历（这是我旅居于此小山村期间，壁上的唯一装饰画，才知道此刻离立秋节还有五天。这时，我忽地又在心中想着，这山间的野菊今年提早开花了？村里自然界出现一个小小的特殊情景，秋的季节，今年比人间的习俗所规定的日期，提早来到了？

（收入《小小的履印》）

嵩阳书院的古柏

　　嵩阳书院在河南登封县北郊两千五百米的地方。这是一座很古老的书院，听说创建于北魏太和八年（484年）。又听说有许多著名的古代学者在那里讲学，例如北宋时，便有程颢、程颐曾来到这个书院讲学。

　　除了嵩阳书院外，我到过江西庐山的白鹿书院；这个书院，宋代的朱熹曾在那里讲学。这个书院，和嵩阳书院比较起来，规模更大，四周的风景也显得更为深幽。

　　但是，不知怎的，我更喜欢嵩阳书院。首先，我喜欢它建于嵩山之阳（南部），雄伟、持重的嵩山成为这座书院的远景。不知怎的，我一到这里，便感到胸怀宽阔，视野深远。还有使我欢喜的是，院中有两棵古柏。

　　听说汉武帝于西汉元封元年（110年）游嵩岳时，看到这里有三棵柏树，枝叶异常茂盛，便封它们为将军。所以嵩阳书院的古柏，年纪比书院更老。但这三棵将军柏，其中有一棵在明代时为火所烧毁，现在只留下两株了。它们已经是有两千余年的年纪了，是我看过的古柏中最老的柏树。

　　我到嵩山书院时，深深地被这两株古老的、高龄而又十分强壮的柏树所吸引。我心中出现一种尊敬的情感，一种爱戴的情感。我站在树前，自己在心中发问道：它们是怎么样经历了这两千余年的时间呢？

在北方，我看过许多著名的古柏，例如在崂山太清宫的三皇殿前，看见过古柏；在北京明代十三陵的墓道间，也看见过古柏。但从树相来看，就不如嵩阳书院这两株古柏壮硕、庄严。这两株古柏的枝叶已经不那么茂盛、苍郁的了，但树干径长极大，一看就使人想到树根是深植于泥土之中，一看就使人想到几千年的风霜的侵袭使它们更加顽强地生长于我国中原的土地之上。站在树前，不知怎的，使我想起它们是我国历史的象征。

嵩阳书院院外的西南隅有一高大的石碑，名叫"嵩阳观感应颂"石碑，碑文刻于唐代天宝三载（744 年）。它有八米高。一千余年来，风风雨雨，它都顽强地站立在那里，好像受了古柏的感召。

（首发于《福州晚报》1984 年 12 月 31 日，收入《早晨的钟声》）

一年之计在于春

　　我有一个想法，春节在我国民间诸传统节日中，比较系统地、集中地表达了我国各地的风尚以及各地人民在文化、艺术生活中的情趣和审美观点。

　　一年之计在于春，春节表达了我国人民的对于春之传统的祝福。人们在春节期间，尽情抒发了心中的欢情和对于生活的期许。而人民的这种情怀，主要在各种文化、艺术活动中体现出来。

　　各色各样的花灯，在元宵月圆之夜点起来。万人空巷地在灯市间观赏灯节，天上的明月与人间的明灯共同发出光辉，笙歌响彻霄汉。这最能显示一种节日特有的欢乐气氛，和人民对于光明世界的追求。春节期间的舞狮和舞龙灯，我又以为这是我国人民对于尚武精神的尊崇。

　　在我国南方的若干城市，例如广州，春节期间有传统的花市，其盛况和灯市不相上下。在我国闽南诸县市，许多家庭中，春节都养了水仙，在花瓶中插着南天竹、蜡梅或是梅花。花和灯一般，都是美丽的，能表达人民对于一年之美好祝愿的情意。

　　春节期间有拜年的习俗。记得小时在家乡，当时有的家庭有一种家庭、家族团拜之风，幼者向长者、后辈向前辈拜年，长者、前辈则向他们说些吉祥、勉励的话。这实际上是趁一年之始，趁此佳节在家庭以至一族进行某种美德教育。

春节作为一个传统节日，其活动内容十分丰富，它的内涵也是多方面的。它是我国人民和先贤为我们创造和将活动内容不断加以充实、丰富的一个民间传统节日，是我国诸传统节日中最动人、美丽的节日，几乎是老少共赏、雅俗共赏的一个节日。它的内涵有许多合理的、今日仍可以运用的部分。当然，在旧年代里，春节中也出现许多不良的、落后的习俗；特别是贫苦人家，生活在下层的人家，春节对于他们往往只留下悲伤的回忆。这些情况，现在是一去不复返了。今日所过的春节，无疑是具有我们这个时代色彩和人民情感的传统节日。

（首发于《科学与文化》1985 年第 1 期）

闽南旅行

白塘和宁海桥

　　白塘是一座湖。它的湖水不是蓝色的，像溪水一样，有时呈深碧色，有时则是一片白茫茫。我从小就听说过，有成阵的沙鸥以及其他水禽飞到白塘，准备在那里过冬。我从小还听说过，《白塘秋月》为家乡莆田二十四景之一。到了秋天，照在这里湖中的月亮，分外明亮。特别是中秋节之夜，秋月照在水中，天水一色，风景极佳。那天夜晚，湖中还有许多画舫、小舟；这是从四乡里来到这湖中游览的船。船中有八音等乡土音乐吹奏起来，乐声传到很远的村间。家乡的习俗，那于中秋节在白塘中泛舟赏月的传统和习俗，从小便使我向往不已。但白塘离我家所在地的城关相去十多千米，平时就未能来到白塘，那中秋节在湖中过节赏月，更是一种难以得到的机会。

　　白塘是一座湖。而在古代，这里是一片海滩。历代人民在这里围垦农地。海滩渐渐地变成绿野了。还有大面积的低洼处。家乡的两条大溪，泗华溪和木兰溪之水，汇流到这里来，于是这一大片低洼地成为一座湖。这湖，它的水域是如此辽阔。今年6月下旬，我到家乡莆田，要到湄洲湾去，顺路绕道来到这里,看看从小在我的心中占有地位的白塘。呵,洋洋乎一片大水,茫茫然不见边际。它不像一般的湖那么温柔,那么秀丽。没有湖中的亭榭,没有岸边的垂柳。但是,那茫茫然的、洋洋乎的,倒映着整座天空的、灰白色的一片大水储藏其间的这座湖,它另有一种气概,另有一种摇撼人心的粗放的美。它是一座灌溉的湖嘛,它使周围原来由海滩围垦起来的农田成为绿色,成为金色,生产稻粱。据云,湖岸上原来有十数座古石桥,还有石经幢塔,大半为宋代之物。但都来不及去看了。即使如此,我在湖畔徘徊,已觉得这湖给人提供一个历史的见证:故乡历代人民多么勤劳,他们兴修各项农田、水利设施。这座湖是一个杰出的存在,是家乡人民又聪明又勤劳的见证。

宁海桥为元代之物。这也是一个显示故乡人民的创造力、坚毅精神以及智慧的见证。此桥离白塘不及两千米,那天也顺道去看了。那里,原来是木兰溪注入兴化湾处的一个渡口。元正统二年(1334年)开始于此建桥,以便行旅。据云,这座石桥共修造七次。现在所见的这座宁海石桥,为第七次在清雍正十年(1732年)所造。这是一项多么艰巨的工程呵!桥有十四座船形的巨大石墩,桥面一共用了七十多块长达十三米、宽和厚各一米的巨大石梁架设而成。我站在桥前,望见海潮正汹涌地从桥墩间冲进来,与木兰溪流来的淡水相汇,激起一层一层的浪涛,其声哗哗然盈耳,气势壮伟。桥前有武士石像,其中两尊为明代人所刻,另两尊为近人之作。这些武士手持长剑,身披战袍。这武士像是艺术品,与古桥组成一项动人的古代建筑。这项古建筑,似乎不仅表达了人民的创造力,也表达了人民保卫家国的决心。

1984 年 9 月 7 日整理

登宝盖山

翻阅日记，得知是去年 9 月 18 日登的晋江宝盖山。为时不觉已将一年了。记得当时颇有些新鲜的感受，如果当时能把它记述成文就好。现在所记的都是一些追忆。宝盖山给我最初的印象是：它是一座布满岩石的山，树甚少。我想，可能是因为它屹立在海湾的岸上，风大，而山上岩石多，土少，故不易种树。另外，它又是孤零零地一山独立于岸际。如此，从外观看来，它给我以一种孤傲、坚毅之感。

姑嫂塔便建立于此石山之巅。它的塔基屹立于看来是一整块的大岩石之上。塔亦由石造。这是一座古石塔，始建于南宋绍兴年间。它其实是一座古代的航海的航标。它的存在，亦提供一个明证，泉州在古代即为我国海运繁盛的港湾。宝盖山像一座石头海岬一般突出于海上。其左为泉州湾。立于山巅或塔上，可以看到惠安的崇武半岛，那里的古城墙隐隐地出现于迷蒙的远雾之间。其右为深沪湾。我记得那天我似乎还看得见那里的海面上有许多渔船，朦朦胧胧的海云涨漫之间，又似乎隐约可见深沪湾上依山建筑的渔村和防风的木麻黄林带。我觉得：姑嫂塔立于宝盖山之上，作为自古以来的船舶来往、进出港湾的航标，从地理位置的选择来说，是合适的。我又觉得，山为石山，塔为石塔，经得起风风雨雨的侵袭；而自宋以来，石山上的这座石塔，风风雨雨中已屹立于海边八百余年了。

我国的古塔，往往成为一种可以传世的艺术而存在于世间。姑嫂塔有一种古拙的美。塔上的若干浮雕，如花卉、如佛教人物的造像，都很朴素、简洁。我记得曾站立在塔上两尊女像的浮雕之前，观赏了许久。两方石头在古代无名雕刻家的手中，被化为具有永恒生命的艺术品，实在令人佩服。我始终觉得，我国的悠久的艺术传统，和生活的源泉一样往往是取之不尽的。例如到泉州，可以在开元寺，在五里桥，在清真寺遗址，可以在九日山、清源山，可以在其他许多保有古代艺术的名胜古迹所在之处，当然也包括在此宝盖山，得到很多有关艺术的非凡的启示。我自己有一个感觉，宝盖山的姑嫂塔，有如一册讲述艺术的书籍，它告诉我们许多艺术原则，告诉我们作品应该朴素和具有真挚之情。

若干名胜或古迹，往往附有民间传说。姑嫂塔有诸多悲戚的传说。其最动人者，一为姑嫂二人日夕在海岸边宝盖山上等待其亲人自海外归来；一为姑嫂二人日夕把石块堆叠起来，石堆终成石塔。有人云，塔上的两尊女像浮雕，一为姑像，一为嫂像。在民间，已将传说中的姑嫂二人的行为视为坚贞和毅力的象征而加以神化，人们是尊崇美好的情感的。我觉得传说也反映了侨乡妇女想念海外亲人的真切情意，此项民间传说充满人情味，故为世人所传颂。

记得那天下山时，我看见路旁的山岩的石隙间，生出一些细小的、几乎不易为人觉察的细草和野花。那野花，其色或白，或黄，或紫，或紫白相间。花形极小，叶形极细。这使我想起北戴河的海边岩石间，闽东三都岛临海的若干岩石间，也生出一些野花及山花，花形亦细，但色彩颇见鲜丽。我觉得，坚硬的、顽固的石头之间，也有柔情的花朵，这使我十分感动。那天大约在山上逗留了近两小时（其间包括看一些其他设施，如地洞等），遂下山。车回到泉州时，一阵骤雨刚刚过去。我因此想起，怪不得在宝盖山上时，北望泉州的清源山等地，其上有乌云浮动哩。

1984 年 10 月 6 日追记

登九日山

泉州西郊有九日山之胜。此山有二峰（或曰三峰），其东峰亦名高士峰。据云，有唐代诗人秦系（字公绪，号南安居士）隐居于此，故名。其西峰亦名西佛山，上有一尊石佛，高达四米有余。我上九日山，首先是为了看这尊石佛的。闻它乃五代时所刻。佛像外面有石龛保护。这石龛就像一座小小的石寺。这是一件艺术品，佛相庄严、慈悲。我以为那石龛的造型、雕刻，亦古雅可喜。石佛的附近，有松，有凤凰木、相思树，有野蔓绕于岩石之上。于是，我又以为，这石佛及其石龛被布置于一种山林的野趣之中。

东、西峰之间，有一条若隐若现的涧水，自山坳的高处流下来。我所以说是若隐若现，是因为涧流极小，有的地方涧底已经枯涸，两岸又为野藤、芦苇、蕨草所遮蔽。从石径一路向西走过去，目的是要去看看那些古代祈风的石刻。想不到石径两旁的风景甚佳，也值得人流连。除了涧流之外，时或见到一些岩石；这些岩石，或圆或方，种种形状，随意而立，而歌，而斜坐。石隙间时或见有一二相思树，盘根错节于石上。这些景观不易为人注意，倘稍为疏忽，即便放过；其实它们像一篇篇表面看来似甚平淡的小散文，仔细一读，便觉其味甚醇，经得起咀嚼。

九日山上，有自北宋至南宋两百余年间的许多石刻。这些石刻，主要记述祈风事迹，文字简练，可作书法观赏，亦可作小品、随笔读。泉州在宋代已成为国际性的贸易港口。据云，当时用的是木造帆船。船自泉州到阿拉伯、至东南亚诸国的港口，主要是利用海上的季候风，外船之来我国而泊泉州港口者，亦然。这就在泉州形成了一种"祈风"的习俗，以祈求船舶在海上航行的平安。我站在那些记录中外交通、贸易往来史实的祈风石刻前，可以设想当时泉州的地方官员，特别是那些负责船舶管理的官员们与外国商人在九日山祈风的盛典。

九日山上最大一块祈风刻石，如此写道：

> 淳熙十年，岁在昭阳单阏，闰月廿有四日。郡守王仅同典宗赵子涛、提舶林邵、统军韩俊，以遣舶祈风于延福寺、通远、善利、泉福王祠下。修故事也。遍览胜概，少憩于怀古堂，待潮泛月而归。

从上可知，他们在祈求船舶能够顺风开到国外。举行盛典时，泉州地方的有关官吏都到延福寺以及通远王等祠来祈愿，随后又遍游九日山的胜景并在怀古堂休息，一直等到晋江的水涨潮了，始泛舟回到泉州。我到九日山时，已看不到延福寺、通远王祠以及怀古堂等古迹。这些古建筑已不复存在了。但我在九日山上，除了看到祈风石刻外，还看到唐代以及宋代如蔡襄、朱熹等人的其他摩崖石刻，得到艺术上的很好享受。

据云，九日山上尚有"翻经石"，但未见及。这"翻经石"是南朝时印度僧人在此翻译《金刚经》的地方。传说是否可靠，未作深究。但说明泉州在很早以前，已有中外文化的交流，已与外国人结下深深的友谊。下山时，见山旁有野桃一片，开花如一片粉红色的烟雾。它深深地使我感到，春意已开始弥漫于山间了。

1984 年 10 月 7 日追记

仙字潭记

仙字潭在漳州东北三十四千米，离华安县汰建公社的社址仅三华里。我于 1983 年中秋节早晨七时半许离开漳州，不及一小时，车便开至仙字潭边的一座土阜下。随后，沿着土阜的小径行至潭边。这是一座溪中的潭，汰溪之水注入潭中，又往前流。潭之附近有水草，有溪石，有小水洲。呵，这是一座安静的潭。我站在溪石上，望见对岸有一巨大的石岩，此岩石一半成为潭壁陷入水中，一半如石壁屹立岸上，成为山的脊梁，成为对岸笔架山的高高的石壁。石壁之上，有松、有竹、有野藤，此外野草茂生。我只觉得这里深幽而静谧。

这里，在春秋战国时代，甚至在部落酋长制尚盛行的商周时期，在两千四五百年以前，如此深邃的、静谧的山野之间、溪水之滨，是古代的吴族、越族、番族杂居的一个重要地带？这里发生过酋长各自率领自己的部属互相杀戮的战役？这里，曾经是一处战场吗？石壁上有五处刻上图像文字二十字。它们像儿童画一般，稚气但却老练。字形多么古怪、奇异呵。古人不知，以为字乃仙人所作。我们也看不懂。那是字吗？那是舞女吗？那是排列在一起的、待命出征的洪荒年代的战士吗？那看来是否又像飞鸟、跳水的青蛙、鱼、蜥蜴之模拟的形象？的确，至今许多人都不明其意。据某些考古学家云，那是描绘部落酋长在宴乐的情景，那是描绘吴族出征胜利、悬挂首级以庆战功的情景，可我看来看去，看不出此等意思来。凭着我自己的设想，以为那是描绘若干古代劳动人民在此溪畔以及潭中捕鱼，以及在附近山中狩猎取得成果的图像。

潭水极清。溪水亦清。同行中有禁不住到溪中游泳者，但对于潭，以其太深，都不敢下去戏水。返时，车行至汰建公社休息，啖华安产文旦柚两颗，以为中秋节而啖此名果，殊可慰。

1984 年 10 月 7 日追记

东山水城

我看过三座水城。一座是山东蓬莱的水城。余二座均在福建，即惠安崇武半岛和东山岛（县）的水城。这三座水城都俯视着大海。去年 6 月 24 日，我游了东山的水城。这是一座光荣的城！它始建于明洪武二十年（1387 年）。它屡建战功。我沿着筑于海边岩石之上的城墙的长廊漫行，有时停步坐于城墙之上，眺望大海。我看见海是浩瀚的、蔚蓝的；我看见海上有许多浪花，有时如百合花，有时如成束的白玉兰，在波浪间发亮；我看见海上有岛屿，其中一屿曰东门屿，上有石塔。我觉得从城上，不管从哪一角度、方向看海，海都是壮丽的。就在这海面上，我知道，我们的前人，古代的岛上人民，曾消灭来侵的倭寇，曾打败来犯的荷兰帝国的东印舰队；这海面上，曾是郑成功练兵、造船，立志抗击清兵的根据地……眺望大海，心中不禁有江山多娇，引英雄折腰之感兴。

这座古城之内有许多岩石。其著名者有礼僧石和风动石。一石浑圆如僧面，我几次看它，都觉得这块岩石的确像是一位虔诚的和尚盘坐在那里礼佛、悟道。风动石为一巨石，据云有二丈见方（一说一丈宽，三丈长）。自然之母把它放置在另一如盘的巨石的边角上，风来，它会动摇，但它的历史说明，它绝不会倾倒下来。石上刻有黄道周及其弟子陈士奇、陈瑸的名字。他们以凛然的民族正气为世人所景仰。

我到东山后，曾访问过黄道周的故居。黄道周出身于贫苦的家庭，小时即半耕半读。他的故居十分简朴。风动石就在黄道周故居不远处，礼僧石则离故居更近。而东山水城则在故居的屋后。我有一个感觉，这些成为风景的岩石，因与民族英雄的故居相近，似乎显得更加动人；而东山水城也似乎因此之故，显得更加威武。

1984 年 10 月 8 日追记

清源山的岩石和树

泉州北郊的清源山，已到多次，这是一本画册，它有一种力量或者说魅力；每次翻阅，总有所得，这次来，是对于山上的岩石有一种此前所未得到的感受。我以为，登此山，始知此山之石，不仅可供筑佛亭、刻佛像以及作摩崖石刻之用，并且成为艺术品；最主要的是，觉得此山上的岩石，不论大小巨细，均有其可供观赏的动人之处，均为此画册中名手所作画之不可或缺的点缀。我到清源山，无论去千手岩，还是去弥陀岩，的确觉得目之所及，无论哪块岩石都被安排得十分自然、得当，不可更易。到弥陀岩的途中，登石级时，其旁为一条形态不一的岩石构成的小涧，虽然几次来，都未见到涧中有泉水流淌，但小涧两岸的这些岩石，认真地观赏，每块都令我生爱。

古人有爱石之癖好者，大抵把石头搬到自己的园林中，这种雅兴，我颇不以为然，因为园林中的假山，那被安排在那里的岩石，再精巧，也失去自然之态。我意，自然成章，最是动人，最是可贵。

这次游清源山，对于此本自然界大画册的树木，也有一种此前所未得到的感受。清源山上，除了千手岩前有几棵松树外，余皆相思树、榕树。这实在是闽南山野间最普通的树木，但我意是，正以其普通，而又能茂盛地生长于名山之间，故更值得珍视。这些相思树、榕树，都扎根于岩石间，莘然立于天地间，气宇非凡，显示大自然画师的非凡的笔力。

1984 年 11 月 30 日，福州

（首发于《清明》1985 年第 1 期，收入《旅踪》）

在武夷山自然保护区

桐木大队

桐木大队在闽赣交界的桐木关西南麓，处于武夷山自然保护区的腹地。四近山岭，均在海拔千米左右，覆盖着苍翠的、茂密的、湿润的原始次生林以至原始林。桐木大队的队部所在地，有一条湍急的山溪，从村中的深谷间流过。有二十余户人家居住于此；其木屋和屋前的瓜棚、田畦一起，散落于溪畔的山坡上。

我看到村中有一座白色的教堂，门前有一口钟。这座教堂建于二十世纪二十年代，距今六十多年了。据资料记载，十九世纪八十年代，便有法国神父在崇安、邵武、建阳一带，即今之武夷山自然保护区内采集鸟类标本。其后英国人、美国人、德国人等多次在这一带采集爬行、两栖类动物标本。《武夷山通讯》增刊四记载："1937 年，法国人克拉希克在光泽、邵武县境内和挂墩工作一年多，采集昆虫标本十六万号及其他动物标本。"他们借用宗教传道士的身份，进行生物资源的考察和搜集。我在村中这座白色的教堂以及那口钟的前面伫立很久。里面已不见外国神父在祭坛上说教、传道了，诵经的钟声也听不到了。但深深地想起旧中国的民族灾难和所受的各种屈辱，心中至为沉痛。

现在有如此一种情况，一些统计数字读来具有诗的魅力和感人力量。据资料记录：我国昆虫至少有十五万种，福建昆虫至少有三万种，其中武夷山至少在万种以上。我到桐木大队，深深地感受到此间是一个罕见的禽鸟世界和昆虫世界。我坐在村中溪畔的木桥边，倾听画眉鸟、鹧鸪和某些不知名的禽鸟在林中此起彼落地、再三再四地用歌声互相对答。与此同时，我听见林中不止的蝉鸣声。我慢慢地发觉，这蝉的歌声，绝不是用一种单调的叠句在长吟，更不是一种蝉类用一种调子在长吟。仔细地听，和有心地加以分辨，我会感觉到在一片树林中，至少有五种以上的蝉栖息于树荫间，各以自己的调子和歌唱方式在长吟，组成蝉的音乐的合奏。我住在桐木大队队部临溪的一间小房里。夜间坐在灯前，会有各种各样的昆虫从窗口飞进来。它们在窗上、墙上扑击，各以不同的姿态在灯前旋转低舞。我更看见几十种昆虫，例如蜉蝣、蛾、蝴蝶、蚱蜢、蝼蛄、螳螂以及甲虫、瓢虫，在凌晨都栖息在小楼走廊的灯照亮的白墙上。它们一动不动地停在一起。其中有许多蛾和蝴蝶的翅膀美丽极了，好像是图案贴在白墙上。

有一天夜晚，我沿着村中的山溪漫步。这条山溪，流过峡谷，在村外与另外两条山溪汇合，流经自然保护区办公大楼前，在那里转了一个大弧形，又往前奔流，听说流到武夷风景区的九曲溪中去。夜色很浓。山间的月光照在夹岸的森林中，照在溪水中。溪声哗响中，我听见显得十分喧闹的蛙声，自溪中的岩石间，自路旁的草丛间，自林中的湿地间不停地传来。夜晚在这深谷和溪间听见蛙声，犹如白天听见林间的禽鸟声和蝉声，如果仔细辨别，就可听出有多种不同的蛙类，各以自己的调子和歌唱方式，组成音乐合奏，衬托出森林在夜间更显得深静。在漫步间，有时还看见有夜间活动的蜥蜴，从草间爬行出来。我感到这里又是一个两栖动物蛙类以及蜥蜴的世界。

在武夷山自然保护区的办公大楼——离桐木大队不过三华里，有一个生物标本的陈列室。我在桐木大队期间，去过两次。看到崇安髭蟾和武夷湍蛙的标本。这是很名贵的标本，因为这是世上稀有的蛙类标本。崇安髭蟾俗名角怪，据云仅武夷山自然保护区的挂墩等处的山溪里才出产这种蛙类。至于武夷湍蛙，是 1975 年才定名的、新发现的蛙类品种。在这个陈列室，我还看到生活于武夷山自然保护区内的鸟类、兽类、昆虫、两栖动物以及各种植物标本，包括许多低级的菌类、苔藓的标本。陈列室中有一只鹰的标本，我站在它的前面，拍了一帧纪念照片。我觉得很久没有看到在空中盘旋的鹰了。

登黄冈山

黄冈山高达海拔两千一百余米。它不仅为武夷山脉的主峰，在华东诸省亦属山峰中之最高者。武夷山自然保护区成立后，已有一条简易公路可以通车直达山巅。6 月 27 日上午，车自桐木大队（属崇安黄坑公社）出发，不消一刻钟，即抵黄冈山西麓。我注意到，车过桐木大队村前的石桥之后，便向着那极富于原始情调的树林的深邃处，向着陡坡缓缓地攀登上去，不久即到了山麓。这时，从车窗里，我看见公路正沿着一条山溪前行，此山溪被丛莽深深地埋藏着，车行中，有时会看见这山溪突然出现比较宽阔的溪面，湍流从溪间的岩石隙中奔驰。公路似乎是在一条又深又狭的山谷间，为人所不知不觉间，一米、一米地向上升高。据我了解，桐木大队所居之地为海拔八百余米，我想，至黄冈山麓，这里地势当在一千余米之高了。这一带所见的尽是绿竹，其间坡地上混生马尾松林，此外还可见到木荷等美丽的阔叶树。在木荷树的林下，我偶或看到有黄栀子的灌木丛在开花。

登黄冈山之前，我阅读了一些有关资料。得知这座华东海拔最高的山体，植物的垂直带十分明显。从低海拔到高海拔，散布着不同类型的植被。这引起我极大的兴趣，我做了笔记。车行中，我发觉自己有一些平日所没有过的、特殊的心理活动；这，或许可以这样说，我似乎在学习用两副目光，即以诗的目光，又以科学的目光来观察、来感受自然景象。当汽车缓缓地沿着盘山公路蜿蜒地向上攀登时，绿竹慢慢地稀少了，以至再也看不见它们的踪迹。与此同时，马尾松树林也看不见了。而在向阳的山坡上，出现一片又一片的黄山松树林。黄山松枝叶疏朗，树干盘曲，有一种中国圆的美感，它的树林下边，我时或会看到一丛或独株的杜鹃，但眼下不是它们开花的时节，如果开花，与黄山松相衬托，真如中国画了。随着汽车继续向上攀登，车窗外开始出现美丽的南方铁杉了。不像黄山松和杜鹃，我旅居于仙霞岭南麓一个山村时，是为我所熟悉的树木、花卉。

而南方铁杉为我初次所见。它们三五株或七八株聚集一起，生长于山上的谷地间。它们作暗绿色，干上附生许多苔藓，也富于画意。看到南方铁杉，引起我很大兴趣的是，它们好像是站立于此高山上的科学实证：说明这一带山岭曾避开第四纪冰川的袭击，而作为古生代的"孑遗植物"在这高山上繁衍它们的后代。我在车上把怀中的笔记本取出来看看，知道在这座山体上，出现以南方铁杉为乔木主体的植被时，就表明这里已是一千八百余米的高地了。

在以黄山松林为主的植被地带，我见到林下有花事已经阑珊的杜鹃的灌木丛。到了一千八百余米的高海拔地带，我时或从车窗间看到，在南方铁杉的林间，混生着正在开花的云锦杜鹃。这是一种乔木，花作淡紫或粉红色，很美丽。我忽地在心中生出一种想法：认为在这盛夏，攀上这高山，从云锦杜鹃的开放来看，在季节上说，我们又回到暮春时分了。汽车缓缓地沿着盘山公路继续向上攀登，我又打开笔记本，得知过一千七百米左右的海拔，这山体上便有所谓山地苔藓矮林的植被。情况确实如此。只见车窗外的林木的确显得低矮了，树干大半显得弯曲了，可惜的是许多树木我都叫不出它们的学名。当我们的汽车快开到山顶时，这些矮树林便好像被抛在后面，我们从车窗看到，前面尽是一片山地草甸了。

我们的汽车在气象站——它正在兴建——前一座备料木屋旁的一片旷地上停下来了。这里便是黄冈山之顶？我们已到达这座高山之巅了？这里给我最初的印象是：这里仿佛一座牧场，一座平坦的、牧草丰茂的牧场。这里，除了青草之外，看不见一棵树。这里，除了青草之外，看不见岩石，平坦之至。可以说，从外观看，这高山之巅使我感到意外的平凡，但又有一种我说不清的气势。

那天，比我们稍迟登上此山顶的，还有某县卫生学校的几位教师和实习学生。他们是来采集中药草的标本的。我和一位老师攀谈起来。看来，他是一位专家。据他说，他曾多次到过这里。他对情况确是熟悉的，并有丰富的、实践中得来的专业知识。他把足下的青草拨开，指出其中生长的一棵小树，告诉我："这是黄山松的幼树。"

"是黄山松吗？"

他告诉我，这是天然下种、发育起来的黄山松，是生长在附近的黄山松的种子，被风吹来或被鸟衔来，自然种下而生长的。他告诉我，这山地草甸里长的是禾本科的五节芒，长得太旺盛了，以致散生的黄山松和其他植物都长不起来。似乎有一种职业上的习惯，他又一再拨开青草丛——五节芒，从中采出偃竹、藜芦草以及唐松草、野海棠给我看。这些植物，我都是初次见到的。特别是唐松草，开着粉红色的穗状小花，好像水边的红蓼草一般美丽。那天，我还手持一根唐松草的花穗，照一帧纪念照片。

这高山的草甸植被，东西长约两千米，南北长约十千米。风吹着，青草好像浪一般飘动着。这时，我联想到，这山顶好像一座绿色的湖。这天，天气少有的晴朗。一路上，一直到此山顶，我们几乎看不见高山常见的云雾，一切都看得很清晰。我站在山顶，远远地望见东面和南面的山冈上，各有黑压压的一大片树林，好像是墨绿和深绿的地毯铺在那里。我问那位老师，他告诉我，那墨绿的一片是南方铁杉树林，那深绿的一片是黄杨木林，这都是十分珍贵的高山的稀有树林。我们在山顶逗留约四十分钟，气温忽地有点冷了，而且刮起风了。这时，我看见有一团一团雾似的云块把东面那片南方铁杉树遮住了，随后，一阵云又浮游到南面黄杨木林间了。但我们所站的山巅上，却没有云和雾，天仍然是晴朗的。

挂墩·大竹岚·蛇园

挂墩和大竹岚现在都归武夷山自然保护区管辖。近一百年以来，这里以昆虫、两栖动物、爬行动物、鸟类以及低级藻类等生物新种的发现地和模式标本的采集地而举世闻名。6月28日上午，八时左右，我们到了挂墩。一条砾石散落的村路，一条充满荒野地带情调的村路，直通村中。路旁的林中是如此的茂密，就我能够知道其树名的树木来说，这中间就有枫、杉、马尾松、木荷、栲树等高大乔木，有水杉、银杏等避开冰川时期的灾难而生存下来的古远的树种；更有很多我不知名的树木。许多藤本植物、蕨类植物杂生林间，缠绕或附生于树干之上。我还看见斑斑点点的苔藓、地衣之属，附生于林间的岩石之上。植物可真繁茂，种类可真多极了。这处处像座天然植物园的树林间，更是鸟类居留和歌唱的自由天地。一路鸟声不绝于耳。这树林间有十分珍贵的黄腹角雉、白鹇等禽鸟，因来访时间匆促，我当然听不到它们的歌声，更没能看见它们的风采。在迷漫似稀似浓的烟霭的林间，我可以说是第一次遇到如此众多的画眉、黄鹂（这都是普通禽鸟）聚会，在树林里此起彼落地，以歌声互相呼唤。我没有走进很深的树林中去。但我似乎感到，从幽暗的林间有啄木鸟敲木的声音传来。有人告诉我，从这散落着砾石的小村路一直走去，可以看到靠近挂墩村庄的地方，树林更深，且有栈道和小溪。而那小溪的岩石间，正是出产著名的崇安髭蟾的地带。但我没有走到挂墩这个村庄里去。

我们的汽车大约十时许通过大竹岚。我们没有下车。据资料记载，武夷山自然保护区内，竹类有十二个属、四百八十多种。而大竹岚有多少竹属的品种呢？我们的汽车在大竹岚的竹林间的公路上，开行近一小时。我一直向车窗外注视着，不论是在倾斜的陡坡上，还是在流水潺潺的泉边，在岩石周围或悬崖之上，都是绿竹。大竹岚和挂墩一样，也是鸟的自由天地，这里居留各种珍禽。车行中，虽然未见深山和竹林中生活的珍禽，但时或见到黄鹂成阵地在竹林间飞行而过，也是赏心悦目的。更看到林地上有许多丛生的蕨类植物；也看到一些蓟草在有刺的叶间开放伞状的蓝花。我想到，它们都在润湿的、阴凉的峡谷和绿竹荫下找到了自己最喜欢的生活天地。

过十一时，车抵武夷山蛇园。这个蛇园，从外观看来，像一座山林间的园林。有假山石，有池，有亭阁回廊。而在这里，培养着几千条的五步蛇、青竹蛇、眼镜蛇等蛇类，进行科学研究和提炼蛇毒。那假山石旁的树上，那池中小洲上的小树间，原来有许多蛇，盘绕在树枝间。在这里，模拟着蛇类适合生活于其间的天地；那模拟的天地，那假石山以及池沼中的小洲、树，蛇们会感到陌生，曾经怀疑过？已经习惯，并感到此间的天地可以乐在其中矣？那亭榭，筑在一条山溪的岸上。穿过回廊，我们被招待在这亭榭式的会客室做客，大家漫话和听取这个蛇园的情况介绍。对于蛇，对于那些白蛇、青蛇，那些变成美女的蛇，在人们先入为主的、已经习惯的印象中，它们是阴险、毒辣、陷害和计谋的化身。在这个蛇园的会客室里，我们听见有人在竭力赞扬蛇的功德，例如蛇能捕鼠，其肉可食，其毒汁经提炼和科学处理，可以治癌等。

蛇园的对岸，有宋儒朱熹的墓，在那里一座高山之麓的树木荫蔽之中。我想，在参观蛇园以后，也去看看这个古人的墓。但因溪水骤涨，舟不能渡。一个小小的愿望一时未能实现，只好留待以后的机会了。

1984 年 9 月 12 日整理毕，福州

（首发于《晋江》1985 年第 1 期，收入《旅踪》）

宁德五章

海岸线

在闽东旅行，会令人兴起一种特殊的情怀。这大概是因为闽东公路大半是沿着海岸线建筑起来的缘故。我甚至曾作如是设想：以福州为起点，经连江、罗源、宁德、福安以达闽东北的霞浦、福鼎，直接浙江省境，闽东公路按着海岸线的曲折多变化，在闽东土地上画了一道金黄色的线，就像我们小时在小学校地理课上，为福建的地图涂上颜色一样。使我感动不已的是，此刻我们的汽车就在这修筑于海岸线的公路上前行。

车在罗源、宁德地界的公路上行驶时，我有一个感觉：就像在北戴河的海滨公路上行驶一样地贴近着大海。车窗外所见海景，我知道，那是罗源湾；随着车往北继续行驶，海显得更加蔚蓝，那就是著名的三都湾了。海湾内时或出现一座两座墨色的礁岩、褐色的小屿，时或出现一些澳岬以及伸入海上的半岛的淡烟一般的远影，使这一带的大海显得十分美妙。若从近处的海来说——我需要说得详尽、明白些，只要我随意朝车窗外一望，首先一个感觉便是海如此贴近着我。我或则见到一堆一堆的岩石排列在海岸下，或则见到大片大片的养殖场从海岸下直向远处的海滩上伸展而去；还会见到被誉为海底森林的红树。这红树不是红色的，它们像园林里一棵一棵苍翠的黄杨木，成片地生长在海岸下的泥滩上，涨潮时被海水淹没了，退潮时又成片地出现了。车行在此海岸线上，最使我赞叹不已的是，高山峻岭在这里也与大海显得如此逼近。特别是，车行至宁德、罗源的白水岭、飞鸾岭的交界地带时，海岸上群峰拔地而起。只见飞鸾岭上云雾缭绕，林木蓊郁，有曲折、陡峭的登岭石磴掩映于杂树山岚间。从车中眺望海边的山景，直使我想起在衡山、嵩山以及庐山所见山岭的气势，似乎甚为相近。清明节刚过去不久，雨量充沛，车过处，时或见及白水岭上有大小瀑布倾泻而下，或注入一道短短的山溪流入海中，或直接奔泻一气注入海岸下的海滩中。在祖国东南的海岸线上看到此等景象，胸中不禁兜起一种不可言状的情怀。

荔枝林

在我的故乡的广阔的田野上，在田亩与田亩之间，在纵横交错的古代灌溉系统的水渠的岸上，有一片又一片的荔枝林。田野因季节的更换，因作物的轮种、生长以及成熟期的不同而变换颜色。4月和10月间，正是麦子和水稻成熟的季节，田野呈一望无垠的麦黄，呈金黄。春天的田野是极浓的绿色。而荔枝林永远是墨绿的，只有4月发芽时，林梢才出现嫩绿和嫩红的色彩。每当我思念故乡的时刻，总会想到故乡的田野好像图案一般美丽，总会想到故乡田野上特有的荔枝林和从林间传出来的叶笛声。

这次到闽东去，在宁德二都的海滨，在那屹立于海岸线的山坡上，看到有一片又一片的荔枝林。我在去三都岛途中，船沿着城澳半岛的海岸航行时，也看到海岸的山坡上有一片又一片的荔枝林。这些荔枝林，一如我的故乡田野上的荔枝林，呈暗绿色，在大海的蔚蓝和山坡的苍绿的衬托下，显得十分美丽。我看到这些荔枝林，如像在他乡遇见故乡的亲人一般，有一种说不出的亲切感。

三都岛的古樟

三都岛上有一棵古樟树，大可四人合抱，其根部如同巨大的渔网一般张开在土地上。它已有数百年的年纪了？它就站立在此岛一条新辟的水泥道之旁，使这条街道显得别有一番情致。这条街道之右，为一条小巷。据云，这条小巷在旧社会里乃岛上最热闹的小街，但是显得潮湿、狭隘、泥泞和充塞秽气，现在则是一条修整得平坦的水泥道。我们走新辟的大街，又绕过这条小巷，便沿着山路登上本岛最高的一座山冈。半山处，见有几棵古木，其中有一棵古樟树，树干上生长许多苍郁的蕨类植物，又有一些野藤垂挂下来。它的根部深植于海岛的土地中。它也有数百年的年纪了？

就在山冈上，在几棵不知名的古树和古樟的掩映间，有一座西班牙的天主教堂。它的附近有一座洋楼，据云，原为英国海关人员的住宅。我想起，在我国的近代史上，三都澳及其港湾内的主要岛屿三都岛，像我国的其他许多商埠、海口一样，自清朝末年以至国民党反动统治时期，有许多帝国主义国家在岛上建立教堂，设立海关、银行、商行，其军舰肆无忌惮地在我国海域内游弋。那些丧权辱国的日子，已经一去不复返了！但是，那些耻辱，永远不能忘记。我觉得，建立在我国土地上的外国教堂和洋人别墅的遗迹，也从反面告诉我们，不能忘记那些屈辱的日子。

当我乘船离开三都岛的松岐码头，在蔚蓝的大海上航行时，不知怎的，我一再回望岛上的那两棵古樟。船离岛很远后，还能望见它们的蓊郁的树影。它们使我想到，它们一直顽强地站立在岛上。它们又使我想到，我们的人民和土地是永远征服不了的。

三都澳

小汽船在三都澳的海域内航行，正逢暮春的风平浪静的好天气。蓝天布满许多白云，有如许多慢慢地移动的白帆。天气暖和。小汽船从三都岛的松岐码头开出不久，望着海景，不知怎的，心中忽地想起少年时代在故乡一个初级中学就读时，在课本上读到屠格涅夫的散文诗《海上》，想到他对海的描绘：

　　海，像一张铅灰色的桌布，不动声色地向四面铺开。它看来好像不大……

不知怎的，在三都澳的海域内航行，我也觉得，眼前的海看来似乎不大。我甚至有一个感觉，我似乎是在一座湖上航行，而湖水平静得如同一张铅灰色的桌布向四面铺开。

小汽船从三都岛向东北航行，只见岛上的山峰慢慢地淡了。而隔海遥遥相望，在二都海岸上拔地而立的笔架山，却巍巍然出现在我的视野之内。五峰突起，呈灰蓝色。随着船的航路的变换，那五座山峰的形状也不断地变化：像五只奔马，像五只朝天呼啸的犀牛，像五只振翼欲飞的鹭……

三都澳有许多礁岩及大小岛屿十来座。船过犬头礁时，但见礁岩裂而为二，形成一座石门立于海面，颇壮观。船过橄榄屿、铜铃屿，远望如一只绿色的船和一只褐色的钟，静止地浮于海面。船过青山屿时，只见许多岩石如城墙、似古堡立于海岸之上。其中有一岩石，在柔和的海上阳光照耀下，恍若一位神采飞扬的古代武将立于诸岩石之间。船上有人说，渔民们都说这块岩石形似关云长。仔细看，岩石上尚有石痕如月，如飞云。小汽船还行经一些小岛屿，看见山坡上，有小片的荔枝林，有柚子树，有岩洞，风景甚佳。我忽地在心中想道，行此海澳中，看到的几乎不是海景，而是海上的山景、石景。

船过青山屿、斗帽屿向东行，便逐渐靠近官井洋了，那里是著名的渔场。再过不到一个月的时间，鱼汛到了，那里将有数千只渔船捕鱼。现在，我只能站在甲板上，眺望烟波浩瀚的远处，只见有一条淡蓝色的低岗有如长堤环抱着大海，那里是东冲口。出东冲口，便是三沙湾，便是东海了。这时，我又觉得自己是站在海上，眺望海以外的大海。

南漈堂小记

南漈堂始建于宋，位于宁德县城北面玉女峰左侧的半山处。从山麓登石级而上，一路山景颇有可观者。不知怎的，我喜欢山涧，喜欢架于山涧之上的小石桥。此次游南漈堂，登上山路不久，便开始过一道小石桥，是桥架于两道小山涧会合之处，我想，这桥、涧，真使山景生色不少。涧中岩石错列，使我想起柳宗元的《钴潭西小丘记》中对于岩石的描绘。"其石之突怒偃蹇，负土而出，争为奇状者，殆不可数。其嶔然相累而下者，若牛马之饮于溪。其冲然角列而上者，若熊罴之登于山。"那些涧水就从若饮水之牛马、若登山之熊罴的怪石间回旋，流淌而过，又从石桥下奔腾而前，其声汩汩然。过石桥，居于右边的小涧被小丘和野树所遮蔽，望不见了。而山路则沿着左边的小涧曲折而上。从此行不数步，抬起头来，便望见南漈堂的暗红色梁栋，屋顶以及白墙掩映于竹篁之间，其左有瀑布自山坳的岩石间倾泻而下。南漈堂亦名飞泉堂，其得名大概均因山上有这么一道美丽的瀑布而来。

南漈堂规模不大。山门自围墙之右边进入。有前后二殿，供佛像。殿西有一堂，颇清雅，墙上有朱熹所书横额"静神养气"及对联"鸢飞月窟地，鱼跃海中天"。窃以为这并不高明，远不如我少时在私塾里读他的《春日》《题榴花》等作，那样的直抒胸臆，能够打动我的心。从堂后出，过一片竹林，有一座巨石天然搭成的石洞。清泉自岩隙间出，洞底积泉如池，如浅潭。坐洞内石上听泉，似有风声从林间吹过，又似有雨声来自林间。这石洞附近，亦岩石错列，争为奇状。闻其中有石如蛙，如田螺，曰石螺钻洞、双蛙观天，但我怎么也找不到，遂听之。洞左现立陆游塑像一尊。查清乾隆四十六年（1781 年）刊行的《宁德县志》，得知陆游于宋绍兴二十八年（1158 年）曾任宁德主簿，其时他才三十二岁。

立石洞前，可以眺望三都湾海上的帆影。我觉得此地既可游山亦可观海，是很难得的。

1984 年 5 月 24 日，福州

（首发于《海峡》1985 年第 1 期，收入《旅踪》）

日出

洛阳

东方浑然一体，弥漫着一种吉祥的、高贵的、紫色的云气和天光。渐渐地，整个天体好像都用紫色的牡丹花瓣渲染起来，此外并无彩霞，并无其他云朵。

此时，我伫立于洛阳的一棵古银杏树下，望见朝日从东方的紫气间庄严地升上来，如同我们的古老而常新的民族从她的发祥地，从我国中原的土地上站起来，放射金光于普天之下。

我的心朝着东方，虔诚地膜拜。

1983 年 4 月 19 日日记

南岳

晨五时，曙光初露，自南岳山庄居处往磨镜台，访怀让墓。怀让乃大慧禅师俗名，为禅宗南宗之创始人，禅宗之第七祖。在墓前读碑文。片刻之间，倏然有万道朝晖自苍松间斜射而入山间和我的身旁。我在心中感受得到，此时，南岳的朝日已上升。五时半，车自磨镜台发，过上封寺、藏经阁，而抵南天门。稍作休息后，车继续盘山而上，直达祝融峰。^①其时为六时四十分。

我伫立于祝融殿前，只觉天风吹衣，但见前后左右，东南西北，众峰起伏。又见有金色的云雾和烟霭飘忽游移于山岫之间。看不见洞庭和湘水，但觉眼前的山川显得无限壮阔。此时，我自己感受得到胸间朝气蓬勃，有一轮金色的旭日自心中升起。

1983 年 7 月 27 日日记

东海

凌晨三时起，沐毕至甲板上。轮船正在我国东海海域内，向东北航行。此时，下弦月悬于中天，星斗粲然，而海水黝黑。船行间，但觉海天无限空阔而又静谧。不久，东方出现几缕明光，青灰而白。

那几缕明光，开始时，仿佛有点凝滞，久久不见有什么变化，持续着，三四十分钟。

我觉得自己在航行中，一直在观察天体的变化。凝视间，但觉空中的色彩逐渐丰富。我要说，我很快觉察到，我的目光不能仅仅注意于东方。今天，到四时二十分左右，我看到我国东海海域的上空（船行中，我一直看到），出现许多鳞状云朵和絮状云朵。而在此纵目所及的极其空阔的天界间，万千零散的、大大小小的、凝滞或飘忽不定的云朵和云絮，被渲染上各种色彩，或橙黄，或堇紫，或柳青，或麦黄，或朱砂丹，或鹤顶丹，

---

① 祝融峰，为南岳衡山之最高峰，海拔一千两百米。峰顶有祝融殿，祀祝融神。

有的则不过是普通的雪白和淡黑……而这种种云的色彩、云的形态，实际上随时都在微妙地、几乎没法觉察地幻变着，而使我感到，我国东海的上空，特别是东方的天界与海界相接之处，在今天的曙明前后，随时都在更换一幅又一幅气势雄浑的、壮丽的图画。

使我完全感到意外的是，五时左右，上空的曙光顿然暗淡，各种云彩顿然失色。三四分钟以后，我忽然听见身边一片欢呼声，甲板上观看日出的旅客都雀跃起来——此时，我看见朝日开始从迷蒙着暗红色的海雾的海平线间升起来。它像一轮赤红色的冷静地燃烧的火球，大约用一分钟的时间，从初露端倪直到浑然一体地跃出海面……此时，我看一下表，五时十分。此时，船行于连云港外的东海海面上了。

于是，有一道金红色的光的绶带，仿佛是从海的边缘开始，一直闪闪烁烁地拖到我们所乘坐的万吨轮船的舷前来。我有一个联想，这光华灼灼的绶带，仿佛是挂在"东君"胸前的绶带，它一直飘飞到我们所乘坐的轮船的舷前。

1983 年 7 月 31 日日记

黄海

三时二十分起床，匆匆沐毕，即至甲板上，凭栏站住。此时，船行于黄海，东方已见一缕曙色，在云层间呈淡青色，呈淡白色。凝视间，这曙光慢慢地扩大，几乎在不易觉察之间变幻为一道很长的、金色的、橘红色的光带；其上，有一个发亮的下弦月。这景色使我想起 1981 年 11 月，我从马尼拉机场乘我国民航飞机归国，飞临南中国海上空时所见的景色。从舱窗间，我看到西边有一道极长、极长的光带，色呈柠檬黄，又作玫瑰红，而在暗蓝的天界，有一个黄色的上弦月……不知怎的，此时我会在心中加以比较，以为当时从空中所见的黄昏景色与目前在海上所见的曙前景色，都是如此壮丽，悦人心目。

约四时，船已行近大连湾。但觉这一带的天气时时在变化。倏忽间，空中的层云越积越厚，连那个下弦月也被遮住了。黝暗中，但见大三山岛、老偏岛岛上有点点灯火，好像湖岸一样，围着大连湾中的海。我远远眺望过去，海中仿佛出现一座迷蒙的湖。

我听见有人在甲板上，有点失望地说："今早，大概看不见日出了！"

我发觉自己没有这种设想。我心中的信念，似乎从未消失。我到舱中，匆匆把自己简单的行李收拾一下，又回到甲板上，凭栏站住。

轮船越是驶近大连港口，我发现空中的云层又在不知不觉之间，越发变得稀薄了。我看见那淡白的下弦月又出现了。渐渐地，我看到东方稀薄的云层于我的不知不觉间燃烧起来，大片大片云的火光照耀在大连湾中，照耀在被岛屿环绕而成的海中的"大湖"中，使我觉得整座大连湾和天界一样，仿佛也燃烧起来。

此时，我有一个联想，以为天界和大海都不曾失去热情，它们的胸中正在燃烧着巨大的热情。

约五时四十分，船靠在大连码头。我国北方一座日夜繁忙的、现代化的港口呵！我要说，正当我携着手提包走上码头，我在无数旅客的拥挤中，从这座现代化港口的无数船只间，桅樯间，起重机和吊车间，看到一轮红日已经从火云间升上来。整个大连港被照耀在绛紫色的光之雾中，显得无比庄严壮丽。

1983 年 8 月 1 日日记

闽南某部驻地

驻地的营房，和黄土的丘陵，和甘蔗田，和连绵不尽的、墨绿色的荔枝林，和几棵木棉树，和村庄里散落的农民的新式楼房以及一座公社的榨糖厂，在黎明中，亲密地站立在一起……

——这时，军号响了。

我们的国旗，从我国南方滨海的一个小村庄里，那部队驻地的旗杆上升起来了。

——这时，东方天际有一堆篝火，有彩霞的火焰在熊熊地燃烧着。

而太阳，在东方的火光中，迎着我们的上升的国旗，一起升起来了。

1983 年 9 月 24 日日记

东山岛

晨三时半，从连部驻地的宿舍起床。四时左右，穿过一片在阴影中摇动的相思树林，以手电筒照亮上山的石级，行至清营山山巅一块巨大的岩石前来。这是此山的一处突出部。昨天下午，我已来过一次。知道此山之东为东山湾，之西为鸟礁湾，又西为东山岛的浩瀚的盐田。向前方看，茫茫大海中散落着瞧石和一些无人居住的小岛屿。此刻，眼界内一片黝黑和迷蒙，不仅天与海分不清楚，即近处的港湾、沙滩和海岸与海也分不清楚。我坐在岩石前的一片草地上。在曙前的静谧中，我隐约听见潮水从海的辽远的边缘，一浪推一浪地涌到崖下的礁石间、沙滩间，发出的声音，仿佛是大海对于大地的呼唤，又仿佛是大地的回答……

和前年我在北戴河海边，今年在黄海、东海海上所见日出前的第一线曙光不一样。那都是在东方的暗云、暗雾间出现一线明光，逐渐扩大为一道极长、极长的光带。今天，我在东山岛第一次见到天刚刚破晓时，东方的云层破裂，形成诸多大小不一的、洞状的罅隙，其中闪耀着湖水般的、淡绿色的曙明。随后，云层又微妙地消散，在极目无际的天界，幻变为种种树枝状的云彩；倏忽间，这天界无数的云的树枝，被渲染为丹红、橘红、橙黄、朱丹、绛红……种种浓淡不一、千变万化的黄、红色彩；这使我很快联想到，天界出现无数种种形状和色彩的珊瑚枝；凝视间，我仿佛又见到，在这晓云所变幻的珊瑚枝间，又有一些晓云变幻为彩色的鱼群，在游来游去！老实说，此时我的幻觉或联想活跃极了。我居然想到，此时天际出现的美景，也许便是海市蜃楼，也许便是我国南海西沙群岛的海底奇观，在光的折射中又出现于东山岛上空的海市蜃楼。老实说，今晨所见日出前的景观，所见的云彩，比我其他时日在他处所见者，都显得美丽，只是我的笔墨一时无力真切地把气象以及我的感受传达出来罢了。

六时十分左右，今天的太阳从海平线上升起来。初为眉状，又为弓状，为椭圆形，大约不到一分钟时间，整个太阳升出海面。整个海面被照耀得像一座金光闪闪的万顷蔷薇园，壮丽而辉煌。

1983 年 9 月 27 日日记

1984 年 3 月 3 日整理，福州

（首发于《十月》1985 年第 1 期，收入《旅踪》）

泉州五题

开元寺的飞天

开元寺大雄宝殿的殿内和甘露戒坛的坛内斗拱间，都有木雕的飞天、乐伎。论者赞美它们是我国古建筑上的艺术罕品。我亦作如是观。甘露戒坛分级奉祀卢舍那佛、释迦牟尼佛、阿弥陀佛、千手千眼观音佛。其中卢舍那佛系明代木雕，佛相庄严。另有金刚护卫，束发，裸胸，持法器，戴脚镯，有异域武士丰姿。因为这是和尚受戒之地，我到这个地方，总多少感到宗教氛围特别浓重。这个戒坛藻井上附着于斗拱间的飞天、乐伎的木雕，衣带飘飞，做在上界云彩间曼舞状，却给我一种人间欢乐的感觉。我想，当时主持这项宗教建筑的民间无名艺术家，是否有意以这些飞天、乐伎的轻歌曼舞的艺术造型，悄悄地使戒坛的某种氛围缓和下来？大雄宝殿的屋梁的斗拱间，亦有木雕的飞天、乐伎。这些飞天、乐伎，袒胸，露臂，背上有天使的翅膀，腰间有非常华丽的衣带。最使我赞叹不止的是，这些飞天、乐伎手中或持我国的文房四宝，或持古泉州南曲民间艺人演奏的琵琶、洞箫和其他南曲乐器。艺术造型上的确具有一种非凡的创造性。我每次来，总感到眼前出现一种奇异而又和谐的景象；这些天使一般的飞天，在佛的殿堂中翱翔，心中燃烧一种不灭的生命和火焰；而从他们的乐器间频频传达出一种丰厚的乡土的世俗的感情。这种感情是当时的乡土的民间建筑家贯注于他们的心胸之间。

关于宗教石刻

　　泉州开元寺大雄宝殿殿后两根石柱的雕刻以及殿前月台石础间的青石浮雕，我一直以为很有特色。几次住在泉州，几乎每日清晨都到开元寺，有时就专门看看这些石刻。我以为这些宗教石刻，反映了宋、元期间泉州地区的中外文化交流，达到一个鼎盛时期；反映了当时泉州以及闽南地区石刻艺术的造诣之深。开元寺大雄宝殿俗称百柱殿。全殿有百根巨大的、白色花岗石雕琢而成的、中国宫殿式的古典石柱。但殿后走廊中间，却有两根系用青石雕成的、具有古希腊哥林多式雕刻风格的石柱；这两根青石的石柱上，还以闽南石刻的传统艺术手法塑造了印度教的神话中的人物形象。至于大雄宝殿月台石础上的石雕，我早在二十世纪五十年代初次来泉州时所作《夜宿泉州》一文中已约略提及。这便是：以中国石雕技艺雕刻了三十余面古埃及人面兽身的艺术形象；这三十余面石刻，据云原来是明代时，从泉州一座被毁的印度教寺院那里移来的。看到这些石刻，往往引起我的遐想；我往往为中古年代的我国艺术，与古希腊、古埃及和古印度的文化艺术得以溶化在一起，而深深地感动。

　　我可说常到泉州了，也常去观看圣墓。所谓圣墓，乃泉州北郊灵山上的古伊斯兰教的墓葬群。那里憩息着古阿拉伯人或古波斯人的灵魂。所以称为圣墓，更主要的是因为那位安置着两位据云是穆罕默德派到我国传教的门徒的石墓。灵山上，相思树枝叶蓊然。去年我来时，正是春天，我发现这肃穆的墓地间，有桃树正在开花。在这里，那石墓、石碑以及竖立石碑的石造回廊，我也觉得其上的雕刻至为感人。那登坛式的石墓及其墓盖石、墓碑石的雕刻是这样的：刻着云、水浪或花卉的中国古典图案，又刻着阿拉伯文的经文、死者的姓氏。这些石刻，作为艺术品来欣赏，作为文物遗迹来考察，都是宜人的。

　　泉州宗教陈列馆集中地陈列着泉州一带所发现的有关伊斯兰教、景教、印度教、摩尼教的石刻。这个陈列馆就设在开元寺的旁边。据云馆址是小开元寺的原址。陈列馆中陈列的印度教石刻，大半据云是在元代被毁的印度教寺院的建筑的石刻构件。其中有一件龛状石刻，雕刻着一个印度的神话故事：一只神象正在向放在一棵树下的神物"磨盘"呈献鲜花。还有两件残缺的门楣石刻，刻着穿着甲胄的武士的形象和半禽半兽的怪物的图案。岁月流逝了，艺术品仍在。我似乎还能从这些艺术品中感受到，当时的泉州民间艺术家在处理异域宗教题材时所表现出来的理解力和技巧。摩尼教的石刻陈列较少，我看到一件摩尼教教徒的墓碑石的雕刻，在中国古典格式的石碑造型上，浮雕着十字架、华盖、佛焰以及莲花的图案。从此墓石的雕刻可以看出，摩尼教吸收着其他宗教，例如佛教、基督教思想的痕迹。泉州南郊华表山至今还留存一座摩尼教的寺院：摩尼教草庵。寺内有一尊摩尼光佛的摩崖浮雕石像。我没有到过华表山，但我在陈列馆看到石像的照片：他盘坐在莲花座上，神情恬静。不知怎的，他给我的印象，质朴得有如一位初入沙门的农民。陈列不少伊斯兰教和景教教徒的祭坛式石墓上的碑石，其上或刻着手捧圣礼的天使，或刻着十字架，或刻着月和云的花纹图案，等等；就艺术风格来说，都具有中国南方古代石雕艺术的色彩。我几次到过这个陈列馆，徘徊于这些残破的石刻之间，有时觉得仿佛在翻阅一部艺术史的简约的几行记载，有时则觉得自己恍若置身于艺术的石林之间，别有一番情致在心头。

登弥陀岩

泉州北郊清源山有千手岩、弥陀岩、瑞象岩以及老君岩等。除瑞象岩外，其余各处，我都去过许多次了。我以为清源山上的石刻造像以及石亭、石室的塑造，比较集中地表达了宋、明之间，泉州和闽南诸地宗教石雕艺术的精华和所达到的水平，值得多看。我这次到清源山，只登弥陀岩，去看看那尊阿弥陀佛的立像。我赞赏我国古代的民间雕刻家忠于自己的艺术职守的高尚情操。在我看来，当时主持这项杰出艺术品制作的民间无名雕刻家，在宗教氛围至为强烈的情况下，保持一种独立自主的品格。我记得黑格尔说过："神与人的真正的理想的关系在于神与人的统一。"他并且指出，"艺术家的任务就在于调和这两方面的差异，用一种微妙的线索把它们结合起来。"[1]他所指的这两方面的所谓差异，据我的理解，指的是神的所欲驾临于人界的统治思想与人的世俗思想情感，包括情欲的差异。我以为弥陀岩的佛的立像，他的唇边有一丝隐约可见的笑容。这一点笑容具有很大的艺术感染力量。这便是：他虽然高五米，披袈裟，但给我的印象，他却是平易近人的、可亲的、遇事可以商量和喜欢询问的智者的形象。在他的身上，神不过是披着神的外衣的一种存在（或者说一种躯壳），艺术家通过此尊佛像所欲表达的不是一种统治人界的思想，不是一种宗教感情；而是艺术家自家的某种思想的倾注，或说是他的某种思想的化身。我以为，黑格尔所欲达到的，所谓神与人的统一，实际上是不可能达到的。由于这尊石像作世俗的处理，使得这项艺术品至今还具有某种魅力。

此尊阿弥陀佛的立像，原先可能是露天倚崖而立。据云，元代为它造一石室。此石室全体仿木建筑而造，屋檐、门楣、斗拱俱以木结构的形体为雕刻的造型模式，具有一种特殊的美感。石室之前有平台、石庭，凭栏可眺望泉州城的风景，可眺望晋江。石室之右有元代石碑一座，记载石室沿革。我把碑文读了一遍，发现碑文刻字有好几个字为当代通用的简体字。这样来写简体字，在当时不怕被人讥为俗气，我看这也不是容易办到的事。

出石室，回途中才慢慢地看看弥陀岩附近的风景。最使我惆怅的是，我几次来，都没有看到泉窟的瀑布。泉窟的风景很

---

[1] 见朱光潜译《美学》第一卷第 288 页。

美丽：许许多多岩石从一条小涧间堆叠下来，有泉水从石隙间流出，加上林木遮日，颇显得幽静可喜。过泉窟，从石级屈曲而下，见石级旁有一树，枝叶婆娑，状甚罕见，这次才知道它是苹婆树，原产菲律宾。石级旁又有一株大榕树，与另一株树合抱在一起而成为一棵树；此另一株树，这次才知道它是重阳树。

记井亭巷

几次住在泉州，不觉间养成一种习惯。这便是，每日凌晨，必往开元寺一次。而每次去，皆不走大路，而总是要经过井亭巷到开元寺去。井亭巷是一条小巷。我以为，这条小卷尚保存着一座文化古城的深巷的某种传统的氛围，有值得看一看，值得流连之处。我甚至有一个奇异的想法，以为经井亭巷而后至开元寺，这样阅览开元寺的各项艺术建筑，不论对于它的拜庭前的石经幢、石炉的造型和雕刻，还是对于它的大雄宝殿斗拱上诸飞天的木雕造型，或是对于东、西二塔上的浮雕的佛经故事中的人物和兽类、禽类的造型、布局，都更容易理解；同时也会想到，这座文化古城具有蕴藏于民间底层的建筑艺术的深厚基础，开元寺的建筑艺术能达到那么高度的水平，就显得并不奇怪。井亭巷的寻常居民的居屋，门楣和木门上都还保存着古老的民间木雕：云彩、菊花、兰花以及竹叶之镂刻或浮雕的图案。这些居屋的外墙，则多半饰以砖刻。砖呈丹红色、暗红色，其上刻着充满民间剪纸趣味的图案，有如意，有插着梅花的瓷瓶，有踏着松枝的喜鹊，等等。可以说，这些居屋的民间艺术装饰的氛围颇见浓重。这不禁使我想到在闽北泰宁县县城，曾看到一条街巷，其民房有百分之六七十为明代建筑物。门楣、门楹、门墙用青灰色的砖刻加以装饰，同样使一条小街巷充满一种我国古代民间的艺术氛围，我觉得把这样一些古老的街巷、民房适当整修，适当保存下来，是必要的。

记得第一次经过井亭巷时（至少二十年过去了），最初引起我注意的是这样的情景：一座民屋的围墙上，有许多丝瓜的蔓叶垂到墙外来；那是夏天的凌晨，蔓叶间开放的黄色花朵，显得朝气蓬勃。有胡蜂、蜜蜂在花间飞来飞去，在采蜜。就在这丝瓜的蔓叶、花朵的绿丛间，露出一座白色的塔影。老实说，这情景使我欢喜极了。也有些使我感到奇异：怎的在居民的院子里能有一座小型古塔？当时因与住屋的主人不熟，未便进去观赏。今年春节来泉州，经友人介绍，得以到这家居民家里看看这座小古塔。塔高约两米，塔基是石砌的，七层，白色，塔檐的檐枋是红色的砖造的，造型古雅。它始建于什么年代，似已不可考。有人说，这座小古塔是古泉州城的中心点的标志。但也有人对此说未敢苟同，因为查不出可信的文献记载。就我来说，认为也不必去多加考察了，我只觉得这座小小的古塔，增加了井亭巷所特有的民间的艺术气氛，我很喜欢它。

访李贽故居

李贽之所以成为十六世纪我国一位反封建的思想家，一般都认为这与他在青少年时代居住于他的故乡泉州有关。具体地说，这与当时泉州中外贸易的频繁、中外文化交流的发达以及商业的发达有关。在宋元时代，泉州是我国对外最大的贸易港口。我在"泉州湾古船陈列馆"里，看到一艘于1974年在泉州后渚港出土的宋代沉船。这艘沉没于海湾间七百余年的商船，长二十四点二米，宽九点一五米。可以想见，这在当时是一艘颇为先进的、大型的远航船了。与此沉船同时出土的，还有船上运载的许多从南洋诸国贩卖而来的香料、木材以及琥珀、玛瑙等。我自己从这出土的实物中感受到当时泉州造船业、航海业的发达和对外贸易的繁盛。至李贽出生的明代，由于海上有倭寇的袭扰，以及明王朝政治的腐败等原因，海运开始衰退。但泉州在当时仍然是一座繁华的古代城市。李贽的故居就坐落在当年异邦殊域的巨贾富商聚集的商业区，古街名曰聚宝街的这条街道上。我去看过这条街道。它临着烟波浩瀚的晋江，江上帆樯如林。古聚宝街现名万寿路，它还是当今泉州的闹市所在。

　　在我的印象中，李贽故居算是一座最为简朴的文人的旧宅了。没有煊赫的门楣，没有深似海的回廊和堂奥。与其说是一位桀骜不驯的一介书生的故宅，毋宁说是普通老百姓家的一座小屋。据云，他的这座故居是按照清末曾一度修理过的房屋原样加以重修的。从低矮的前门走进后，过一窄小的通道，为一小小的庭院。庭院有正厅一间，其两侧早已坍塌，已没法重修。正厅和前门现在鬃漆一新。正厅当中放置一尊李贽立像，此外未置任何其他有关文物。我以为如此甚好。据史料所传，李贽有洁癖。我以为，从他的性格看，他并不喜欢人们在他耳边道些颂词，他似乎并不喜欢把他的著作陈列出来。我想是吧？

我在他的故居庭院中徘徊一会儿的时间。庭院太小，实在容不得流连太久。在正要离开此位书生的故宅之时，我忽地想他有喜欢评论史事的脾气，有时显得颇见饶舌。我曾读过他的《史纲评要》。有人说，这是一部伪托为他所作的著述，不知确否。平心而论，此书有些评语颇见警策、尖刻。我记得他故意借评论孟尝君的机会，说道："当时客人多，主人少。此为天下一个主人，亦为千古一个主人。"我以为，这实在是用反衬的笔法，说封建王侯中实在没有一个好人。他的确是一位具有古代民主主义思想的书生，但他何须用此曲折的笔法呢？或者，他的原意亦不在此，他似乎是要给那些心甘情愿被封建地主豢养的谋士和亡命之徒以泛泛的讽刺。如果含有这点意思，那么，这段评语的笔墨是辛辣的。我总觉得他的评语，多半说得畅快，有的则显得话中有话，有未便直言的苦衷。

（首发于《花城》1985 年第 2 期，收入《旅踪》）

福安写意

　　我想，对于福安的海湾、山峦、溪涧以及森林，这些也是为我所深切喜欢的，暂且不谈，待将来有时间另外记述我的感受。我想，先约略谈一谈对于福安生产的微型鼓风机、蜂窝煤助燃机的感受，谈一谈关于城镇在经济体制改革中出现的某种诗意的感受。我走过福安城关的一条古老的小巷（我没有问过同行者，它的巷名）。这条小巷里尚保存一些在我看来可能建于清季的古屋，和若干木造的小楼。我来到一座古屋前面，我看见砖砌的高墙上有一个大窗，窗前挂着五六只鸟笼，笼中养着白燕、鹦鹉，由于这些鸣禽的歌唱和呼唤，使我首先感到这家屋主有业余养鸟的兴趣。既入屋，又见到厅堂的走廊上悬着一只半月形的木架，其上站立一只鹦鹉。这是真正能作人言的鹦鹉，我自己除了在图画以及在动物园里见过，在普通百姓家里，还是初次见到。我得顺便说一说，这座古屋的天井，被改建为一个鱼池，其中养着淡水鳗鱼；池中有石条花架，其上的花盆中养的全是兰花。我想到这家屋主似乎有我国某种民间传统艺术趣味的素养。他的业余的生活爱好比较广泛。这座古屋里住着兄弟二人，其兄原来是水产部门的一位营业员。但是，他现在和他的弟弟一起，是组合微型鼓风机、助燃机的家庭工厂的厂主。他把这座古屋的若干居室腾出来作为工场，有十多位待业青年在这个家庭工厂就业。他三十多岁，很结实，看上去似乎只有二十多岁，身着西装，正站在办公室的桌前打电话。不知怎的，我和他只有一面之缘，却觉得他有这一代青年的一种果断精神，有一种闯劲和一种开拓精神。

我走过几条小巷。看到几户家庭工厂，都是为制造微型鼓风机、助燃机的零件而开设的。这据说有五十六家。用不着花钱建厂房，而且也来不及。许多零件分散在许多家庭里经营。这些家庭工厂由福安县韩阳镇（即城关镇）组织一个电器公司统一管理，其中包括原料的管理、销售价格的必要过问以及质量的管理等。但那些家庭工厂的经济核算完全是独立的，生产上有充分的自主权。我觉得这有点像是农村经济改革中的生产承包制在小城镇经济体制改革中的具体的发挥和尝试。

那大概已经靠近福安的郊区地带了吧？记得走出这一条小巷，走上一条由大小不一的石块铺成的陡斜的小路，前面便是田亩和黄土的丘陵以及野外的林木。就在这条小巷内有一座民屋，现在是一座天然植物加工厂。不知怎的，我以为在这个工厂里，也表现一种小城镇处在我们这个时代所特有的诗情画意。这是一座古式民屋，许多穿着白色罩衫的女工，却用现代机械和工艺把银耳、龙眼和野生的玫瑰茄制造成为适合现代人旅行以及家用的饮料、冲剂，例如速溶银耳晶、桂圆晶、玫瑰晶等。那银耳晶泡在玻璃杯里，两三分钟后，一朵一朵银耳乃如小小白莲花开放于杯中。我知道玫瑰茄是像草莓一般的野生植物的果实。我曾在鼓浪屿的咖啡馆里喝过玫瑰茄酿造的果汁，其色酡红若陈年的葡萄酒，其味酸甜亦若葡萄。福安天然植物加工厂的产品则为颗粒冲剂。我想起福安的罐头厂，这个工厂也有两种以天然植物为原料的罐头食品。于此，我得先谈一谈福安的绿竹。一到福安境内，车过处，只见沿着赛江的两岸，沿着富春溪和蛟溪的两岸，在春水的碧波围绕的溪中小洲上，村落的屋前屋后，绿竹漪漪，这不仅给福安的村野风景加上一种特殊的情调，更重要的是，这些绿竹四季生笋，其味鲜美，从而成为遐迩驰名的福安名产。福安罐头厂便大量生产当地的竹笋罐头，这当然会受到欢迎。还有猕猴桃的水果罐头和果酱。猕猴桃野生于海拔至少在五百米以上的高山上，野生于若干原始森林中，是一种藤本植物。"文革"后期，我旅居于闽北一座高山的小山村时，当地的农民曾以此果飨我，当时只知其味异乎寻常，不知此乃猕猴桃耳。我十分赞赏福安罐头厂以此野生水果做果酱罐头。

在福安时，我有一个感觉，在农村以至城镇经济体制的改革浪潮中，此间传统的土特产的生产得到提高和发展。我从来不会喝酒，但我喜欢参观酒厂。例如在烟台时，便特意去参观那里的葡萄酒厂。此次来福安，亦特意去参观福安酒厂。我国各地的名酒，往往各有其独特的酿造技法，使其酒浆独具特色，而长久地流传，广泛地流传。这中间有酿酒工人的令人尊敬的探索精神和精益求精的追求精神。福安的名酒"蜜沉沉"，闻有近两百年的酿造历史；此酒以深山中的单季大糯为原料，进行糖化后掺入四十六度的米酒（即以酒代水）重酿，再经长时间的陈酿，终成佳酿。我到酒厂时，有人邀我题字。原来想以

"酒中之酒"四字表达我的观感；只见此酒色若流动的玛瑙、美玉，临书时改题"琼浆玉液"四字。但仍嫌缺乏文采，仓促间不及再仔细思量，遂听之。另外，我得谈一谈福安茶厂。福安的"坦洋工夫"，闻在明代已能制成此项名茶；至清，已誉满天下。此次来福安茶厂，主人泡了一杯茶放在我的面前，其色若浅溪的碧泉，其味若清风从山谷间送来百合花的芬芳，其声誉历几百年不衰，是理所应得的。

离开福安的前一天下午，车自居处出发，在郊区黄土丘陵和村间公路上曲折前行，一路都是朴素的村野风景。不消半小时，车抵福安原五四农场。这里，现在是一个现代化的养鸡场，从北京引进鸡种和饲养技术。三个月前引来六千余只种鸡，现在每只已重达五斤以上。我们参观这个鸡场时，都穿上白色罩衫，戴上白色帽子，踏着撒满石灰的石阶走上二层楼的天台，只见那里有几千头棕色的鸡，正趾高气扬地啄食饲料。随后，我们又驱车沿着一座已辟为茶园的丘岗上的螺旋似的小公路，直往山巅行驶。山巅上，正在赶修现代化鸡舍，其间一座业已建成。山下养鸡场的鸡群不久即将迁至此鸡舍中分笼饲养。这里空气清新，环境开朗而又安静，除了茶树，还有古老的杨梅树。据鸡场负责人称，这里再建鸡舍五座，全场养鸡年内将发展至两万只。我在心中祝愿这座新式的养鸡场兴旺发达。

我在回福州的途中，心中有个想法，以为福安县的经济发展情况，看来较为扎实，又较有自己的特点；这里的有关领导和人民确是扎扎实实地、真诚地在执行我党三中全会以来的方针、政策的，这是我从所看到几个工厂的情况中，得出了这样的看法。这样的看法使我感到鼓舞，使我感到有某种新出现的诗意动荡于我的胸中，使我对我国经济发展的前景满怀信心。

1985 年 4 月 7 日

（首发于《中国》1985 年第 2 期）

梅妃故里

　　《旧唐书》《新唐书》未载梅妃事迹。我们是在民间传说、野史和传奇作品中知道她的典故。唐曹邺所作《梅妃传》，以传奇的表现手法描绘这位古代女子的遭遇、性格以及她的痛苦。唐开元中（713—741年）她被选入宫，明皇深宠幸之。其性喜梅花，爱淡妆，善诗赋。后杨玉环入宫得宠，她被迁居东宫，作《楼东赋》明志。明皇暗中思念她，密赐一斛珠，她又作诗婉谢。安禄山陷长安，她死于兵乱。乱平，明皇归自蜀中，得妃尸于梅树下，身有刀痕，乃以妃礼葬之。梅妃的遭遇很明显是封建时代某些女子典型的命运的概括。她身陷深宫，得不到真正的爱情的安慰，才智无法施展，只能消极地抗争，她的被遗弃和冷落是势所必然的。在旧年代的岁月里，她的命运取得某些人的同情。

　　《梅妃传》云，梅妃姓江名采苹，莆田人。因之，在莆田和她的出生地江东村，有许多关于她的事迹的民间传说。我最喜欢的是，说她出身微贱，小时是个牧鸭姑娘。这次，我到了她的故里江东村。这个村庄位于兴化湾的内澳近海处，村中还有海堤、闸门和围堤后所留下的池塘。这是适宜养鸭的地方。我看到村边的放鸭小姑娘正在赶鸭群。我想，民间传说和这个村庄的人民生活联系起来了，因之，它可能比《梅妃传》更使当地人民感到亲切。

村中有庙曰浦口宫，供奉梅妃和她的父、兄，另供天后像。庙殿的规模比较大，神龛和窗棂均为镂空木雕，刻出禽鸟、花卉、山石，至为精致。庙前的石鼓，有龙凤图案的石雕，屋脊上也有龙的塑像。这说明这座宫殿的建筑，是以帝王后妃的礼制相待的。闻村中至今有姓江的。我和村中的一些人在庙前的石庭闲谈，他们似乎都以村中曾出生这么个有气节、有才气的女子而感到高兴；他们似乎也知道，人们之所以推崇梅妃，倒是因为她被遗弃、被冷落而使千百年以后的人还同情她。

离村中一公里处，有著名的宁海桥，我去了。闻桥之东南岸边有数块大岩石，其上镌"梅妃故里"四个大字，但我来不及去了。我想，《梅妃传》中即使不写明她是莆田江东村人，总有别的村庄会认定她为本里人，会立庙纪念她的。

1984 年

（首发于《闽南乡土》1985 年 3 月创刊号，收入《汗颜斋文札》）

海边的早晨

　　这是一天中很早很早的早晨，爸爸便带着玲儿到海边来了。这里是一座海岬的悬崖，面临着海湾，可以眺望很远的大海。

　　爸爸是昨天才到这海边休养地的。因为正逢假期，便把玲儿一起带来了。在这以前，玲儿没有看到过海。她爸爸是在内地一个工厂里工作的。玲儿今年才七岁。在这以前，她都在她爸爸工厂的托儿所和幼儿园里，今年才上厂办小学。

　　他们走到这座海边的悬崖时，天刚蒙蒙亮。悬崖上的松树，只看得见朦朦胧胧的树影。可是，海湾对岸城市市区里的灯光，却像星星一般灿烂。玲儿看到，在海湾外的海口附近，好像也有几座闪耀着星星一般灿烂灯光的城市……

　　"那里的海面上也有城市吗？"玲儿问道。

　　"不。那里有三艘大轮船，两艘是大货轮，一艘是客轮。天还没亮，船上还开着电灯……"

　　"真的吗？那大轮船还要开到哪里去？"玲儿又问道，拉一拉爸爸的外衫。这时，爸爸一边和她谈话，一边面向着大海，在摆动四肢，做健康操。

　　"当然，都要开到很远的地方去呢。"爸爸看了看玲儿，只见她专心地听着，便又说，"以后你读了地理书就知道，我们的客轮、货轮要载旅客、运货物到大西洋、太平洋、印度洋去，到许多国家去，还要开到北冰洋去；还要开到南极洲去做科学考察……"爸爸一直说下去，好像非常愉快的样子。玲儿真乖，一直专心地听她爸爸说下去。

这时，太阳已从海上升起，好像一盏红灯挂在大海的海平面上。对岸城市市区里的灯光，海上那大货轮、大客轮上的灯光，都熄了。这时，玲儿看得清楚，这三艘大船真大！比爸爸的工厂还高，还大。船头上挂起五星红旗，在海风中飘扬……

"爸——您看，大船上挂着国旗！"玲儿说道。

1985 年 4 月 10 日

（首发于《中国少年报》1985 年 4 月 10 日，收入《早晨的钟声》）

富屯溪岸上，杜鹃花开……

一

多少次乘火车经过闽江上游的富屯溪，只在去年 4 月间，才第一次看到溪岸的丘冈上，开放如许众多的杜鹃花。火车大约每小时以五十公里左右的速度在运行，至少有两个小时左右的时间，沿着富屯溪的左岸向北前行。我一直注视着车窗外面变化不定的丘冈上的丛丛杜鹃花；我没有想到，沿途的杜鹃对我有如许的吸引力。

我有一个想法，杜鹃花一如野菊花，不过是一种普通的花，一种山野间常见的花。一般所说的映山红，这种平平凡凡的红色杜鹃花，仿佛有丰富的热情，它们的花朵照耀得漫山遍野熠熠生辉，照耀得溪水中仿佛有一朵一朵红霞。我想到野菊也如此。去年，正当夏秋之交，一天，我从青岛乘车去崂山，大约两个小时，车过处，只见临着黄海的海岸上的丘冈间，到处是平凡的野菊。它们真心真意地开放黄色的花朵，我觉得它们的丰富的情感，照耀得漫山遍野熠熠生辉，照耀得黄海的波浪熠熠生辉。

我记得很小时，便喜欢野菊，而对于杜鹃花，我似乎到了晚年，才开始认识它。我忽然想到培根说过："美之极致，非图画所能表，乍见所能识。"

二

富屯溪岸上的丘冈间，多少次车过时，只见，其上生出芦苇、芒草及其他杂草，只见其上生出松树及其他杂树。我又记得，暮秋时分，这个地带是十分灿烂的，因为其间有些杂树，经霜之后，其叶或黄或柠檬黄或大红，如一树彩霞或一树火焰，照耀于常绿树和芦苇之间，其美不可言状。去年4月，才第一次看到丘冈间，到处开放丛丛的红杜鹃花，感到这个地带又另有一种灿烂的情景。这两种灿烂情景，想来将长久存在于我的心中。

三

从车窗中所见的富屯溪岸上的杜鹃花，几乎都是红色的（我注意其间有否别的颜色的杜鹃花开放，未见到）。但我对之几乎没有单调之感。两个小时左右的时间内，车过处，一直见到不尽的丛丛红花，却感到这中间有一种说不出来的气势，有一种自然的、于无意间体现出来的天成的气魄。我深为这种气势或气魄所感动。

我仿佛在这中间领悟到某种美学原则。我刚才提及，对于富屯溪岸上连绵不尽开放的红色杜鹃花，我无单调之感。我考虑到，这是因为，如果认真地观察、辨识，我虽不敢断然说，所见每朵杜鹃花，都不一样（有如某一位哲人所称，每片树叶都不一样）；但我可以说，车过处，在我眼中，逐渐认识到每丛杜鹃花都不一样，它们各有自己的美的素质，各有自己的表达情感的方式，各有自己的生活情趣。

如果我对于两个小时内，一直为车窗外连绵不尽的红杜鹃花所形成的气势所感动，那么，我要说，我看到每丛杜鹃花，都同时能够使我在心中生出一种愉悦的感情。

四

从车窗里偶然看到的一些情景，至今不能忘怀。例如，我看到一棵很小的杜鹃，它的株高不及一尺，从一块岩石的罅隙间生长出来，枝间同样开放灿烂如火的花朵。我看到了，心中不知怎么就想道，这棵小杜鹃的热情，不亚于在高枝间开花的大丛杜鹃。我注视着这株小小的杜鹃，但火车很快开过去了，我和它只有瞬间的相见。

从车窗里，我看到有的杜鹃生长在青苍的松树下。那一丛一丛的杜鹃花，使我想起松荫下有一堆一堆的篝火。

我发现从车窗里远望对岸山间的杜鹃花，那也是很美丽的。那些杜鹃花和远山上的绿树、青草相衬，使我想起它们像画在绿的画布上花的图案。

五

去年 5 月初，我从北方回闽。火车由北向南经过富屯溪时，不知道车已进入闽北什么县境了？深夜的月光从车窗间照进车厢里。

我从车窗里看出去，以为车此时正沿着富屯溪上游的溪岸行驶。所见窗外的溪流，多岩石，在月光下闪闪发光。对岸的山峦，是一片朦胧的、深幽的、暗绿的杉木林，一弯下弦月正悬于林梢。随着火车的运行，下弦月在上空，似乎与火车的速度相应地、不停地运转，有时被杉的林梢遮住了，不一会儿又出现了……没有想到，火车继续前行时，对岸的山间出现一道照耀着月光的瀑布，好像一条烟一般的白练，向溪岸边倾泻下来。而在这瀑布两边的石影间，我看到有一丛一丛杜鹃的花影，暗红的、雾一般的……

但是，火车很快地开过去了。我和瀑布、和石影间的杜鹃花的花影，只有瞬间的相见。我想，这在瀑布两边开放的杜鹃花，可能是这年在山间最后开放的杜鹃花……

这些都是去年——1984 年四五月间对于杜鹃花的印象。现在，4 月又来了，我想起当时的所见、所想、所感受，匆匆记下的。

（首发于《天津日报》1985 年 5 月 2 日，收入《给爱花的人》）

菲律宾的花朵

新鲜

随中国作家代表团到菲律宾访问，是在 1981 年 11 月间。为时已过去四年了。

不过，菲律宾的花朵，一如菲律宾人民的友好情谊，在我的心中，永远是新鲜的，不会凋谢的。

花环

记得 1981 年 11 月 16 日凌晨，我国的民航飞机从北京机场上起飞。但我先要说的是，在前往北京机场时，我看见北京近郊许多松树的枝间以及树根周围的泥土间，都覆盖皑皑白雪。我们的飞机在广州白云机场停留近一小时；我记得当时广州的气温也很低，但我们在北京时所用的冬衣，都寄在广州友人处，以便回国时可以再用。飞机从广州起飞后，大约不到一个半小时，便飞抵马尼拉国际机场了。我在《马尼拉书简》（刊《人民文学》1982 年 1 月号）一文中，曾约略记述那天下午一时许抵马尼拉机场的情景：

……我们是来寻求友谊的。而在机场上，我们立时为友谊和微笑，为鲜花和阳光所护卫。菲律宾作家协会的友人拥到机梯前，和我们亲吻、拥抱，把茉莉的花环挂在我们的胸前。我知道，茉莉是菲律宾的国花。

到菲律宾的最初的印象，除了友谊以外，同时感受到热带情调，至为浓厚。阳光灿烂，其地的 11 月，近于我国南方六七月的气温。主人和作为宾客的我们，都只能穿着夏衣。

我们住在坐落于马尼拉郊区的菲律宾大学发展经济中心所属的一所招待里。在参加欢迎晚宴回到自己的住室时，我把茉莉花环挂在墙上。不知怎的，我一再地注视着，直至临睡前，还在注视这茉莉花环。我想到它像北京的雪地一般洁白，像美好的友谊一般芬芳，我似乎还想起家乡的茉莉是在盛暑的七八月间开花的，想到福州家中阳台上的一盆茉莉花，是从家乡带来的，等等。

花环（二）

给宾客挂上花环，以表达某种礼节和祝愿，闻此系古印度的一种民间习俗，以后逐渐传至东南亚诸岛国，其中包括菲律宾。但此说确否，未敢贸然相信。在菲律宾访问期间，所到之处，欢迎的主人往往先把花环挂在我们胸前，然后宾主开始交谈。我觉得此种风俗似已长久地、广泛地在菲律宾民间流传。

我难以忘记到碧瑶市时，与华侨、华裔的一次聚会。我们的旅行车抵碧瑶市，在一座为热带雨林木所掩映的小车站停靠时，当地的华侨领袖和代表，已先在那里等候我们的到来。宾主之间一边握手，一边便有数位华侨青年女生，把花环挂在我们胸前。

这是用白色、红色的木槿花相间缀成的花环。菲律宾的华侨，多为闽南人，其中晋江县人为最多。这种木槿花在闽南一带，一般在夏秋之交始盛开，而在此地虽时值11月，亦娟娟作花。为我们挂上花环的是碧瑶市的一所华侨创办的、历史悠久的中学的女生。她们都是十三四岁的少女。她们穿的学校制服，是黑裙和月白色的中式短衫。我没有想到，这校服的款式，与二十世纪三十年代上海女学生的穿着至为近似。这使我感到十分亲切。

华侨散居于菲律宾的许多城市以至农村。有不少华侨，侨居这个岛国已有好几代了。其中有一些侨胞因为某种原因已入菲籍。就我所接触的华侨、华裔来说，多操闽南语、普通话。他们看到从祖国来的客人，自然流露一种对故国和乡土的眷恋之情。在碧瑶市的华侨、华裔，是以菲中友好协会碧瑶市分会的名义欢迎我们的。我们在一座临街的小楼上谈论乡情，喝中国茶和菲律宾糖果，情意恳切、真挚。当天晚上，我们住在碧瑶山间名叫"教师营地"的招待所里。不知怎的，我把华侨女学生挂在我胸前的花环，一回到驻地，便挂在我的房间的墙上。我随时注视着它，仿佛有一种说不出的深情从这花环中间流露出来。我知道，此木槿花为闽南世代人民所喜爱。我们在碧瑶一共住了三天。离开时，我把这串花环带到马尼拉，那花环上的木槿花还是新鲜的，没有枯萎。

金光菊和杜鹃花

住在碧瑶市的三天期间，每天早晨，我一如在国内，很早起来。"教师营地"的周围是一片松树林。我有一个想法，碧瑶为菲律宾著名的山间避暑胜地，地势颇高，也许只有在这样的地带才能生长松树。我往往凌晨即起，在松林间散步，从松枝间看下弦月和晨星，这另有一种动人之处。呵，这热带的山地，夜间似乎都下过一阵骤雨，我在林间的砾石路上漫行时，有积雨从枝间落在我的肩上。

有时，我从林间的砾石路走上环山公路，随意漫行。路上行人很少。有时，会遇见骑马的西欧某国的儿童或菲律宾的儿童。有时，我沿着山谷斜坡上的小径漫行，这又另有一种情趣。山谷间长着青苍的蕨草，真像一座用绿绒铺成的山谷；最使我感动的是，在这绿绒般的蕨草间，到处开放一朵一朵有如向日葵的黄色金光菊，到处出现一丛一丛开着紫色花朵的山地杜鹃花。这些杜鹃花和金光菊，看来都是野生的。

我需要记述一下，在碧瑶的"教师营地"附近，一些别墅的小园中，我还看见木芙蓉以及绣球花，正在开花。

我想，这避暑的山间的花事，如杜鹃的开花，像在我国南方的 4 月；而木芙蓉、绣球花和金光菊的开花，像在我国南方的夏秋之交时节。

热带兰花

在马尼拉郊区菲律宾大学发展经济中心招待所的附近，有一些菲大教授的私人寓所。有的寓所，屋前有一个小花园；有的寓所，门前屋后种着花木，围着花篱。这一带地方比较僻静，有一大片的椰子林和其他热带树木，所以这一带居民的寓所，又掩映于树林之间，更显得幽静。他们在小花园或在花篱之内，都种植许多热带兰花，即所谓卡达兰。这些兰花都种在有点腐朽的木块上，叶不多，根很盛，花大。其主要的特点是，花朵的色彩丰富。远远看去，这些兰花，好像是许多粉白的、紫色的、粉红的、黄白相间的各种彩蝶、飞蛾宿在园中或花篱后面。

记得是离开菲律宾的前一天，我们被邀请到住在马尼拉市区的一位画家的家中做客。这位画家的寓所两旁以及门前，各有一小块空地，他全给种上卡达兰了。我不知道他家里的这些卡达兰，有否名贵的品种？但给我一个印象，他似乎是一位卡达兰的花迷。

给我印象最深的是，在碧瑶市一家具有西班牙风味的咖啡馆里所见到的卡达兰。我们曾在这家咖啡馆里用午餐。我在《碧瑶市和里巴市》一文（原刊《红岩》，现收录拙著《杂文集》），对这家咖啡馆有较详细的记述。但我还禁不住谈及这家咖啡馆内安放的卡达兰。差不多在柜台上、临街的橱窗里、餐桌上，都安放着一盆一盆的卡达兰。重要的是，馆内所有卡达兰，全是粉白色的，它们也使我想起北京的雪的洁白，想起树林中的白蝴蝶。

鸡蛋花和三角梅

我家住宅坐落于莆田城关东面一条小巷内。它可能是一条古老的小巷。据称，元、明年间，有某著名文人寓居于此巷，家有藏书万卷，有藏书楼，故巷名书仓巷，沿袭至今。但我小时多方询问，终究查不到此文人藏书的遗址。只是小时上砺青小学读书，每天要经过一座果园；园内除了龙眼树外，有一棵高大的花树，从果园的土墙间伸展出来。此花树在家乡俗名"荷兰花"或"福兰花"（谐音）。每年春季，全树的绿叶全脱落了，开放一种花瓣边缘呈白色、花心呈黄色的喇叭状花朵。我从小看到它，直到二十多岁离开家乡时，它成为一棵老树，仍然生意盎然地站立在果园内。我小时有一种奇异的联想，以为古时一位文人的藏书楼可能就在这个果园内；青年时离开家乡，思乡时也会想到此棵花树。

后来，我知道，此花树的学名叫鸡蛋花。我是1957年，才第一次到厦门的。我在厦门大学的校园里，看到两株鸡蛋花，一株开的是红花，一棵与我在家乡所见者为同一品种，所开的花，花心呈淡黄色。厦门大学的花木上都标着学名，使我得知开红色者学名为红花鸡蛋花，开黄花者学名为黄花鸡蛋花。

在菲律宾访问时，几乎到处都可以看到鸡蛋花。车过处，不论是大街两旁的人行道间，还是住宅区的围墙内，常有鸡蛋花的高树的丰姿映入眼中。和菲律宾的卡达兰一样，在马尼拉所见的鸡蛋花，色彩丰富多样，使人赞叹；其花有黄的、浅黄的、粉白的、深紫的、粉红的，等等，可谓五彩缤纷。不知怎的，那粉白色的鸡蛋花，也会使我想起北京的雪，而黄色的鸡蛋花，引起我对于家乡和童年的回忆。

我也是在厦门看到三角梅的，这已记不清最早是在哪一年了。我只觉得日光岩下的岩石间、省干部休养所山上的三角梅，确很美丽。在菲律宾访问时，开始知道生长于热带的三角梅，色彩亦极丰富。记得从马尼拉赴里巴市时，我们的汽车越经吕宋岛上的若干省份和农村以及乡镇，看到高速公路两旁所植的三角梅，其花叶除了厦门常见的暗紫色的以外，有褐色、咖啡色、粉红、深黄、浅紫等多种色彩，这似乎引发了我的某种"诗情"。我记得曾取出小笔记本，在汽车上写下如下的"断想"：

热带的阳光，
使这里的花神，
披上色彩缤纷的衣衫……

但由于好久不曾写诗了，终于没有能够把心中的感受和诗情转化成为一首诗。

睡莲

我们所住的菲律宾大学发展经济中心的招待所里，有一口池。池中养着睡莲、水浮莲；养着许多金黄色的、红色的、灰绿色的鲤鱼，它们在池中游来游去。不知怎的，当我们走进这座招待所里时，首先引起我的注意的是那口池和池中的睡莲。我在《马尼拉书简》一文中，已经提及这口小池。我写道："这口池仿佛能够引发我的童话一般的想象。"当时确有这种心理活动。奇怪的是，在起草这篇散文随笔时，我还从记忆里注视着这口池，觉得它真美丽。我想，这是因为池中有开花的睡莲以及在粉红的莲花和绿色的莲叶间游来游去的鲤鱼，使我一直感到它像童话一般美丽。

我有时从招待所散步到附近的树林间去。我发现在通往一片椰子林的小径路旁，有一片长着湿漉漉的青草的空地，这空地中间也有一口池，池中不知何时种上了睡莲。池上除了一些浮萍，便是椭圆形的莲叶，浅黄色和粉红色的睡莲花。这浅黄色的睡莲花，似乎开得更是动人。我每次散步到这里来，都不觉徘徊良久。有一次，记得对着眼前的树林、池中的睡莲花，不觉想起普列希文的一些描绘树林、花朵的富于人生哲理意味的散文来。

在马尼拉国际机场附近，有一座名叫 Nayouy Phillppino，可译作菲律宾村或乡村公园的公园。这个公园很别致，内有模拟的火山以及菲律宾少数民族聚居的村寨等。这公园内有一个鸟类馆，它用一张巨大的网，把一座树林围起来，其内养着兀鹰、八哥等禽鸟。这些禽鸟大半藏在稠密的树荫间，不容易看见。树上还有人造鸟巢。我们作为从中国来的外宾，被允许在鸟类馆的内部，即在树林间漫行、参观。这园内似模拟我国的园林设计，除了鹅卵石铺成的小径外，有小桥和小池。我在鸟类馆内看见一口小小的水池，其中睡莲开放白色、粉红色的花朵，使我欢喜极了。我现在还记得起来，在鸟类馆外面不远处，也有一口稍大的池塘，池中也开放睡莲花。

报春花

知道菲律宾有一种不会凋谢的花——报春花，是在严文井同志家里。我到菲律宾访问的前夕，去看望严文井同志。他比我早一年（1980年1月）去过菲律宾。而挂在他家里的一串报春花缀成的花环，还像鲜花，没有枯萎。

我仿佛记得起来，小时在家乡也看过类似的花：金黄色的花瓣好像有点蜡质，喷以清水，花则合，水干后则开。此种花朵，在我的故乡俗名"金水合花"（谐音）。但记得它无法经年不凋。

我到菲律宾后，说来有点奇怪，便一再留心，看看是否能在某一花园中、公园里看到报春花；心中还有一个想法，期望访问归国能带回一串报春花的花环，以便赠送冰心同志，以表达我对于她的敬意和祝愿。没有想到，或者说，真是有一种"天意"，使我在碧瑶市的山景公园里看到报春花。这公园的花店里，出售一串一串报春花的花环。我用菲币买了四串。在回国之前，这四串报春花的花环都挂在我的卧室墙上。我觉得这报春花像菊花一般美丽。菲律宾一位华侨告诉我，它也叫永久花。

1981年12月8日，我从菲律宾回国后，便去看望冰心同志。我在《报春花》一文（原刊《工人日报》，已收录拙作《杂文集》内）中，有一段文字记述我赠送花环的情况。我自己认为写得比较真切，请允许摘录如下：

　　……冰心同志请我到客厅。一进门，我便把花环挂在她的胸前。她随着问："怎么的——为什么给我挂上花环？"

　　我说："我给您带来不会凋谢的花。它叫报春花。祝愿您……"

　　她说："这花真好。"接着问："你今年多大了？"

　　我说："1918 年生的……"

　　她说："还是年轻人。"

　　我不禁笑了。我心中想，我也老了。但我在您面前，永远是一位小学生。我和许多同辈作家一样，在精神上接受您的哺育……

　　我以为，有一些花朵，使人难忘；有一些人，使我永远纪念他。

火一样的花朵

　　我一直不能忘记。在进入 NayouyPhillppino——马尼拉国际机场附近的菲律宾村（乡村公园）时，有一道高及一人的树篱。构成此树篱的树木，其叶青苍有如扶桑。每株树木的枝叶间开放一种火焰般的鲜花，有如石榴花一般照耀着我的目光。

　　我问过一些华侨，他们也说不出此用以做树篱的树木，学名为何。他们也认为这种树木开放的花朵，美丽、热烈。

　　让这像火焰一般灿烂的、我至今尚不知其名的花朵，和菲律宾其他美丽的花卉一起长久留存于我的心中。

1985 年 4 月 3 日，福州

（首发于《福建文学》1985 年第 7 期，收入《给爱花的人》）

屏南花木

——写给爱花木者之一

水松林及其他

屏南位于鹫岭中部腹地，县境内千米以上的山峰达一百七十余座，在闽东来说，它和寿宁、周宁都属于高海拔的县份。这里山峦、壑谷、溪涧、林木极美。

我于 4 月上旬（清明节过后）在屏南逗留五天，每日晨出晚归，到过若干偏僻的山村，经过许多山野。这使我产生一个印象：县境内保存了不少古树林。我所经之地，在村口或涧边，往往能见到一大片的水杉林。那些村口往往有一座避雨亭，涧上往往架着一座风雨桥，古意盎然，而那些水杉林，高可十数丈，围可三四人合抱，成片地掩映着古亭、古桥，构成难以名状的画境。

屏南岭下乡上楼村有一片成林的水松树。这是一座僻远的山村，我特地去看了那里的水松林。我们从上楼村前的一条小路走上山径，行约二十分钟，看到一个山坳，这山坳两边各立一座山冈，中间凹陷处是一片长着水草和潴积山泉的沼泽地。

就在这沼泽地上，生长七十多棵水松，每棵胸径达六七十厘米。这是一种外貌十分独特的树，其干若杉，其叶似马尾松；它的树根一节一节地露出水面，好似一盏一盏的水灯。因为生长在深山之中，我来时听见有一种不知名的山鸟，在附近树林飞来飞去，此起彼落地用歌声互相呼唤……

据云，水杉、水松在一亿年以前广布于地球上的许多地方。它们经历了第四纪冰川时期的浩劫。水杉、水松一如银杏一样，都作为孑遗植物幸存下来。特别是水松，在我国，目下据云只有广东、江西及福建的很少地方存在。这样看来，上楼村的深山间有这么一片成林的水松树，且生长得那么茂盛，那是十分珍贵的了。

我到过仙山，它的海拔高度为一千七百四十米，在屏南也算是一座高山。这里现在是一座牧场，养牛。就在离场部约五百米的一个小山谷的山坡上，长着一棵树，它学名叫鹅掌楸，当地人称它为马褂木。在整座仙山上，也只有这么一棵鹅掌楸了。它是落叶大乔木，叶形大，状若马褂。据云，在一亿年以前，鹅掌楸到处可见，但它也经历了冰川时期的灾难，世上幸存的这种树已经很少很少的了，所以是被列为国家二级保护的一种珍贵树木。

我看到了水杉林、水松林以及这一株鹅掌楸，不知怎的，总在树下流连、徘徊许久，舍不得离开。我仿佛感受得到，它们的心是坚强的，在它们的树叶间有一种传奇色彩……

（首发于《中国旅游报》1985 年 7 月 9 日）

八濑飞泉

——童年回忆

——我当时在砺青小学念四年级吧？

一次春游。我记得出西门，走过一些小径，经过一些龙眼树园。我走到泗华陂了？

这里是古代家乡人民所造的一座杰出的水利工程。我记得一座一座的石墩，一座一座的闸门，把山中众溪涧流来的春水，都储蓄在陂内；于是，泗华陂之内，出现一座春天的、蓝色的湖了？

我记得，当我从泗华陂的石墩上走过时，有一只又一只的白鹭，好像我们在9月间向天空放出纸鸢，在水面上飞行……

随后，我们走到下郑村了？

——这是家乡一座多么美丽的村庄呵。我记得，这个村庄有多少的果树呵。我记得，我沿西行，从一座又一座的果园的土墙前面走过，那果园里，有阳桃、余甘、橄榄和柿树；有杧果、桃树、枇杷和荔枝，有葡萄和凤梨……我似乎是初次被告知：生我的家乡有如许众多的果树啊！

随后，我继续沿溪行。

——记得经过一座名叫"老鹰窝"的村庄了？

我多么希望，能够在这座村庄的天空中，看到很多的鹰在盘旋……

随后，我突然发现，在前方，在一大片松林的枝丫间，传来一阵又一阵的水声、风声。

——我记得，我这时已走进一条山径了；我驻足定神一看，我看见，在前方，在一大—片松林的枝丫间，隐约展现出许多岩石，有许多发亮的飞泉从岩隙间泻下来……

我记得，我欢喜极了。我急步从松林间的一条卵石铺成的小径，走到水边来。我似乎又初次被告知：生我的故乡在这山间有一块如许美丽的胜地。这里有那么多形状不一的、大大小小的岩石；山涧由这众多的岩石叠成涧壁，好像城墙一般高高地耸立着，泉水从岩隙间，从岩石形成的曲折的石槽间，飞泻下来，如飞动的烟和雾，如溅起来的雪，如撒出的珍珠；由于激流的飞奔而生出来的风声，在喧哗，在呼喊，在潺潺作声又在窃窃私语……

这是一次春游。当时，我在砺青小学四年级念书的吧？我记得，那里的每一滴泉水，每一块岩石，好像都曾经告诉我——并且要我永久记住：

家乡是多么美丽呵。

（首发于《兴化报》1985 年 7 月 24 日）

家乡的风景

——童年回忆

小引

我的故乡莆田，依山临海，风景绝佳。莆邑向有"二十四景"之胜。我年已老了，离乡过四十载，近日时或念及"西岩晚眺""梅寺晨钟""石室藏烟""壶山致雨"……有一种诗情来到胸中……

西岩晚眺

那里，是屹立于城之西的一座丘冈。那里，我记得一座小小的古寺，寺墙涂着朱丹的色彩，有一拱门。

——我不记得了，我当时有否进这座古寺的山门。因为，我现在再也想不起寺内有否一尊弥勒佛。它的肚皮很大，它一直笑着，身上贴金？

但是，我记得很清楚，我站在山门的石级上。

——眺望着寺前山冈的许多古松（它们在风中摇晃，发出海潮一般的松涛声）。

眺望着山冈上的城墙（它是明代便开始屹立在山冈上的古城墙，石头筑起来的）。

于是（我记得很清楚），我看见有开始西坠的太阳的光辉，如红色的雾一般，照在古松林间，照在古城墙上……

而就在这时（我记得很清楚），有在城外的田亩间耕种的农民们，肩上挑着锄头从城门外走回来，我知道，这些农民住在上冈附近的房屋里……

于是，我想起，我应该赶快回家了。

——我身上也好像披着夕照，想起母亲在家里等我，我不应该让她等得太久，不应该让她心中焦虑……

壶山致雨

它屹立在兴化平原上；它的前面是湄洲湾和兴化湾……

在我的幼年的心目中，它是故乡最高的一座山。可是，我听老师说：

——它原来在海之中！它山上的岩石间，附着海牡蛎的壳；有人在山间发掘出原始的船锚……

它的山上有很多岩洞，有蟹穴，有虾洞，有天然的井，还有天池……

我听老师说：

——这些岩洞、井和池，都是古代火山的遗址……

它的山巅，常常给太阳照耀得像一顶蓝色的笠帽，戴在一位穿蓝色长衫的仙人的头上。

有时，它的山巅，被白云缭绕了……

我至今记得——我的母亲常站在门前，望着壶山的山巅。

要是看到它的山巅有云，像白色绸带绕着，母亲便告诉我：
"阿桂仔，今天上学要带雨衣……"

石室藏烟

我记得，站在我家门前，对面有一山。母亲告诉我，那山上的石洞间，住过仙人……

放学回来时，我喜欢站在门前，眺望着那座山。我记得清楚——

那里，有一座塔。那里，有一丛又一丛的古树。那里，在树丛和树丛之间，有隐隐约约地显露出来的庙宇……

那里，隐隐约约可以望见有许多山岩。那里，早晨或者黄昏，有一种似雨似烟似薄雾的云气；弥漫着，又消散了，又弥漫着，在那许多岩石和树丛之间……

那里，离城关才三四华里。有一天，老师带我们到那里去游览。我记得清楚，那树是松，是榕；那庙宇有香炉和穿上道士衣裳的菩萨；我记得很清楚，我们是登上一级又一级的石级，一直走到庙宇前面；庙宇后面的那座塔是砖砌的，庙宇左边的许多岩石之间，有一块长长的巨石，叫龙舌石，我的老师笑眯眯地说："你们在城关眺望时，看到的烟和云，就是从这龙舌里吐出来的……"

老师还说，这山上有一条看不见的龙。

——老师的意思，是要我们知道，这都是传说，不要相信。当时我倒在心中暗自想道：要是，真的这里有一条龙有多好啊！那时，我到底还是一个小孩呵……

梅寺晨钟

比鸟声更早，那钟声总是和朦胧的曙明，一起来到我家的庭院中；我记得，那钟声间歇地、余音袅袅地，从我家屋顶上的天空中，云彩中，和曙明一起来到我家的庭院中。

——我记得，母亲每天比这钟声更早地来到庭院中，那里，有一口古井，母亲比钟声更早，在朦胧的曙明间，来到井边。

那钟声和母亲的汲水声，随后便一起在我家的庭院响起来……

——这时候，我也赶快起身了。

我记得，我把国文课本（当时，我刚进初中一年级吧）拿起来，跑到庭院中，继续背诵着。

背诵着我在梦中背诵的鲁迅先生的《秋夜》。

——一边背诵，一边看到，我家庭院石阶前的三叶草正在开着粉红色的杯形的小花，好像有一位瘦瘦的诗人，向那粉红小花招手……

呵，那钟声总是和朦胧的曙明，一起来到我家的庭院中……

1985 年 7 月 2 日，福州

（首发于《文学报》1985 年 8 月 8 日）

山间小径

当时，我全家人旅居于闽北一个叫作杉坊的山村里。这个山村，包括我家在内，只有四户人家。

当时，我的女儿才七岁左右，在邻村一个小学校里就读。她随父母到山村里来，她像村里的小女孩一样，穿着农村小姑娘的衣衫，背一个书包，每天去上学。

我们住家门前是一条山区公路。由于要通到浙江、江西去，这条公路很早便通了。

客居周遭的自然环境使我很满意。公路之前，当着我的住处门口的正前方，有一条木桥。桥下是两条山溪汇合之处，溪畔山岩苍润，树木间鸟声时时传来。我的小女儿上学去，先过公路，过木桥；随后沿溪行，沿山田行；然后上一条山坡上的田埂；田埂旁有一座水磨坊。过田埂，又上一座小岭，岭前有几棵枫树，岭旁还有一口古井。过此小岭的山径，始是邻村的小学校所在。开始时，由我或我的爱人送小女儿上学。不久，她便独自一人走这么一些山间的田路、小径上学去；放学时又自己循原路回家。我往往为此很不放心，常站在门口，目送着她走过岭前的几棵枫树，走上小岭，看不见她的背影了，这才收回视线。

客居之处有一个缺点，便是风大。风吹起来，铺着茅草的木屋还使人感到有些摇动。另外，天气变化无常，秋冬雾大、霜大，夏天常下阵雨。

每天有一养路工人在打扫公路。他工作得很认真。每天八九点打扫到我客居门前的这一段公路；随后往前打扫，午后两三点的时候，又从我客居的门前走过。他姓徐，是浙江人，有三十多岁了，正当年富力强的时候。他的家属，听说包括他的妻子和一位女儿，都在浙江某县乡下，离此间的公路养路段有两百多千米。有时遇到雨太大了，有时遇到一阵风刮得太猛了，有时大概也由于实在太累了，他才到我住处的小厅堂里坐一会儿，抽支烟，喝杯茶。我没有问过他的身世，他也很少说及他的身世。但看来他上过一段高中，从他的言谈间可以看出他的文化程度。他不易动情感，说话不易激动。只有一次，他看到我的女儿放学了，背着书包走过木桥便一口气跑来，扑到我的身上，叫声："爸爸！"这时，他才忽地告诉我，他家也有这么一位六岁大的小女儿。他随即又不说了，眼中有点湿润。

这一天下午很闷热。但我没有想到，这山间即将降临一阵猛烈的、大风夹着雨雾的骤雨。这时，大约是午后一时三十分。我站在门口，正要送我的女儿上学去。我拿一把旧伞给我的女儿。她带着这雨伞，背好书包，穿过公路又过了木桥，随着连跑带跳地沿着溪岸走。她虽然很小，似乎也能预感到雨将到来，希望能在下雨前赶到学校。我看着她，心中有些焦急，有些担心，有许多不安。正在这时，西面的山岭后面和空中，猛然涌过来一阵墨色的、灰蒙蒙的、来势猛烈的雨雾，随着风势，滚滚地先把山谷西边的树木以及山坡上的梯田都淹没了。天显得很暗。随即，那雨雾向我的女儿正在行走的溪岸边压过来了。我显然看见我的女儿步伐有些不自在。但她仍然打开雨伞，迎接暴怒般的雨阵——这时，雨实际上已在她的四周猛烈地降下了。她仍然勇敢地走上山坡的田埂路。当她走近田埂上的水磨坊近旁时，雨势更加猛烈了，风更大了，只见我的女儿全身摇摇晃晃的，迎着风势和雨阵，走过水磨坊……

我发现我的爱人，这时站在我的身边，手中拿着雨鞋等雨具，顿着脚对我说："你还不赶快去——把她接回来！"

正当我在换雨鞋，并准备把雨衣穿上时，我看见有一人头戴雨笠，身穿养路工人的雨衣，迎着风和雨，冲过木桥，往我的女儿的方向赶过去……

我知道他是养路工人老徐。我当时虽然刚五十出头，年纪不算太老，但在乡下，人家看我的步履以及双鬓有霜，都以为我已经是六十余岁的人了。但不管如何，我跑步不及老徐同志。他看见我跟在他的后面好长一段路，一步一踉跄，便用手势，坚决叫我转回去。这时，我似乎特别信任他，便不执拗，转身返回客居的住处，让他一人继续冒着风雨，带回我的女儿。

不久，他果然把我的女儿从风雨中带回来了。我的女儿当然全身淋湿了。我的爱人为女儿换了外衣，放在炭火上烘。这时，雨势虽然弱了，但还在下。茅舍前的屋檐，水流不住地滴落下来。

我留老徐在家里避雨。这天，他似乎特别健谈。看我的女儿已换了衣衫，便把她拉到面前，说："小芹，你怕雨吗？"

我不清楚，他什么时候知道我的女儿叫小芹。平时，我知道他对我的小女特别喜欢。

我的女儿说："不怕！"

"不怕就好！"

我看见老徐快乐地笑了。

"那么，你怕什么呢？"

我的女儿说："什么也不怕。"

"噢。这更好。"

我看见老徐更加开心地笑了。

这是 1972 年暑夏时节的事了。不知怎的，我至今还记得这件事。我离开下杉坊以后，和老徐没有通信，有两次我到下衫坊去，曾问起老徐的去向，许多同志也不知道。这就使得我有时更加思念他。

（收入《早晨的钟声》）

山间

秋天，在山间真是十分美丽的季节。

当时，我的小女儿在邻村一个小学里读书。她才七岁，每天背书包上学。开始时，我要送她上学去，放学时又去接她回家。当时，我们住在一个真正的三家村里，到我的小女儿上学的邻村，要过桥，走田埂路；要在溪边的草径间行走，要登一道小小的山岭。但一路上，风景是很好的。特别是秋天这个季节，四面山上的枫树、榛树、银杏树的叶都变黄了，变红了，变丹红了，变赭黄了……满山灿烂极了，美丽极了。

到我的小女儿就读的小学去，过一道小岭时，岭下靠近一口古井旁边，有三棵古枫。秋天了，下霜了，这三棵古枫满树霜叶，如开满一树繁花。这三棵古枫树的高枝上，各有一个喜鹊的巢。常有许多喜鹊和小喜鹊在这三棵枫树的林梢飞来飞去，鹊！鹊！鹊！叫个不停。

每次，我送小女儿上学，路过这古井边的三棵枫树时，小女儿总喜欢抬起头来，看看那些在树梢边飞边叫的喜鹊。有一天，她忽地问我："爸，你知道吗？喜鹊也办幼儿园、小学。"

我给她这么一问，不知如何答复才好。我当时客居山村，心中时有一种说不清楚的思绪。但是，我给她这么一问，心中一时却有说不清楚的喜悦。她的发自天真的心之设想打动我的心？她的童稚的设想，把我带到一个童话世界？

于是，我答："小芹，喜鹊也办幼儿园，办小学校？瞧，那只飞得最高的大喜鹊，就是喜鹊学校里的老师，领小喜鹊出去走亲戚……"

也不知什么缘故，我自己居然顺口给我的小女儿编了这么一个小童话。只见她看一看一群刚飞向高空的喜鹊，便以一种儿童的信任的目光，向我笑笑地看了一眼。随着，她便放开我拉住她的手，沿着小岭的山径向上直跑；过了这座小岭，那里便是我的小女儿就读的邻村小学校了。

我目送她翻过小岭。于是，不知怎的，又站在那里看一看那三棵古枫，看一看它们满树如花的霜叶，又看一看高枝上的鸟巢，看一看四面山冈上如画的秋林，心中感到一种慰藉，又好像有一阵说不清楚的空寂袭上心间。

这是 1971 年秋间的事，至今有时还会想起来。

（收入《早晨的钟声》）

太清宫的古树

崂山在青岛以东三十余公里。它临着黄河，最高崂顶高达海拔一千一百余米。秦汉以来，它便是我国的一座名山。山间有许多古寺观，其中最古老和规模最大的，要算太清宫。这太清宫由三座观院组成，它们是三官殿、三清殿和三皇殿。

我多么喜欢这三座古建筑，它们都很简朴、古雅。三皇殿有神农、伏羲的塑像，腰间挂着树叶，这是原始人类的一副装束，我不禁在这两尊塑像前停留许久，看了又看。

我多么喜欢这三座古建筑，它们的庭院中都有古老的树。三官殿位于太清宫的东面，它的殿前有两株耐冬，即山茶树，据说，它们是元代种植的。在我的家乡闽南一带，山茶都在春节前后开花。我这次到崂山，时值盛夏，而三官殿前的两棵山茶树，一开白色的花朵，一开红色的花朵，这尤为使我感到高兴。

从三官殿到三清殿的途中，有一株巨大无比的榆树，它是唐代种植的，到现在已有一千余年了。它的树干有些倾斜，这更好看，使得它的主干有如一道木桥，展现在我们的眼前。它枝叶扶疏、茂盛，树荫看来至少覆盖半亩地。这真是一棵可爱的古树。

三清殿门前的小广场上，有一棵古柏，也像画中的树木一般美丽。

三皇殿的庭院中，有一棵古柏，它是汉代种植的。它可能是山中最老的一棵古树了。它应该是最受人尊敬的一棵古树了。有一株凌霄树的蔓藤沿着古柏的树干直爬上树梢。我来时，不巧，没有看到凌霄花。这是有美丽的、火红的花朵的花树，如果亲眼见到它在古柏的树梢上开花，那是多么好的事。

这棵汉柏的高枝上，有喜鹊的鸟巢。这鸟巢造得很大，我来时，看到两只喜鹊站在鸟巢边，是不是窝里有小喜鹊？我想。

离开三皇殿后，我到殿前的山坡下去看神水泉。这是一口方形的井，泉水很清，终年不会枯竭。

（收入《早晨的钟声》）

天子山的蝴蝶

天子山、索溪峪和张家界连成一片，成为湘西北的一个独特的自然保护区和风景区。天子山较为高峻，我没有去。但我到了它的西面的山麓，并且在山中沿着山径漫行、游览。

从桑植县乘车向北行，大约一小时，便到天子山西部登山的地方了。我当时和我的儿子商量：今天到天子山，我能够走多远，登多高的山，要服从我的体力。我的儿子答应了。这样，我在山麓捡了一根木棒作为登山的手杖，便开始沿着山径登山了。

有一条小溪，沿着山径潺潺地流着。我知道，不仅山径两旁是各种奇奇怪怪的岩石，过了溪，在对岸更是一座又一座壁立的山岩。沿着山径走了不久，便觉得这地带极为清幽。一路上，见到的都是所谓原始次生林的树木，这些树木并不是高大、粗壮，但其中有些樟树，听说都是上百年的了，特别是向山深处走去，只见路旁尽是各种我此前未见的野草、野花，使我好像走进一个美丽的鲜花遍地的童话世界。

这里的蜻蜓、蝴蝶真多！蜻蜓大半在山溪边飞翔，而各色各样的蝴蝶、飞蛾则喜欢在野草丛间和野花丛间飞舞。是的，我们一路走，随时都可以见到蝴蝶和飞蛾，在花丛间成双成对地飞舞，有时还会对着我们的面，或跟在我们身后飞舞。我要说的，主要是蝴蝶的品类真多！它们的翅膀有各种不同的色彩，有各种不同的图案，那些翅膀上的图案，出奇的美丽，又是出奇的和谐，每一只蝴蝶，都像在我面前出现一小帧会飞舞的图案，实在太动人了。

我读过《徐霞客游记》，书中有关云南西双版纳的蝴蝶泉的描绘，使我向往极了。但我没有到过西双版纳。我以为天子山的蝴蝶，也够多，够美丽了。这里有树林，有各种阔叶的野生植物，有鲜花和溪流，我知道，是蝴蝶、蜻蜓最喜欢的国土。

顺便也写一下：天子山附近的索溪峪有"十里画廊"这个胜地，我是去过了。这"十里画廊"除了奇峰怪石外，也是一片原始次生林，那里的蝴蝶也真多，真美丽。

（收入《早晨的钟声》）

张家界的蝉

张家界在湘西北桑植、大庸、慈利三县交界处，它已成一个闻名中外的风景区。这里有各种奇峰、各种怪石、各种奇花异木，有各种野兽、昆虫以及溪中奇异的小鱼。我和我的儿子是今年 7 月间来到张家界的。我们住在金鞭溪饭店，虽时值盛夏，在一片原始森林的幽静中，气候却像清秋般的凉爽。我发现入夜时，林间还时有蝉声传来，越发使这个著名的风景区和休养地显得幽静。

我仔细地听，觉得从山岩的林间，从饭店附近的竹林间，传来不同的蝉声，它们的鸣声有的清越，有的好像是一位心平气和的歌者唱出的歌，有的短促，有的若断若续。我自己在心中想，根据蝉声的不同音色、它们各自的不同歌唱方式，这四周至少有六种左右的蝉在彼此应和地歌唱。

我把自己的想法，告诉了儿子。不知怎的，他只笑笑，又点点头，却不明确表示自己的看法。

我有早起的习惯。在金鞭岩饭店住了一晚，次日醒时，室外走廊上的灯还亮着。我走出室外，看见走廊路灯下的灰墙上，宿着很多很多的昆虫，其中有翅上有各色图案的大蛾、小蛾，有小蛱蝶，有螳螂、蚱蜢；还有几种体形大小不一的蝉，它们的翅，最是好看，薄薄的，好像轻纱一般，但它们在这天还未亮之前，在曙光照临这群山和树林环境的风景区之前，并不歌唱。

我的儿子也走到室外来了。他对灰墙上的各种蝉，数了又数，告诉我："至少有七种以上的蝉，和其他的昆虫一样宿在这灯光下的粉壁上！"

我听了，心中很高兴。我向我的儿子微笑，又点点头，表示了赞许的意思。

在这篇短文中，我想顺便提到一件事，这便是，在到张家界之前，我去过福建武夷山自然保护区，住在桐木大队所在的一个山村的小小的招待所里。那里也是林木苍翠，山峦环抱，有一条山溪流过村前。招待所的走廊灰墙上，灯的周围，每天天未亮之前，也聚集了几十只以至几百只不同品类的昆虫。我到张家界以后，便想起在武夷山自然保护区所见到的各种情景。

（收入《早晨的钟声》）

记东岩山

东岩山在我的故乡莆田，算是一个风景区；所谓莆田廿四景，"东山晓旭"乃其中之一景。记得此风景区有一个山门，门上有青石匾额，上刻"渐入佳境"四字，系朱熹手迹。于斯可见，至少在宋代已有文人登临是处。

此东岩山，在城关东面，其实不过是一座丘冈。此丘冈，是我少年时代常临之地。现在，我已步入暮年之境，有时还会思念那里疏朗的古松，思念那里错落的岩石。少年时似乎未必能领略此古松、此岩石之佳趣，现在想来，东岩山之胜，在于松石之胜，而此松石之胜，又在于其疏朗和错落，在于简洁。呵，我似乎还思念那里的清风，那是看不见形体的风，它只能从古松的琴一般的音韵中传达它的来临。现在想来，清风和古松在此山上相得益彰。

山上有一寺、一塔、一祠、一古樟。寺、塔建于宋、明，寺祀林龙江。这是一位把道、释、儒三种宗教融为一体的宗教思想家，亦为慈善家。明季倭寇侵扰莆邑，无辜民众伤亡无数，林龙江筹资收尸，后人为其慈善行动所感，乃建祠以祀之，称三教祠。至于那棵古樟，为唐物，至今葱郁，呈吉祥之气，立于三教祠之前。

　　记得小时多次于曙前登山观日出。山上有明代的古城垣，我就站在墙堞上看初日从东面曙云间上升。那朝气和那金光似乎至今还照耀着我的心。

1985 年 5 月 29 日，福州

　　（收入《早晨的钟声》）

珠海度假村

这里，我一共到过两次。曾在此度过一个夏天的夜晚和一个清晨。这个度假村原以石花山为名，现在统称珠海度假村（这是因为坐落于珠海经济特区的石花山之前）。它三面环山，东面临着珠江的入海处，临着南中国海。

这个度假村有长达五千余尺的海岸线和沙滩。太古的、洪荒年代以来便排列、站立于海滨的岩石，今天在我的眼中，仿佛具有现代的某种诗情，或者说画意。这些灰色的、褐色的，生着海苔的潮湿的岩石，和它们面前的蓝色海湾一起，和金色的沙滩一起，在它们亘古不变的，粗犷的以及胸襟无限宽阔的性格中间，仿佛又被注入某种现代的品质。我为什么会如此感觉呢？也许由于沿着这个度假村的海岸线，有若采用域外现代派造型的建筑群；就外观来看，从象征手法的意义来谈，其状若巨大白色海龟的建筑，有屋顶状若墨西哥宽边遮阳帽似的巨大白色的建筑，有石墙以淡褐、淡灰、淡绿的石块刻成朦胧的、迷惘的，而又似乎是十分流畅、明朗的乐章音符的建筑。这些建于海岸上的、具有现代热情的建筑群，仿佛有一种力量，使大海及其岩石和沙滩生出一种具有现代意识的诗情，或者说画意。

我在这里的海岸上漫行时，看见远处有一阵海雾升起来。这很美丽。我忽然想起美国诗人桑德堡（1887—1967 年）的著名短诗《雾》来：

> 雾来了，
> 踮着猫的细步。
>
> 他弓起腰蹲着，
> 静静地俯瞰
> 港湾和城市，
> 又再往前走。

这首诗，颇具特色地描写了工业发达的美国城市的早晨。诗人的感受力独特而精细。桑德堡的诗风具有现代化的新意和情调，我觉得自己在珠海度假村的海岸上散步时，忽然想到他的诗是颇为自然的事。

这里有一些池，有一座湖。这座湖就在石花山之麓不远处，我想这是一座人工开拓出来的湖，但湖中已有野生的芦苇和其他水草，有荷花，有我国古典的亭榭等建筑，它们与生长青松绿柏及其山间错列众多山石的山峦，形成一幅长卷的中国园林、山水画。但是，湖中却有诸多现代化的水上活动设备，包括水上快艇、单车等。这又使我想起，这幅古典的国画中被注入现代人的热情。这里滨海的丘陵上，建筑了几十幢西班牙式的别墅。这些别墅的建筑造型，具有某种异国情调，但它们溶化在南中国蔚蓝的海湾和绿色的海岸线上的丘冈的自然背景之间；在我看来，这些建筑群和自然景物互相映衬，具有一种独特的美感，亲切而又新颖。我曾在这里住了一晚。第二天晨起，坐在阳台上，看见旭日正从海湾的东方升起来；我注视着它，看它渐渐地从度假村海岸上那些具有现代派造型艺术趣味的建筑群后升起来；我忽地感到，今天所见的太阳，仿佛也具有某种现代人的情感和气质，它的目光注视无限的前方，胸襟热烈而宽阔。

（首发于《人民日报》1985 年 9 月 9 日）

回忆母校

我约于1927年至1930年在凤山小学念书（从四年级到毕业）。那时，校址在城内塔寺前旧凤山寺内。小学在原大雄宝殿两边的回廊以及殿右的玉兰厅；殿后则为砺青中学，中学的校门面向金桥里。

我记得当时砺青小学为全县历史最长、师资较好的一个小学。记得当时教数学的老师吴益斋先生，已经年逾花甲，在县里是一位德高望重的数学教员。地理、常识、图画、语文的老师，大半是从上海美专、上海大夏大学师专以及集美师范学校毕业的。记得美术、劳作、音乐三课的老师是当时全县著名的画家黄愧群、卓立轩两位老师，他们是兄弟。我记得愧群老师还在课堂上当场为我画了一幅两只八哥站在一块岩石上的图画，我珍藏了很久，后来不知怎的遗失了，至今想来都感到可惜。还记得立轩老师教我们唱《小小画家》等儿童歌剧的歌曲，我不会唱歌，但至今记得《小小画家》中的一些歌词。

一天，下着暴雨，操场上的泥土间，一下子有许多雨水形成的小细流，地理老师看见我们几位同学看着那些细流，显得顶有兴味的样子，便走过来，对我们说："你们看那些雨水，在泥土上冲激成的细流，便可以体会到地壳上一些河流的成因……"

这种实地教学，随时抓住机会的教学，给我很深的印象，至今忘不了。

有一次，有位从南京到莆田的专家在学校演讲（当时，大雄宝殿就是礼堂）。我很用心地听。后来，语文老师林鸿秋先生出个作文题，就教我们把这位专家的演讲追记下来。发作文卷时，林鸿秋老师在课堂表扬我，说我记得很有条理等，这也使我忘不了。我记得受了表扬，后来我对于作文课特别感兴趣，更加用心。

我们小学里的老师，常到砺青中学去借用教学仪器。所以，我在小学念书时，便看到氧气、氢气等的实验，自己和一些同学暗中去买了一些化学原剂，制造起氢气来……

我至今怀念我在小学时的一些老师。他们认真教学，和同学相处很好。他们为我打下学习科学知识和写作的基础，也启发我爱世界美好事物的兴趣。我从心中感激他们。

［首发于《福建莆田第四中学（砺青中小学）校庆纪念册》，1985 年10 月］

散文三章

牵牛花

不知怎的，我忽地有个想法：种几棵牵牛花，让它们的藤蔓和叶子，从我的住室的窗口垂下来，并在那里开花。我从友人处取回两棵牵牛花的幼苗，种在一个大瓷盆里，放在阳台上。然后系几根小麻绳在我的窗口，以备牵牛花的藤蔓攀上去。

这两棵牵牛花生长得很快。它们的卷须绕住小麻绳之后，它们的藤蔓几乎每日都有明显的延伸，不到半个月的时间，窗前的几根小麻绳都攀住了牵牛花的蔓条，好像枫叶一般的绿叶有如图案一般挂在我的窗前。从我的窗口眺望出去，这时，好像是从某处垂着绿藤的野外绿荫间看到这个城市南面的五虎山，近处的乌石山和于山，以及隐隐约约出现于绿树间的白、乌二塔……

现在，我注视着窗口，有时会期望它们早日开花（它们已经结蕾了）。它们开放的，将是蓝色的、紫色的，或是胭脂红的喇叭花？现在，我有时会想到有一次车将抵马尾港时，看到江边榕树荫下一块岩石上的大片蓝色牵牛花；也会想到鼓浪屿海边悬崖和岩石上一大片蓝色的牵牛花，想到客居闽北仙霞岑南麓一个小山村时，看到客舍门前的溪边土阜间的玫瑰色牵牛花……现在，我的心中充满某种期望和某些有关牵牛花的美好回忆。

缤纷玫瑰

开始时，我仅仅作如是想，在新居的阳台上，应该安放几盆花。我到花的市场去。

我看见有一位瘦小的老者，身穿黑色短衫，坐在一只小竹椅上。他的面前放着几盆花。我以为这都是月季一类的花，但枝繁叶小。其中有一盆叶间结了许多花蕾，有一二正含苞待放。

我问老者："这是什么花？"

他答道："书本上，这种花叫'缤纷玫瑰'。一年有十个月能开花……"

他的这盆缤纷玫瑰，才卖给我八角钱。不知怎的，我和他接触之间，立时感到他是一位朴素的老人。他的家原来就在花的市场附近，就在他所坐小竹椅后面，相距十来米之处，那里便是他的家。那里有一小片空地，栽着几种花卉，空地之后，有一座小平屋。他特地走回家，用塑料纸盛了一大撮泥土给我，然后代我把"缤纷玫瑰"扎好，使我便于携带。我离开时，这位老者吩咐我："每个星期，给这盆花浇一点水……"

我把"缤纷玫瑰"安置在住室的阳台上。不久，它开花了。它的花朵不大，像4月间在草地里开放的草莓的花朵，很小。初开时，花瓣的色彩为深黄，其后变成黄，变粉白，变粉红，又变深红与纯白相间；这一盆"缤纷玫瑰"，在半个月时间以内，先后开放许多花朵。我常常从住室的窗口，注视这盆花。不论它的花或叶，仿佛都向我传达某种深情，给我某种启示。

我有时走到阳台前，伫立花前。忽地，我怀念那位卖花的瘦小的老者来。我和他毫无交往，可谓素昧平生。我认为他是一位自足的人；他是这样的一种人：有时以能够赋予他人以些许的慰藉视为自己的乐趣。我想，我不可能去看他，在今后。但我感到我和他的心灵之间，在某些方面仿佛将会永久相通。

太阳花

在我迁居于这座楼五层的一个单元的住房时，我偶然看到阳台上有一盆枯萎的花（那是住屋前任主人遗留下的）。不知怎的，我认定它是太阳花。

我每日晨间浇以清水，不几日之内，这盆花便复苏了，恢复了青春和元气。它的枝条延伸了，生出许多饱含水分的、松针一般的绿叶。大约不到两个月，到了6月间，它开始开花了。它的花朵好像一只不大的酒杯，一只用深紫色的薄绸做成的酒杯，里面装满花粉；盛开时，则像一朵梅花，或者像一只极小极小的紫色太阳。

这盆太阳花，每日开放五六朵花。我开始感觉到它和辽远的太阳的默契，它和时间的默契；每日日光照临阳台之际，八九点钟之间，它开花了。我开始感觉到它和野蜂的默契；它开花时，不知野蜂从怎样辽远的山野间被邀请来了，从花朵的酒杯间畅饮花粉的酒。

我开始感觉到它和雨水的默契。一日，天下雨了。雨水倾注于它的含苞待放的花蕾中间。虽然已是早晨八九点时分，但花瓣不开放，它合着花瓣，让雨水为它沐浴；直到第二天早晨，日光又照临阳台，它的花朵才又开放了。

这太阳花的花朵的生命，只有几小时的时间。它的花朵，过午以后便萎缩了。这时，我仿佛感到有点寂寞。但是，我仿佛又一直在思索着这种花的某些情感：它与日光之不变的默契，它因雨水而延迟花期所显示的大度，以及它对于野蜂的邀请之殷勤……

（首发于《黄河诗报》1985 年 10 月 16 日，收入《给爱花的人》）

杜鹃花和水松林

至屏南县，正当清明节过去不久的暮春时分。此次至屏南，主要至若干山区看看。屏南是山城，车出城关，即沿着山间公路，沿着溪岸行，使我看到，这个偏僻的山区到处是杜鹃花。我有一种兴趣，或说一种习惯，即看到某种花了，便想调查此种花有多少品种。在屏南，我既看到杜鹃花了，便注意所经之处，到底能见到几种杜鹃花。我知道，一如兰花，杜鹃不仅花美，种类亦多。如果我没有记错的话，据云全世界共有八百余种杜鹃（兰花据云有一千余种），其中有百分之七十产于我国；福建产的杜鹃约二十种。我在屏南住五天，每日晨出晚归，走过许多山镇、山村、山野，所见杜鹃除了一般所谓映山红外，有白杜鹃、黄杜鹃，也有粉红、淡紫色的杜鹃。那开淡紫色花朵的杜鹃，大概就是学名为"麻西杜鹃"者，和映山红一样，在屏南到处可见。我想，这四五种颜色的杜鹃花，花形有大有小，有重瓣有单瓣，故若细分，至少有七八个种属，使得山冈、溪畔、村边，都显得生机勃勃，色彩绚烂。

陪同我至村间访问的同志，很快知道我爱花，便对我说："你如果秋天再来，还可以到处看到杜鹃花。"

他并且告诉我，出城郊不远的溪畔、山麓，便有春、秋二季均能开花的杜鹃。这也是一个品种，即所谓双季杜鹃。他告诉我，屏南尚有一株四季开花的杜鹃树。这看来是罕见的。

我到屏南的第三天，下午，先到双溪镇，返程时，车在山间公路的一座桥旁边停下。随即下车，沿着一条山径，曲曲折折地向前走：我们要到棠口乡的龙原村。屏南这株一年四季能开花的杜鹃树，就在这个村里。天上阴云浮动，又有一些湿雾在附近的一些山冈、树林间游移；有时甚至有一阵湿雾，沿着壑谷间的小涧飘来飘去。隐隐闻见雷声。是否要下雷阵雨了？我正想着，雨点骤然而至。好在我们随身携带雨具。这雨真大。除了雷鸣外，树林、山谷、溪涧间顿时雨声、水声大作。从山径旁的斜坡间淌下的流水，四处奔流。我们在雨中赶程，行约五里路，始至村口。这里有一座避雨亭。我们至时，雨已歇，但我们仍在亭内稍作休息。这避雨亭四面皆古木、野藤，亭有栏杆，颇饶古意。出亭，又行一段山径，便看到一株杜鹃树，屹立于山径旁的一座陡冈上……

我在它的树荫下停留许久。我在武夷山的主峰黄冈山上，看见过云锦杜鹃，它是大乔木，开放紫花。这棵杜鹃，不是灌木，但也不是高大的乔木；它高三米左右。有人说，它已有三四百年的树龄了。它在我的眼中，也是一棵老树，一棵岁月的流逝未能侵蚀其生命之不朽的老树；它是一棵老树，专心致志于考虑一件事情：如何给予世间以更多的花朵。我在它的树荫下流连许久，我在心中居然有个想法，在这棵树上，住着一位美丽的、年老的花魂。它的枝干上有许多苔藓。雷阵雨好像刚刚把它枝干上的这些苔藓洗得鲜亮，每瓣苔藓仿佛都吸饱水分，不似我平日所见古树上的苔藓，显得干瘪。就在这生满苔藓的树枝上，这棵老杜鹃在叶间开放若干朵小喇叭形的红花，显得很俭省，很简洁。我想，也许到了秋季，是它的花朵盛开的季节？一如果实都在秋季成熟一般……

离这棵杜鹃几十步之处，有一土堤横贯在两座小丘之间，堤外是一条浅溪。土堤上是一大片古老的水杉林，其间尚有其他古老的杂树，形成一派美丽的、深邃的、濡湿的树林。我特地到林中漫步。我踏着林地上的落叶，忽然想到一个实际问题，要是我所到之山地，都能见到保护得这么好，生长得如许美丽的古树林，该多好。

屏南有一片罕见的水松林。到这棠口乡的龙源村看过杜鹃的次天，下午，我们到岭下乡上楼村去。我要略为记述至岭下乡时，车经一条清溪所见的杜鹃花。这条小溪两岸低平，而每隔若干步，便有一丛粉紫色的杜鹃，临水开花。如此沿岸二三里路，均见此花景，心悦不止。在第二次国内革命战争年代，这美丽的棠口乡，是红军革命斗争的基点。这里四面环山，中间形成一个盆地，红军曾与白军在这个村庄、盆地间以及在山间激战过。这里有红军墓和红军纪念碑。红军墓在山上，路太陡，未能往访；我们只走到村庄附近一个小丘上，向红军纪念碑致敬。随后，便沿着盆地中间一条小路走上山径。这山径两旁，时或见到古老的水杉。二十余分钟后，便走到一片山间的、凹陷的沼泽地，它的两旁各为一座山冈。就在这长满水草和潴积着山泉的沼泽地里，生长成林的水松树。在古远的地质年代，据云在一亿年以前，水松广布在北半球各地。它经历了第四纪冰川时期的灾难。在我国，现在只有粤、赣、闽有若干零星生长的水松。像屏南县岑下乡上楼村山坳里生长这么一片成林的水松树，是罕见的。这是一种很独特的树，其状似松若杉：树干如杉一般挺直，树叶是松树的针状，树根像一盏一盏木制的灯罩，露出水草间。呵，它和水杉一样，经历过冰川时期最大的寒冷的袭击，仍然坚强地生存下来。当我们在这片水松林间流连的时候，附近有一种不知名的山鸟从此片树林间，飞向彼片树林间，激越地，嘹亮地，不知疲倦地鸣叫着，它们的歌声似在赞扬着什么……

离开这个山乡时，天已接近黄昏了。

（首发于《钟山》1986 年第 1 期，收入《给爱花的人》）

宜兴随笔

一

至宜兴有一种心情，这便是思念远古的人类先祖的心情。陶制器皿是初民之令人感动的创造；从考古发掘出来的陶片上看到印刻在其上的图案或几何纹理，表现一种人类最早的艺术冲动，真是令人怀念不已。看了宜兴的若干陶制器皿，这包括宋、元、明、清以至近代的陶制器皿，其中主要为茶具，旁及壶、瓶、盘、鼎等，使我深切地感受到实用器皿变为一种人类精神享受的艺术品之追求。

从此，我有这样的想法，一是人类天性中有一种艺术创造的渴念，一是人类又有一种享受美的渴望。

二

宜兴陶器有一种天然的、感人的色彩。这便是它的色彩（不论是紫砂，还是上了釉彩的均陶、青陶）品质无不显得朴素、高雅、深沉。

这种色彩品质引发了艺术工匠乃至造型艺术大师的灵感。其中特别是历代茶具的造型，具有至为浓重的东方造型的特殊诗意。

陶器艺术显然与我国的篆刻、书法、绘画艺术以及雕刻艺术结合得十分融洽。陶器艺术的发展与历代文人学士又显然有亲密的关联。

三

希腊太古文化——爱琴文化的早期，即所谓西克拉底斯文化时期，已经出土的有一些手工制作的陶器，虽然粗糙，但造型颇富于艺术情趣，如人面罐子、鸟嘴罐子等。爱琴文化的中期，即所谓米诺斯文化，已经出土的有一些轧制而成的陶器，如米诺斯天宫地下室中排列的陶缸，其中浮雕着几何图案，尚有描绘百合花等许多花朵纹理的瓶子。由此说明，陶器制作虽然为了实用，但太古的初民已知追求在精神上的美感的满足，从器皿上不难看出初民对于客观事物的理解和对于装饰的匠心独运。我国出土的原始陶器，其器形以及印刻在器皿上的几何图案以及植物纹样，丰富多变，更不难看出初民对于艺术原理的理解，他们对于美的感觉能力和想象能力是怎样地令人神往。

据考察，江苏陶器的出现可以追溯至新石器时代。我似乎对于初民艺术颇为关注。在宜兴未能见及太古年代的陶器（哪怕是碎片）而感到有些淡淡的怅惘，淡淡的空虚。另外又有一种没有来由的设想，以为这里一旦发掘出初民的陶器，其艺术造诣必定很高。

（首发于《收获》1986 年第 1 期，收入《旅踪》）

四川三记

三苏祠

车入眉州县境，觉得其郊野景象颇近吾乡兴化平原。时值炎暑，遍地稻黄，正待收割。平野尽处，远山之影淡淡然，好像只是蓝烟一抹。车行间，我想起北宋年间，这里一门三父子，皆文学俊杰，心为之向往不已。又想起东坡晚年迁谪，至琼州之儋耳，不觉黯然神伤。至眉州宿一夜，次日访三苏祠。据查，明洪武年间，三苏故宅始改为祠，其后毁于战火。至清康熙、光绪年间，先后重修、扩建。看来，现在所见三苏祠的规模，当是清初至清末逐渐形成的。它坐落于眉州城的西南隅，占地颇大。

三苏祠内，堂、廊、亭、轩、榭以及池沼、小桥，我一一行经其间，观赏一遍。我在洗砚池前伫立良久。这以假山石筑就的一泓小小清泉，其实为清物。不知怎的，我对它仍感兴趣。它使我想起有关东坡儿时的一段传闻。这便是，他曾与小同伴凿池为戏乐，竟得一异石，乃用以作砚。这块砚石如果尚存，当为珍贵文物。我在瑞莲亭、披风榭，凭栏观荷。因为溽暑，借此休憩乘凉，故逗留颇久。

就我本人来说，此次访三苏祠，使我深感亲切欢喜的是，在快雨亭看到先五世祖郭尚先所书的楹联：

墨池烟润花涧露，
茗鼎香浮竹外云。

联为木刻，悬于快雨亭正门的两侧。亭的匾额为何绍基手迹。郭尚先，号冬石，清嘉庆十四年（1809 年）进士，官至大理寺卿。道光八年（1828 年）奉命提督四川学政。《清史·文苑传》称："尚先博学属文，与林则徐交莫逆，在翰林时，相与研究舆地象纬及经世有用之学。"

快雨亭的院中有荔枝树。所谓"并蒂母荔"，实乃株分二干。宋治平三年（1066 年），苏洵卒于京师，东坡偕弟子由扶丧归川。宋熙宁元年（1068 年），服满，与子由还朝。送行亲友植荔枝树以待东坡归来。但从那年起，东坡、子由均未尝返里。他们居京者少，多外放，几次被贬谪。居京则不"卑论趋时"，外放多善政，谪居不免苦闷、抑郁，但大体上是豁达的，时或思虑社稷民生。

三苏祠中有一联，并非出自名人之手；为光绪年间云南一位拔贡杨庆远（曾在眉州任职）所作，颇能概括三苏的生平行状：

宦海渺难寻，只博得三主一门，前无古，后无今，器识文章，浩若江河行大地。

天心原有属，任凭他千磨百炼，扬不清，沉不浊，父子兄弟，依然风雨共名山。

这副楹联对苏氏父子的文章器识，推崇备至（我以为这是应该的），对他们在宦海中的沉浮，有怜悯和不平之意。我想，一个拔贡，能作此等楹联，足证其读书有得，议人论世，有其可观之处。另外，我似乎从此副对联中，隐约窥见在清代末年，民主思想已朦朦胧胧地在一般下层士大夫（知识分子？）心中萌动了。

三苏祠有木假山堂。苏洵曾以寓中有此木假山为文作记。料想梅圣俞见过苏家木假山，曾作诗以咏。蜀地山深林古，刨古木之根以作假山，与运岩石以作假山，各有一番情致。我在灌县都江堰的李冰祠中，亦见及木假山，其规模远胜于三苏祠之木假山。先五世祖郭尚先仕蜀时，有《使蜀日记》行于世。他于道光八年（1828 年）十一月十二日至眉州，二十七日访三苏祠，是日日记云：

二十七日，文武试俱竟。谒三苏祠。观木假山，固非真宋物，然亦自玲珑可喜……

我相信先五世祖的判断。三苏祠几经风雨，原木假山必荡然无存。现存木假山，最早当为明物耳。

都江堰

四川有禹役使鬼神以凿三峡之神话，流传于世。都江堰的水利工程乃是一曲至今存在于现实之中的史诗。车自成都发，至都江堰五十九公里。一路经川西平原，所见农桑之盛，以为得力于此古代水利设施者，两千余年矣。既抵都江堰，对于在当时历史条件下，能造此工程，心中赞叹不止。岷江被控制了。我看到一种被改造、被控制、被确定动向了的自然形态。这里，不知用几千万亿的石方，造就一个广漠无际的、亘古不能移的，灰色的人造河床，平展于江堰之上游。而那被改造、被控制的江中，有一分水堤，状若鱼口，此项工程俗名鱼嘴；岷江听命，自此分水沿堤流入于内、外二江，造成一种人的伟大力量与自然力量的合作之力作。老实说，看到此项工程，心中有一种自豪感，意兴壮然。都江堰附近的岷江上有安澜桥，亦为一种奇观，一种壮观，亦为一种人民智力的杰出创造。闻此桥往昔原以竹索为缆，木桩为墩，互相连贯，上铺木板而成吊桥。现在改以混凝土为桩，以钢绳代替竹索，但行走其上，仍摇晃不止，别有一番奇趣。

离都江堰后，即登伏龙观。观建于都江堰离堆之北隅。四川有若干离堆，例如乐山有离堆。此所谓离堆，在我看来，是古代治水和水利建设工程所遗的堆积物（例如破碎的石头和其他下料），或劈山凿洞所分割（分离）出来的山崖乐山之离堆，闻即为古代人民避沫水（大渡河）之患，而凿开乌尤与凌云二山，乌尤现立于水中央。此说亦与李冰有关。都江堰之离堆，与李冰治岷江而造都江堰有关是毫无疑义的了。因此，于此设一建筑物作为后世永远怀念其功勋之所，是很有意义的。伏龙观试壮伟。殿宇三重，有楼台亭阁。大殿立李冰石像，闻造于东汉建宁元年（168年）。此像系1974年修都江堰时在江中发现的。我立于像前，想到我国人民世世代代追念这位朴实无华、坚忍不拔的治水英雄。出大殿，在观澜亭凭栏眺望安澜桥、鱼嘴，眺望飞沙堰和宝瓶口。此宝瓶口乃凿开玉垒山而成，为引岷江之水以入内江的总入口，势忒雄伟。我不能不反复地说，在两千余年前，我国人民已能具有如此规模地、具有总体规划地、科学地建设大型水利工程如都江堰者，其聪明才智、勇气和毅力，实乃万世模范。

李冰庙，亦称二王朝，居玉垒山之麓。李冰为秦蜀郡守，宋代追封他和其子二郎为王，以表彰治水功勋。我并不以为加官晋爵对于一位真正的人民英雄有什么必要。但我觉得这座二王庙，规模宏伟，是应该的。使我十分感动的是庙内石壁上有石雕的所谓治水三字经、六字诀的碑文，也就是刻上李冰及其后继者治水经验所概括出来的格言。我以为如此做法十分有意义。这比追封爵位更使我感动。我在二王庙后殿左侧，看到徐悲鸿、张大千等的绘画的碑刻。我也以为这样做真好；这使这个古迹具有一种特殊的气氛。从某种意义上说，一件艺术作品（当然包括文学作品，例如一首七绝），在精神上哺育人民的成长以及在道德、品格上对于人民的无形的熏陶，其功也是不可估量的。这实在不必要谈了，不知怎的，我却还想谈一谈。

武侯祠

杜甫对于诸葛亮颇为钦敬。在成都以及流寓夔州（今四川奉节县）期间，均曾访武侯祠、诸葛庙，作诗以歌颂诸葛亮的建树和品格。这些诗又似乎是杜甫的自况。则杜甫对于这位前贤可谓十分心仪仰慕。我似乎不是看了《三国演义》，而主要是受杜诗的熏陶，使我对于离开我们如许久远的前人心怀好感。在杜甫的咏诸葛亮的诸多诗篇中，我以为《蜀相》一诗最为脍炙人口，而我自己也较为喜欢此章：

> 丞相祠堂何处寻？锦官城外柏森森。
> 映阶碧草皆春色，隔叶黄鹂空好音。
> 三顾频烦天下计，两朝开济老臣心。
> 出师未捷身先死，长使英雄泪满襟。

诗全录，是因为不论写景，还是意境以及议论史事，除了流露对诸葛亮的尊崇之情外，似乎都蕴藉一种忧伤、痛惜以及斯人已去的空虚、寂寥之感。此诗少时所读，不想其诗情至今尚能摄住我的心思。车出成都南郊，我仿佛是怀着杜甫所表达的情意步入武侯祠的。

武侯祠规模忒大。闻始建于西晋。至明，并入与祠相邻的、祀刘备的昭烈庙。我只匆匆从刘备殿前走过一遍，但立于西壁之前颇久，看了一番岳飞所书的《出师表》。过刘备殿时，我有一个想法：东西两厢间，安放关羽、张飞等文官、武将像，把一座殿堂布置得好像戏台上文武百官上朝膜拜的模样，气氛森严，这样做有必要？诸葛亮殿则使人有一种亲切之感。殿中除奉诸葛亮像外，并有其子瞻、其孙尚的塑像。我以为如此设计忒佳。这位前贤，日夕与子孙相处，当然不是为了晚年享受天伦之乐。他仪态安详，羽扇纶巾，以满腹经纶韬略，一颗赤诚之心，传授其子其孙，希冀他们永远忠于汉祚。不言自明，这些当然是我在殿中瞬息间的冥想而已。殿中尚有诸葛鼓三面，铜铸。这又使我心中作种种冥想。例如，以为这位前贤居庙堂之间，未尝忘记战争会随时发生，等等。

奉节县的白帝城上有明亮殿。殿内刘备、关羽、张飞和诸葛亮共祀一堂。我游三峡时，曾至奉节，并至白帝城。这白帝城，史传刘备兵败于吴将陆逊后，突围退至此地，又是他弥留前，在这里向诸葛亮托孤之地。我在殿内匆匆看了一遍。出殿门，心想一位前贤在公元三世纪初叶，曾于此为（蜀）汉帝业的赓续、发展而竭智尽虑，不觉为之感动不已。殿两侧有碑林，陈列自隋以降石碑七十余座。其中有"舍利塔碑"，为隋物，距今一千三四百年，不免引人注目。又有所谓"竹叶碑"，以五言诗四句，敷衍成三竿翠竹，巧则巧矣，我总感到有某种迁就，总感到不自然。有人云，此首中的四句五言诗（不谢东篱意，丹青独自名。莫嫌孤叶淡，终久不凋零）是歌颂刘备三结义兄弟的功业的。我也不能领会此诗含义。我很喜欢殿前一个文物陈列室。其中陈列许多新石器时代的石器，商周时期青铜所造的剑、钺、矛以及春秋战国时期的巴蜀铜剑，还有巴人的头颅骨骼，等等，使我看了，胸中似乎出现一个辽阔的、悠远的历史世界和未来，而不仅仅想及蜀汉一朝一代的功过得失。

1985 年 9 月 3 日，福州

（首发于《现代人》1986 年第 1 期，收入《旅踪》）

万石岩

树木

万石岩的树木——生长在万石岩上的相思树、三角梅和野藤、竹，以及榕树和羊蹄甲，还有从域外移植而来的棕榈，把这一座山上的岩石，都掩蔽起来。

只见稀落的若干岩石，显露一点圆顶，一点锯状的边缘，一点棱角。要看到那些岩石，需要穿过树木，甚至要攀着野藤；需要穿过树木的小径，踏过羊蹄甲、三角梅的落英铺满的草地……

笑口

那是石头的笑容——那是，在宇宙洪荒的年代，自然母亲最初从心灵间流露出来的笑意？朦胧并且难以捕捉，又似乎含有一种自我嘲讽的意思，这笑意，永久停留在这一座山的几块岩石之间……

虎溪

这里的虎溪，和庐山的虎溪，有什么不同呢？它们都从一座古寺前流过，它们都迷漫一种遥远的、雾一般的有关佛的传说的氛围……

它们现在都成为一缕涓涓细流了。有青草丛生于溪中，不知道的人误以为是一条少有行人的小径；它们或将成为一种陈迹，成为一种文献中记载的资料。但是，我想——到时，会有有心人来追寻它们，这里的虎溪以及庐山的虎溪……

醉仙岩夕暮

夕暮，我来到了这里，看见醉仙岩的岩石，构成不似门的石门，构成半开半闭的石洞，构成短促的小径——短促有如爱的相会；构成一座石的高台，站在台上，可以眺望海、港湾以及飞翔的海禽，可以眺望港口的暮霭和海上的灯光——路暗光已夕，于是，我沿着小径走向岩下，走向人间……

（首发于《鹭涛》1986 年第 2 期）

寿山石

　　好久之前便想到福州北郊的北岭，即到寿山石的产地去看看，总是未能实现夙愿。去冬，一个晴暖的下午，车抵寿山石产地的一个村庄"寿山乡"。访问几处开发寿山石的矿穴的遗迹，前后为时不过数小时，总算稍为了却了一桩心事。从出土的若干文物看，南朝（420—589年）已出现寿山石雕刻：这是两只卧猪，刀法古朴而简洁；与当时文学方面讲究辞藻的华丽，大不相同。我也看过宋墓出土的文物，看到以寿山石雕刻的武人俑、老人俑和舞女俑以及龙、凤等灵异和家畜的雕刻，这些十一世纪的寿山石雕，在我的眼中，仍然显得古朴。据云，至元，寿山石已由书画家用为其作品上的图章。至明，寿山石雕已有商业性的发展。至清，寿山石雕达到鼎盛时期。我家有若干祖遗的寿山石印章，系清代嘉庆、道光年间物，其印纽多为古兽；又有薄意（浮雕）山水，在我的眼中，亦古朴、简洁。我到了寿山乡若干开采寿山石的矿穴遗址时，想起寿山石雕的历史，想起这里的山和村庄，与我国的一种独特的雕刻艺术相关联已有一千余年的时日了。我还有一个奇特的联想，想到家藏的几颗寿山图章，是否就是我所访问的哪个矿洞中采出来的？

　　寿山乡看来是处在山中的一座小盆地和小丘陵之间，有溪流，有水杉，有竹丛，有梯田，农舍分散，四面高山有一个个洞穴，那便是寿山石的矿洞遗址或正在开采的矿穴。这里的大自然的景色，似乎特别容易引起人们的思念和艺术家的创作欲望。我甚至想到我家所藏的一颗薄意山水，是否就是寿山乡景色的写意画（在十九世纪初叶）？这里的山峦岩洞之中，这里的溪畔，这里的梯田的古砂层中间，怎的会埋藏那么多美丽的石头呢？在一块石头上，怎的具有玛瑙红、天蓝、麦黄、柠檬黄、墨黑、乳白、赭叶绿等种种色彩呢？这些石头使人想起落日的余晖，想起朝霞，想起午夜明月的沉寂，想起太阳的明亮，想起花瓣和露水、雨；而它们则在呼唤艺术家们的天才，呼唤他们的创作愿望。寿山石的雕刻艺术家有一种天才，能够把石头上固有的各种色彩，雕刻成成串的绿葡萄，带绿叶的寿桃、枇杷；雕刻出墨黑和乳白相间的蝉，草绿色的螳螂、蚱蜢，朱丹色的鲤鱼；雕刻出各种古兽、神话中的人物如吕洞宾和寿星，等等。我想，荒古的、某一地质世纪在寿山石头上凝固的各种色彩，仿佛在当时就被期许了，将被赋予一个特殊的艺术生命力和成为一件天才的传世之作。

在当代寿山石雕刻家中，我看过陈敬梓的一件艺术品。这件艺术品使我想起齐白石的某些作品。陈敬梓对于动物，例如对于鸡以及其他家禽有特殊的感情。他以一位艺术家的天生的同情心，观察村野的树荫下、池塘中一群鸡或一群鸭的生活习性吗？在他的桌前，有一块未经雕琢的璞石，一块从矿洞中初凿出来的寿山石头；这块石头内部有诸多色彩。那么，他怎样以他的敏锐的观察力，使这些色彩与鸡的羽毛和这种家禽的心理状态相适应呢？他怎样让沉重的石头具有羽毛的轻快感呢？他以一块寿山石塑造一群公鸡围绕着一只鸟笼，而一只母鸡则立于笼上的造型；这件艺术品，我再说一遍，使我想起齐白石笔下和心目中的鸡群，表现出一种乐观主义的情绪。

　　我认识郭功森已有许多年了。他在寿山石雕所做出的贡献，他的独特的成就，在于他对于传统技法的发展和创新，在于他把现代题材引进寿山石雕的传统技法中来，又解放了传统技法。他怎么把自己的火热的政治热情，与表面看来顽冥不化的、未琢的石头联系起来？他怎么把艺术的生命之火，燃亮石头之沉睡太久了的心灵呢？他塑造了红军长征的一组大型寿山石雕；万水千山只等闲，这组石雕借助寿山石的色彩的深沉，表达一种革命之永恒的毅力和意志，不仅仅是以史诗的篇幅描绘史事和革命伟绩。从寿山石雕的艺术发展历史来考察，我认为郭功森在此项艺术的行程上立下一块里程碑。我和他已有许多年的结识，像我所结识的一些民间艺人。一幅一幅画，不仅构图精美，且有埃及人面兽身的马。"文革"以后，我们有机会相见，他似乎十分欣慰，后来他赠我一颗石章，印纽上刻一只马；此马做伏枥状，我了解他的用意。

　　如果说寿山石之用下书画的印章，始于元，其历史也颇长了。清初学者周亮工，精于书画印章之鉴赏，著有《印人传》四卷，记印章篆刻行状，惜未见及。我读过他的《闽小记》，记述福建民情风习颇详，则《印人传》中谅多记述闽人者。不管如何，福建印人辈出；例如我的家乡莆田，有清一代即有莆阳派这一金石流派闻于世。在当代，福、厦等地便有诸多著名篆刻家，他们同时也是寿山石的鉴别家和书画家。这中间和我结识者有厦门的张人希，福州的周哲文、林健等。林、周除金石外，均善书法，张则善画花鸟。他们的篆刻各成一家，周严谨、张飘逸、林豪放，我都喜欢，因为凡具有艺术个性之作，总会吸引我的心思。

（首发于《厦门日报》1986 年 2 月 14 日）

书斋变迁记

一

我有时会怀念少年时代乃至青年时代的书斋，它也是我的卧室。它是我家祖遗的一间斗室，屋顶的梁和四面的墙都显得十分古老了。但有明亮的玻璃窗，这是后来把原先木格的小窗加以改造的，我自己时常用湿布擦亮玻璃，我似乎很珍爱这个玻璃窗。从窗口可以望见窗外庭院中一棵老龙眼树，树上有白头翁的鸟巢，还可以望见对门四叔公家的屋顶，那是一座古屋，屋脊上长着狗尾草，时有喜鹊、斑鸠飞来……

自然，晚上可以从窗间望见天上的月亮。

确切地说，我是自幼年直到 1945 年离开家乡莆田时，始终住在此间斗室内的。这间斗室兼作我的书斋的最初的"藏书"，是我在私塾里所读的《孝经》《诗经》《论语》《孟子》以及《千家诗》。以后进小学读书，我记得最主要的"藏书"是一本从《儿童世界》上剪下来、按期贴在小本上的连环画《熊夫人的幼稚》，一册我的表兄赠送的《芥子园画谱》。至中学时代，在我的这个书斋内，主要的"藏书"是我的手抄本，其中包括阿索林的《西班牙的一小时》、果尔蒙的《西茉纳集》等。

在这个书斋里，我写了最初的文学习作。这中间包括发表于茅盾同志主编的《文艺阵地》上的《地瓜》及我的第一组散文诗《桥》（王西彦同志主编的《现代文艺》，1940年），还有一批童话诗，它们后来收入我的第一部童话诗集《木偶戏》（1945年）内，其中有一首《屋顶上》，便是描绘我从书斋窗口所见对面屋顶上狗尾草、喜鹊和斑鸠们中间所出现的童话世界。

记得当时书斋案前的小花瓶中，常插野外采来的蒲公英或野菊。

二

1945年底我至福州，主编改进出版社（社长黎烈文）出版的《现代儿童》。我和爱人在一个小巷租了一间民房，它在一座歪斜的木楼上，楼下过道为厨房，在阴湿的雨天，木柴和煤炭的烟会冉冉升入这间斗室。以后用木板把此室隔为两小室，前室即为我的卧室和书斋。在这间斗室里，我暗中和闽中游击队的地下党（我的几位同学）接触。我的一位友人于1947年在德化县山区与敌人遭遇战牺牲了。我写了《鹰》（现收入拙著《你是普通的花》）以纪念他。

三

我现在住在福州的一条著名的小巷——黄巷。据云，此巷因唐代著名学者黄璞曾寓居于此而得名。福建省文联在这里盖了一座五层楼。我原住二楼。去春，迁至五楼，有三大间、一小间以及小浴室，有两座前阳台，向南，一座后阳台，朝北。从我的书斋兼卧室的窗口或阳台上，可以眺望位于市区的于山、乌石山，闽江畔的鼓山、旗山、五虎山，可以眺望白塔和隐于绿树间的乌塔。我有一个想法，拟给我的书斋赐以嘉名，曰"一现一隐斋"，此名因所见白塔、乌塔的情景而忽然想到的；又拟用"晚晴庐"为斋名，但至今定不下来。这里值得提到的有两本手抄本和两本复印的"藏书"，手抄本是《西茉纳集》《西班牙的一小时》（因为少年时所抄的，遗失了，我设法借到两册刊登此二书的《现代》，由小女代抄）。两册复印本是《西塞罗文集》和《陀螺》，它们是我早年爱读的书。

斋内轮换挂上茅盾公、叶圣老、冰心同志、俞平伯同志的书法，他们为我作书时都在八旬以上的高龄。他们的道德文章时或鞭策我，激励我。

（首发于《光明日报》1986 年 5 月 24 日，收入《晴窗小札》）

福州三记

于山

于山位于市区。从我的居屋的阳台向东南眺望，可以看到于山掩映于绿树之间，山巅的庙宇九仙观，红瓦重檐，富丽堂皇，似帝王之堂奥，不似仙人之所居。于山又名九仙山，传汉代有何氏兄弟九仙于此修道。从西麓登山，过一井，传为九仙炼丹井；井畔有一岩洞，传为九仙所居，极简朴，反而感到这是仙人喜欢寓居之所。

我喜欢于山的几棵松。这几棵松，不能称为古松，但已做盘根虬干状，颇可爱。这几棵松，即在戚公祠前，与几块岩石交映成趣。其间有一石，刻"醉石"二字，另有一石，刻郁达夫词。传戚继光某次得胜归，酒后步行至此，卧于石上，不觉沉睡。此说确否？我每游至此，往往感到疑惑。郁达夫词作于抗日战争时期，1936 年。其词对戚继光表达一种尊崇之情，录以备忘：

三百年来。我华夏，威风久歇。有几个，如公成就，丰功传烈。拔剑光寒倭寇胆，拨云手指天心月。到于今，遗饼纪征东，民怀切。

会稽耻，终须雪；楚三户，教秦灭。愿英灵，永保金瓯无缺。台畔班师酣醉石，亭边思子悲啼血。向长空，洒泪酹千杯，蓬莱阙。

戚公祠之西，有一阁曰补山精舍。阁倚岩而建，阁外有巨榕，其根盘结巨岩，依岩势设石阶和平台，自成一个胜地。我听说过，此高可数十丈，覆荫亦可占地数十丈的巨榕，其上往常有数百白鹭栖息其间。每临此地，想到看不见美丽的白鹭了，不觉十分惆怅。巨榕之下有巨石，上镌一"寿"字，巨大无比。去秋与波兰作家代表团的作家同游于山，他们对此巨榕、巨岩和巨大的摩崖石刻"寿"字，甚为赞赏，诗人德罗兹多夫斯基还在笔记本上把"寿"字描摹下来。

乌石山

乌石山位于市区。从我的寓所的阳台向西南眺望，可见它的形影，如在咫尺之间。初游乌石山，记得是在 1936 年夏，当时的印象是，山多古松、岩石，与家乡莆田东岩山之景颇相近。清周亮工的《闽小记》卷之三《番薯》称：

万历中，闽人得之外国。瘠土砂砾之地，皆可以种。初种于漳郡，渐及于泉、莆，近则长乐、福清皆种之。盖渡闽海而南，有吕宋国，国渡海而西，为西洋，多产金银，行银如中国行钱。西洋诸国金银皆转载于此以通商，故闽人多贾吕宋焉。其国有朱薯，被野连山西边，不待种植，彝人率取食之……彝人虽蔓生不訾省，然吝而不与中国人。中国人截取其蔓咫许，挟小盖中以来，于是入闽十余年矣……其初入闽时，值闽饥，得是而人足一岁。

以上摘录，可见番薯于明代由菲律宾移植中国福建。先试种于闽南，后渐及福州之长乐、福清。其中有两个史实值得注意。其一，番薯之从菲律宾移入中土，是"暗中"或云"偷渡"而入者；其二，番薯入闽后，赈救了当时的饥荒。我所以要把番薯的这一段"故实"写入本文，旨在说明乌石山上有一亭，就是为了纪念番薯进入闽土的这一段"故实"而造。我觉得这是很有意义的，也十分感人的。去秋有菲华作家访闽，我特地建议他们去看看这座亭。他们访问此亭时，都深深感动。

乌石山有许多摩崖石刻。最著名、最名贵者为唐李阳冰所修《般若合记》。此记共书二十四个篆字，"般若台，大唐大历七年著作郎兼监察御史李贡造，李阳冰书"。般若台已废，但游乌石山必至此遗址凭吊，并观赏李阳冰的传世之作。这一段山路深出，岩石错列，古榕蔽天，似乎是乌石山最美丽的一个地带。许多古榕中，有一株瘦小若梧桐，据云其树龄当在三百年之间，我知道它的历史之后，每次来，总要在树前徘徊良久。

西禅寺

西禅寺在市之西郊。这里有一座山曰怡山，亦曰凤山，树木苍郁。据《三山志》称，此寺隋末废圮，唐咸通九年（868年）重建。如是观之，此寺比鼓山涌泉寺犹早出若干年，涌泉寺建于梁开平二年（908年）。

宋蔡襄《荔枝谱》称：

> （荔枝）福州种植最多，延迤原野，洪塘水西，尤其盛处。一家之有，至于万株。城中越山，当州署之北，郁为林麓，暑雨初霁，晚日照耀，绛囊翠叶，鲜明蔽映，数里之间，焜如星火，非名画之可得，而精思之可述，观揽之胜，无与为比……

西禅寺离洪塘不太远，反正都在市之西边（古之洪塘水西也）。也许由于早年即读《荔枝谱》，很想看看洪塘水西唐代以降所植荔枝之盛；又由于知道西禅寺内有唐代荔枝，故每次至此，有一种特殊的心情，必流连荔枝树下不能去。据云，大雄宝殿之后，法堂之前，那四株古荔乃唐物。1966年之前，我游是寺时，见此古荔颇葱茏，心窃喜之。后来，此寺为某街道办工厂所占，不知怎的，我有时会念及这八棵古荔的命运和遭遇。两三年前，这个街道办工厂不得不迁出去了。去夏，我特地又到此寺，寺正在整修中，见古荔尚在，如释重负。

西禅寺的天王殿有楹联一副，云：

忏不尽贪嗔痴蒲团彼岸，参得透色香味荔子名山。

在寺院中，以荔枝写入联句之中，似乎少见，故录以备忘。

（首发于香港《中国旅游》1986 年第 6 期）

波兰的花朵

　　波兰到处可以看到树林，或者说，到处可以见及一片又一片的森林。我到过的几个城市，如华沙、克拉科夫、卡达维兹、托伦、贝德哥什赤以及天主教圣地琴斯托克霍瓦城，都觉得城市为树林所掩映；至于农村则几乎是为大片的森林所包围。这些树林，如白桦、橡树，在欧洲为名树，在我国则不常见。这些树林，也有我国常见者，如榆、槐树，都开花了；而树林中，还有一种树，极高大，在波兰到处可见，开着一串一串乳白色中透些紫晕的花朵，经查问，才知它是苦李树。这是高大的乔木，在白桦林中有这么几棵开花的苦李树，显得十分引人注目。

　　波兰的树林中，常见有珍珠梅、千叶桃、紫丁香、白丁香等间种其间。5月，这些灌木都开花了，深红、淡红、深紫、粉白，使人感到五色缤纷和充满一种热情、一种梦幻。

　　波兰各城市以至农村，都有许多文化公园。公园里主要是一大片一大片的树林、一些雕刻、许多座椅，设有亭、台、楼、阁，因而野趣盎然。公园中有一大片一大片的草坪，此外则种一大片一大片的花卉。我们下榻的欧罗巴旅馆附近便有大小两座公园。一座较小的公园，立着波兰批判现实主义作家普鲁士塑像。塑像周围的草坪间，种着郁金香、鸢尾花等；另一公园甚大，与无名烈士碑连在一起，园中有湖，湖畔草坪花卉，有如五色的图案嵌于绿毯间。最动人的是，城市的街头以及广场上（波兰城市都有广场，包括中世纪的广场），有很多花摊、花亭。克拉科夫著名的广场上，大诗人密茨凯维支塑像周围，有许多花摊，多伦广场哥白尼塑像周围，也有许多花摊。这些花摊上，用花篮、花瓶养着郁金香、黄百合、月季、非洲菊等。市民或者游客，捧了一束一束的鲜花，向塑像——例如哥白尼或密茨凯维支的塑像献花。

据云，华沙和其他城市的郊区，有许多花农，他们善于科学种花，通过各种渠道，包括花的商贩，大量供应鲜花。我在波兰作协主席茹克洛夫斯基同志和著名作家萨孚扬同志和华人作家胡佩芳同志家中做客时，他们的客厅里都摆着花盆，种上蕨草、龟背叶，种上黄百合花等。花瓶里插上鲜美的芍药花。

（首发于《警坛风云》1986 年第 6 期）

莫斯科三章

在机场阅览室

在莫斯科机场的阅览室里，我看到盛开的郁金香、芍药以及苍翠的蕨草，和封面设计大方、美丽的期刊、图书，仿佛在一起向我微笑。

我看见从非洲来的和印度来的旅客在看书，他们的皮肤有如发亮的黑水晶（我有这样的感觉和联想），我看见两位肯尼亚的青年男女一起读一册书报。

我看见从美洲来的印第安人。

我看见联邦德国的旅客和从巴黎转道而来的意大利旅客，他们各自翻阅自己想看的书。

有的在悄声交谈……

我向他们点头。我找到一个座位。我看到本年（1986年）4月号的《苏联妇女》。我看到上面刊着佐洛图希娜的儿童诗《我画鳄鱼》和《牵牛花》。

那《牵牛花》写道：

我有十只手和十双脚，

　　连老天爷也不害怕，

　　那勇敢的牵牛花，

　　慢慢地向上爬……

　　我想这首诗一定能够使苏联儿童喜欢。

　　我又想起我家阳台上种的牵牛花，这些天说不定已经爬到了屋顶上了？

　　我还想起齐白石画的牵牛花——那是永不凋谢的牵牛花；想起他画的牵牛花，天蓝色的、胭脂红的，好像沾着露水的牵牛花，也有一种老人笔下的儿童情趣，也是儿童诗。

　　我想着。

　　——我抬起头来，看见对座两位突尼斯的青年男女，正放下手中的书，向我微笑着……

车过莫斯科郊区

　　我觉得正是大片的白桦林、杨树林以及大片的、为我不知其名的北方的绿色树林，使莫斯科的郊野，显得这样美丽。

　　现在是 5 月——这是欧洲到处开放花朵的时节。

　　我看见草地上开放郁金香、非洲菊、鸢尾花、芍药以及大朵的蒲公英……

　　不知为什么，看到这些森林和花朵——我忽然想起几百年以前，这一带的林荫以及开满鲜花的草地间，暴风雪呼啸着，空中和林梢飞舞着迷茫的雪花；想起俄罗斯人民与鞑靼（蒙古）

人、与拿破仑的入侵者战斗，杀声震天。我又想起苏维埃人民，和北方的风雪以及严寒在一起，向入侵的纳粹匪徒进行猛烈的反击……

不知为什么，我会作这样的联想：以为俄罗斯人民、苏维埃人民为捍卫国土的尊严，而把鲜血洒在这里的土地上，使这里的树林生长得这样繁茂，花朵开放得这样鲜艳……

在列宁塑像前

在克里姆林宫，我曾两次至列宁塑像前，默默地在心中向他致敬。

他思考的是全世界无产阶级革命事业和全人类前进的方向。

——今天，我看到他，他平凡得犹如一位普通的学者，平易得好像随时可以走到他的面前和他谈心；

他坐在台座的长椅上。他的上身微微前倾，右手托在下巴上，他的前额闪耀着智慧。他的目光中流露着慈祥和信念。我觉得他正在思考着，思考他生前来不及思考的若干问题，例如，各个国家怎样按照自己的国情建设各具特色的社会主义，各个国家怎样互相尊重……

我静静地肃立在他的塑像前面，默默地从内心的深处献出敬意。

（首发于《厦门日报》1986年7月18日）

华沙随笔

　　欧洲的 5 月是到处开放鲜花的时节。我在波兰的一些公园里，看到苦李树开花了。它是一种乔木。我在华沙时，住在欧洲旅馆，右侧过一条小街有一座公园，园中立着作家普鲁士（1847—1912 年）的塑像。这公园里有两棵古老的苦李树，开着淡黄而又略带粉白的穗状花朵。两次世界大战时，华沙变为废墟，我猜想这两棵苦李树是战争时期的幸存者，是德寇罪行的目击者和见证者。也许由于有这种猜想，我对这两棵苦李树特别喜爱。普鲁士的塑像便站立在苦李树树荫下，他有点佝偻，两手放在背后，似乎在沉思。在他的周围，鸢尾花和郁金香正在盛开，而蓝色的蝴蝶花含苞待放。我到这里时或则散步，或则坐在长椅上休息，这时便有野鸽飞到我的身旁来。

　　据云，华沙的绿化居全世界各国首都的首位，全市有绿化地一万两千多公顷。像我上面提及的公园多达六十余座。我住的欧洲旅馆，临胜利广场。广场之左，与无名烈士碑的纪念亭连在一起，也是一座公园。我也常至此园中散步。这座公园颇大，园中种白桦树、榆树、橡树等乔木，又有一座小湖，湖畔为草坪，并种着郁金香、黄百合等花卉。有树林的地方，必定有很多鸟飞来。这座公园里，鸟声不绝于耳。我看到的，除了成群的野鸽和山雀外，还有很多有黄喙的黑鹉鸟，小湖中有天鹅在游泳，不知是否它们自己从野外飞来？我在华沙到过的公园，其最大者，可能是瓦琴卡（如意译，可译作"浴池"）公园。这里树林翁郁，给我的印象是一座面积很大的森林公园。肖邦塑像立于此公园内，周围除了树林外，种了很多的月季花。每星期六中午，在这里举行露天的肖邦音乐演奏会，主要是钢琴演奏，那富有波兰民间音乐情调的抒情诗一般的音乐，那抒发对于故土的怀念和期望民族独立的感情的音乐，深深地感动人心。那天，我看见坐在邻座的一位波兰妇女，听演奏时暗自擦了眼泪。

华沙街头、广场和公园内的塑像，深深地吸引了我。战后重建的华沙故城的广场上，有一根气势壮伟的圆柱，它是用红色的大理石建成的，高达二十二米。圆柱上面立着齐格蒙特三世的铜像，他头戴皇冠，身披罩袍，一手持十字架，一手持剑。闻此座齐格蒙特三世的青铜塑像由其子瓦迪斯瓦三世倡建于 1604 年，可见当时工艺之精美。波兰的首都原在克拉科夫，1596 年齐格蒙特迁都至华沙，所以在这里竖立他的纪念碑也是可以的。但是，在华沙最使我倾心的是若干科学家、作家、诗人的塑像。除上述肖邦、普鲁士的塑像外，还有竖立于波兰科学院前面的哥白尼塑像，竖立于卡尔拉特教堂前面的密茨凯维支塑像，华沙大学的显克微支塑像等。这些塑像的台座前面，我总见到有市民或是少先队员在那里献上鲜花。这些塑像和鲜花，使华沙具有浓重的文化气氛。提到塑像，我还应该略谈谈坐落于维斯瓦河畔的一尊美人鱼的铜像。波兰有关美人鱼的传说颇多，其中有一个传说是：她是华沙的建造者华文（男孩）和华娃（女孩）两兄妹的庇护神。她显得仁慈、善良，但她一手持盾，一手持剑，如一位无所畏惧的士兵。美人鱼的传说，在我看来，反映了波兰人民的民族感情；而我来观赏这尊美人鱼的铜像时，又深深感到她是波兰人民的意志的象征。

我上面提到，在我下榻的欧洲旅馆附近的胜利广场，有一座无名烈士碑，一盆火在碑前融融地升腾着火焰，周围堆放鲜花。波兰的士兵守护这座碑。我经常看到有少先队员、市民在碑前献花，向为保卫祖国尊严而流血的先烈致敬。在重建的华沙故城里，有一座教堂，它的墙上留着德寇侵犯时坦克冲撞这座教堂的遗迹。人们把这迹象——德寇罪行的记录保留下来，为的是让后代都知道：不能忘记和要随时警惕入侵者带来的民族灾难。波兰人民的爱国主义热情使我深为感动。

（首发于《光明日报》1986 年 8 月 23 日）

青岛的野花

　　这里所说的野花，主要指的是野菊和牵牛花，是开放在青岛海边的野菊和牵牛花，以及从青岛至崂山途中我见到的野菊和牵牛花。

　　我在青岛一共住了一个星期（从 10 月 21 日到 27 日）。离开青岛的前一天，乘车前往崂山游览。崂山屹立于海边，山中有如此众多的古木，使我惊叹不已。至于乘车从青岛至崂山的途中所见风物，亦使我十分赞赏。我们的汽车一路沿着黄海的海岸线前行，一边是海的浩瀚，一边则是为众多的岩石所盘踞的丘冈、山峦、村落和梯田。这样的自然景象，我以为是动人的。但还有使我念念不忘者，便是到处看到一丛一丛的野菊。汽车离开青岛郊区后，从车窗间，一路上我几乎都可以见到在梯田的垒石间，在山丘的岩隙间，在村径的路旁，那一丛一丛的野菊，正在开放黄色的花朵。野菊是一种普通的花，它们不引人注意地在村野间自由自在地生长、开花。在花的世界里，我以为野菊有一种淡泊为怀的性格，有一颗朴素的心。我第一次看到漫山遍野地开放的野菊，在我眼前似乎一直展开一个自由自在的花的世界，这是我从青岛到崂山途中最使我感动的一件事。

　　在青岛这一周间，由于我们的住处恰好在汇泉角的海岬上，临着汇泉湾和太平湾，天天看到大海；晚间就寝之前，从临着阳台的窗间，便可以看到海。这一周间，看来是十分接近海湾的了。与此同时，好像邂逅一般，在青岛的海边看到许多野菊和牵牛花，使我离开青岛之后，时或念及，不能忘怀。每天凌晨，我都到海边去看海、看云和等待日出，主要到住处附近的八大关风景区，沿着山海关路的海滨以及第二海水浴场的沙滩随意漫步而行。这山海关路海滨的丘冈和悬崖间，种植很多的松树，覆盖着一片的青翠。如果有所疏忽，便不会在这地带看到什么野花了，因为它已修整得不像一片野地。没有想到，我到青岛的第二天凌晨，便在观日亭前见到野菊。观日亭筑于山海关路前的一座小悬崖上，曙色朦胧间，我忽地发现悬崖下海滩的一堆岩石间有几丛野菊正在开放黄色的花朵！没有想到，这天凌晨我的感觉和目光是如此敏锐，竟能一下发现这么多丛的野菊，使我喜不自禁。从这一点看来，我似乎是自然而然地、真挚地喜爱着这种普通的野花。

以后，我看到一些松荫下的树根边，许多海边的岩隙间、斜坡上，都有丛丛开花的野菊。这使我对于青岛产生了一种特殊的印象。

我还想谈谈青岛海边的牵牛花。1972 年的夏秋之交，我在闽北一个高山地带的山村里居住，我住处的门前，便是一条小山溪。我记得溪边的土阜上生长着许多牵牛花，开放蓝色的、喇叭形的花朵。我有凌晨即起的习惯，本来这些时间，我都用以读书和写作。但在那些日子里，我要多读多写是不可能的，便利用凌晨时间，在溪边散步。当我看到那些迎着曙光开放的花朵，心情愉快极了，几乎忘记了身处逆境，足见我是多么喜欢牵牛花了。这或许也是由于它们在野外自由自在地生长、开花和由于它们是普通的花朵的缘故。此次，我在青岛，使我十分高兴的是，就在我住处不远的地方，也有一临海的土阜（我想，它是汇泉角海岬伸入汇泉湾的一部分），生长着许多牵牛花。在青岛的一周间，我或则先散步到此土阜，然后去山海关路海滨，或则至山海关路回来时顺道又到此土阜停留一番。这土阜上开放着许多蓝色的牵牛花，但似乎与我在山村溪边所见的牵牛花，并不完全相同，花形是近似的，但青岛海边开放的牵牛花，蓝得像发亮的天鹅绒。我还看到有少数粉红色的牵牛花、白色的牵牛花和众多的蓝色的牵牛花在一起开放，这就使得这座海边土阜上的草地，有如铺了以绿色为底、上有各色牵牛花图案的地毯，真是美丽极了。

临离开青岛的前一天下午，我沿着第二海水浴场的沙滩漫步，随后又登上石级，走上一道土坡。没有想到，在土坡边又看到一大片牵牛花。这片牵牛花，以粉红色为主，衬以白色和蓝色的牵牛花。我有一个感觉，以粉红色为主调之后，这海滨土坡旁的一片盛放的牵牛花的情调，与我在汇泉角土阜见到的牵牛花所抒发的情调，便不一样了。

我还有一个感觉，或者说是幻觉，我以为这海滨的牵牛花对我似有惜别之情——这也许正是我自己心中的一种情意。

美丽的，青岛海边的野菊和牵牛花呵。

1984 年 11 月 15 日，福州

（收入《给爱花的人》）

北戴河的花朵

　　我曾在一篇题为《木槿花·蝉》的小品文中提及，我自己也说不清道理，到北戴河时最初给我以美感的不是那里的海。那里种植的、开放各种色彩的木槿花，以它的多样化和情意的纯洁，一开始就给我以极深的印象。我记得车将入中海滩的一条通向海滨的公路时，两旁都是木槿树，它们正在开花，有紫色的，有深红色的，有花心呈深紫而花瓣作粉白色的，有淡紫的：淡得近于海水之蓝。是的，色彩之丰富，使我心悦；特别是白色的木槿花，一如我曾经在青岛八大关所看到的，好像雪一般使我欢喜。

　　北戴河中海滩附近的海滨小公园，颇佳。我在北戴河度假时，除了常坐在观潮亭内的石凳上看海，看潮水、岩石以外，亦常至海滨公园散步。这里种着一些花卉。时届盛夏，海滨公园的池塘中，荷花开放了。有一次，我站在池边观赏荷花，忽然想起八大山人来。八大山人的荷花，往往花茎伸到很高的水面来，或画莲蓬上立一水鸟，不知怎的，他总是寥寥数笔，画出一个天地；我每次看到荷花，便要想到他的画。在北戴河时，有两次在月色中看荷花，印象亦深，至今追忆起来，还感到心情愉快。一天，夜已深了，我忽然想起在月光下看海；随后即漫步至海滨公园，走到池塘边来，看几朵荷花在月色中亭亭而立，像蒙了一件微微发亮的细纱，朦朦胧胧间，我以为这几朵荷花正在互相轻轻地呼唤。又有一天，凌晨即起，准备到西山去，路过海滨公园，乃至荷塘畔行了一周，只见下弦月的余光和东方初露的曙光，仿佛一齐照着塘中的白荷花、红荷花，田田的荷叶、莲蓬和正欲开放的花蕾，情景繁富而又简洁；其时，似乎有蛙声从海滩边的沼泽地间传来，有潮水声传来；我似乎感到，其时有位作画者，兴之所至，在一幅画上添上一二笔墨……

在北戴河时，海滨公园正在举行花展。这当然好极了。我是在一天傍晚去花展的。花展规模很小，但有特色。这里所谓特色，指的是放花盆的各所以及走廊间，都点了宫灯，还有传统的走马灯。我在花展中看到君子兰、虎爪兰、扶桑、木槿、大理菊以及许多盆景。气氛很好，像是在元宵夜看花，因为我到时，宫灯都点亮了。在北戴河时，海滨正在修建一座名为"碣石"的公园。园中已放上许多石头，据云，就是曹操《步出夏门行》中所谓"东临碣石，以观沧海"的碣石，作墨色、褐色，都是从渤海湾间运来的。这座正在修建的碣石公园中也已经种上了木槿、扶桑等观赏花木。它们都好像是刚刚种上的。我的心中对它们有一个祝愿，希望它们生长好。

在我看来，北戴河海滨野生的无名花草，也十分动人。我在《北戴河日记》中有一段文字，我禁不住要抄录在这里：

晨五时起，沐毕至观潮亭。我看见有许多蜻蜓在亭前的岩石间，低低地飞来飞去。又看见岩隙间一丛一丛的青草，正开放黄色小花，有许多小蜗牛在草叶上爬来爬去。不知何故，我竟以为此岩石和青草中间有一个童话世界。

到北戴河，主要的当然是看海、岩石以及潮汐和日落日出，但不可不看看那些小草小花。它们在不被人注意的路径两旁以及岩隙间开花。只要你注意到了，它们会使你心悦。

我发现中海滩的一些海边的土坡上，还有在鸽子岩的一些山坡上，有石竹在那里开花！我在一些园林里看到盆栽的石竹花。我似乎因此得了一个印象，以为石竹如玫瑰月季、海棠等名花一样，都已经是园林中花匠人工种植的了。我没有想到在北戴河的野地间，看到许多石竹花，有白的，有红的，有紫和白相间的，品种还不少。我看到了它们，充满某种野趣，简直喜欢极了。

鸽子崖的陡坡上、岩石间，在那干燥的沙土里，长出一种花，有如郁金香一样美丽，色淡黄，花形如杯，大亦如杯，我要再说一遍，真像郁金香开的花朵。有游客用小竹片去挖掘这种花株，它的根原来伸入很深的沙泥之中，很深的岩隙之中。看来，它需要伸入很深的泥层里才能得到水分。它不愿意人们把它移走，我看见它一被挖出来，马上委顿了……

我一直不知道它的花名。

有人告诉我，入冬，北戴河的海岸好像雪原一般，为白雪所覆盖。雪野和大海在一起，景象必定壮观。而在夏天，花和大海在一起，这种画意我一时还传达不出来。

1985 年 7 月 1 日，福州

（收入《给爱花的人》）

月夜

　　火车渐离邵武县境时，但见富屯溪两岸的峰峦的形态，变化无穷。月已东升，车行中，有时，看得见它如一朵玫瑰，缀于森林之梢；有时，它被高山和森林挡住了，遮蔽了。它的清光如朦胧而又发亮的轻雾，笼罩着、照耀着山和森林。我注意到，在月光下，在山影和林影的陪衬下，山坡间以及溪边的芦苇，还有岩隙间的红杜鹃花，仿佛比白天显得更加明亮，更加灿烂。

　　此前必定下过几阵大雨。在这一带的山间，车行中，时或看见幽暗的山壁间，有一条明亮的小瀑布悬挂下来。我想，还会有许多看不见的细流，就在石隙乃至斜坡的青草间汇集到一起，汇集成为临时的小瀑布，从断崖间明亮地悬挂下来。我看见富屯溪在月光下显得十分活泼和奋发。我想，除了承受雨水的倾注外，它承受众多的细流和小瀑布的倾注，然后带着所有的细流和小瀑布倾注下来的清泉，不停地向前奔流。

　　（收入《给爱花的人》）

山村

　　这里是什么地界了？那满目暗绿的杉木林环抱间，隐隐约约可见几座山村的木造楼屋；这里叫什么村名？4月的月亮照耀这个山村。我看见村前、村后的山坡上，盛开一丛一丛的红杜鹃。从车窗中远望，它们有如一丛一丛的火焰在升腾。

　　富屯溪流到这座山村的崖下，一眼望去，便觉得溪面显得宽阔。苇丛掩映间，溪流到此又仿佛形成一个不规则的椭圆形深潭。有几块礁石露出水面，不停地溅起一束一束雪白的浪花。我正在赞叹间，忽地看见有一只白鹭自溪边的绿莽间舒缓地飞出来，舒缓地随着溪流低飞、盘旋，忽地又消失在溪边的苇丛中。

　　我忽地想道：美时或在瞬息间，突然出现在人们的眼中；它出现了，又在瞬息间消失了——或者说，在人们的心灵间一闪而过，而文学、艺术可以把留在人们眼中、心中的这种印象或感觉，通过艰苦的再创造，使之持久地保存下来。

　　（收入《给爱花的人》）

榕树的联想

去年 12 月 29 日上午，我们来到菲律宾总统府。马科斯夫人在总统府里，她的书斋前面的客厅里会见中国作家代表团全体成员。我们互相之间表达了友好的情意。

我在《马尼拉书简》（见《人民文学》今年 2 月号）一文中，有一段文字，如此写道："在菲律宾总统府前面的草坪上，我看见一棵巨大的榕树，这棵榕树上长着很多青苍的、蕨草般的热带植物。"我对这棵榕树的印象，的确很深。在《马尼拉书简》一文中，我来不及更详尽地描绘一下我对于这棵榕树的感受。当时，我一进入菲总统府，这棵榕树便使我有一种亲切之感；它看来是一棵古老的榕树，我对那样的古树怀着美好的情意。我想，对于这棵生长在邻邦国土上的古树，将和我所喜爱的事物一起，长久地留在我的忆念之中。这棵古榕被很好地保护着，用花岗石在它的四围筑着一道牢固的护墙。

我想起前年初冬时节，到我国古代文化名城扬州时，汽车刚进市区时，看到一座古塔和两棵据说是从唐代生长至今的古银杏树，心中真是欢喜极了。我国人民有一种保护古树的良好传统，这标志一个国家、一个民族文化修养的水平。

顺便在这里记下这么一件事：不久前我路过故乡莆田。当地有关部门给我一份该县文物保护单位的清单，看到把一棵宋代的荔枝树和一棵千年的古樟树列为文物保护项目，我欢喜极了。

1981 年

（收入《给爱花的人》）

鼓山的古木

　　鼓山峙立于福州郊区闽江北岸，山上涌泉寺始建于五代后梁开平二年（908年），也算是一座古刹了。我每至鼓山，总要去看看山上的几棵古树。大雄宝殿后院花坛上有两棵古桂，记得在"文化大革命"前若干年的秋天，我曾陪客人访涌泉寺，这两棵古桂满树花开，一进山门就闻其花香。这是所谓金桂，开橙黄色的花。其左侧一棵，不知何年走尽它的生命之最后一站，至花的冥国去了，现在只见一棵古桂了。据《鼓山览胜》称，它有一百六十余年的树龄。树高三丈余，树干上苔藓斑驳，意态安详。前几天，冒雨上山，初次看到它屹立于雨雾之间，临行时雨已歇，不知怎的，我又去看了它，觉得雨后树干上的苔藓显得湿润、郁绿，认真再看，又觉得此古树铁骨铮铮而又有一种长寿和吉祥的征兆。

　　鼓山上的林木，依我看来，主要是古松、古枫以及古樟。二十世纪四十年代末期，我曾经登鼓山的古道，即登了两千余级石阶，蜿蜒曲折地盘山而上抵达山门，记得当时所见石级山径两旁，都是松林。现在乘车由山麓可直达"石鼓名山"的牌门前，一路所见，除新植的桉树外，则亦为松林。"石鼓名山"牌门，松树皆显得苍劲、古老，其树龄当在百年之间。除松树外，多古樟、古枫。过山门，又至"回头是岸"牌门，可见寺墙涂丹色，掩映于古树之间，中国古典山水画之情调，至为浓重。

不论不入山门，过驻锡亭，即往喝水岩的山径前行，也不论入了山门，过回龙阁，即往喝水岩的石级前行，在山径的交错之途中均可见到一棵古枫。此树的树龄在千年以上，大可四人合抱，高数十丈。它似乎是我所见过的古枫中最为强壮的一棵，干、枝、叶，均给我一种兴旺、发达之感。我到过鼓山不知多少次了，每来必在树下流连、徘徊良久。以多次来所得总的印象来说，此树在春、夏之间显得最为葱茏；秋天则显出另外一种美，它与周围的其他几棵枫树，满树是柠檬黄、丹红的霜叶以及褐色的枫果，有时阵风过去，树上似乎有无数黄、红的蝴蝶飞舞枝间，情景动人。这棵树上，长着许多羊齿类植物以及青苔，树荫似乎因此更显得有一种深邃之感、湿润之感。这棵古枫的林梢，有两条长着青苔的横干上生长着兰花——据云，此种兰花学名风兰，是由风或是飞鸟把种子散播在树上而生长出来的，兰叶葳蕤，楚楚动人。去岁11月间，英国作家代表团访问福州，我陪同他们游鼓山。代表团团长柏特夫人对这棵古枫以及树上的风兰深感兴趣，她回国后，在1985年4月号的《Britain——China》上发表题为《福州》的散文，文中除记述鼓山一尊木雕观音像、鼓山素食外，对古枫和风兰也加以描绘。

鼓山涌泉寺有若干传说，多半与唐五代闽王王审知和开山祖师神晏有关。方丈室的小院中有三棵古铁树，二雌一雄，高可丈余，树顶长出大型的羽状复叶，亦令人感到强壮、兴旺。我曾多次看到这古铁树在树顶开放米黄色的、有绒毛的巨大花球。这三棵古铁树之中，传说两棵雌树分别为神晏和王审知所手植，果如此，其树龄亦已在千年之间了。

鼓山有许多老树，这中间有几棵是千年、百年以上的古树。这使我想到，一座古刹，如果没有古树，那古刹可能显得十分寂寞。

（收入《给爱花的人》）

西伯利亚的怀念（外二篇）

访问波兰……考虑经由西伯利亚铁路至莫斯科，然后换乘飞机前往波兰华沙。我曾因此想来想去，或者说因此浮想联翩。我想到会从车窗间看到贝加尔湖了，想到苏武曾在湖畔的雪地上牧羊。

想到西伯利亚的黑夜、黎明和黄昏的景色是怎么样的，想到白桦林的连绵不止的景色，想到会看到具有俄罗斯特色的铁路旁边的一些小镇了。

想到列宁。想到我看过一幅画：列宁坐在西伯利亚草地上，在一座茅舍前面思考着什么。想到普希金的《寄西伯利亚》，等等。

我想

在莫斯科市区，我看到马雅科夫斯基的高大、魁梧的塑像。我们的汽车行经以高尔基和契诃夫命名的大街。我也看到加里宁的塑像。俄罗斯文学哺育过我国的文学。十月革命的火炬照亮了我国无产阶级革命的道路。中苏两国人民历来友好。我国和苏联应当成为世界上近邻友好的典范。我这样想。

在赴红场和克里姆林宫之前，到我国驻苏联大使馆。这里好像一座很大的园林，具有我国民族风格的建筑物掩映于树林间。

林中有一湖，湖上有亭。我看见有水凫飞到湖中来，在水上游泳。

水凫是候鸟。它们到了秋天以后，会从苏联飞到南方，飞到我国的湖泊中去过冬的。我这样想。

克里姆林宫

进了克里姆林宫，就看见宫墙下有无名烈士墓，在两次世界大战中建立殊勋的名城，都有这样的墓碑，如列宁格勒的纪念碑。苏联的女教师带苏联儿童在烈士墓和纪念碑前献上鲜花。

在这里，我看到建立于十六世纪初叶直到末叶才建成的彼得大帝钟楼（1505—1600 年），就近观赏，似乎比照片中所得印象更为雄伟。

在这里，我看到建于十五世纪末叶的圣母升天教堂和报喜教堂，它们的金色圆顶以及拱廊，比图片上所见，一是感到亲近，二是感到特别壮丽、辉煌。

我不大喜欢观赏武器，我却在这里的"炮王"前观赏很久。这是一件艺术品。它建于十六世纪（1568 年），重一百五十吨，炮筒、炮座和车轮上都有美丽的图案。后来我在莫斯科百货商场的美术工艺部购了一座"炮王"和彼得大帝钟楼的工艺品。

如果人间的武器都成为博物馆的陈列品，成为工艺品或儿童的玩具，那就妙极了。我这个人，老实说，颇为厌弃战争，所以有诸如此类的幻想。

（首发于《光明日报》1986 年 11 月 9 日）

校园三章

钟楼

从教室的玻璃窗里眺望出去。

（——我真高兴，我的座位靠近玻璃窗……）

越过教室前面的花圃，目光从正在开花的锦葵和一大丛湘妃竹间移过去，可以看到我们学校里的一座钟楼。

——听说，它是前清光绪年间兴建濯英书院时留下来的，它有一口铜钟。上课的钟响了，我一直记得郑笑白老师（他已经去世四十余年了。敬爱的老师，安息吧），他手中捧着一大沓作文簿走进课堂。

我心中想：这一次，他会不会在课堂里称赞我的作文？

从教室的玻璃窗里望出去。

——是的，能够看到我们学校里的一座钟楼。钟楼下的走廊间，粉墙上挂着我的优秀作业。

有用木炭条画出来的老农民的头像。

有壶公山和东岩山的水彩画。

有水彩的苹果、枇杷、荔枝和灯的静物画。

有我们的作文。

——我一直记得，我在初中一年级写的《小鸟日记》也嵌在玻璃框内，挂在钟楼下的粉墙上……

生物标本室

我们学校有一间生物标本室。

——太好了，我一直这样认为。我喜欢站在生物标本室的玻璃窗外面，向里面观看。

我看见有袋鼠和鸵鸟的挂图，挂在壁上。我看见鲸鱼的图——鲸鱼的背上，会喷出水柱。

我看见木橱（嵌着玻璃的木橱）里，放着翠鸟的标本，它好像活着一样，羽毛是五彩的。

有鹭鸶的标本：我曾在榕树上看见它们的巢，在郊外的水田里看见它们成群地在翻过的土地上寻食……

我最喜欢的是罗振夏老师（他已经去世许多年了。安息吧，敬爱的老师）的"专柜"。

那玻璃橱里，放着一匣又一匣的、美丽的蝴蝶标本。有的蝴蝶翅上有蓝宝石般的斑点，有的蝴蝶翅上有紫色、绿色条纹和图案；有白蝴蝶，有黄蝴蝶。

那玻璃橱里，放着一匣又一匣的甲虫、瓢虫的标本——它们好像穿着各色美丽的衣裳。

还有胡蜂、蜜蜂、细腰蜂的标本。

——我现在回想起来，那里好像是科学和美在携手，那里，我仿佛最早看见科学和美一起向我招手……

春游

壶公山，故乡一座美丽的山。站在我家门口的石阶上，可以看见它像李太白一样倚坐在故乡的土地上。

有时看去是蓝色的，有时看去是淡灰色的，有时它的山顶或山腰罩着云和雾，有时云从它的山后升上来了……

我多么想到壶公山上去看看呵。

——这天来到了。我们学校组织了春游。我们背了一个水壶，带了饼、花生糕（当时，好像还没有面包），从校园里整队出发了。

——我们走过木桥、乡路，沿着小溪行……

我们从朝香客行走的石级，一直登上绝顶；路旁有多少松树呵，树上有多少菠萝呵，路旁有多少榕树，多少野花，多少芦苇呀！我们到了玉皇殿，殿中有一口井。

老师说："这原来是火山口的遗迹！"

老师告诉我们，山上发现过船锚，岩石上有牡蛎壳——这说明几千万年以前，故乡是个海，壶公山是海中的一座岛屿；这里有最早的船在海上航行……

我深深地感谢老师。

他们把故乡最早最早的地理面貌和自然变化向我们描绘。

——直到现在，我有时仍会感到，我的故乡原来是一个海，故乡有过火山的爆发……

（首发于《泉州晚报》1986 年 11 月 20 日）

过齐白石故里

那里，从车窗里所见的是遍野的荷花。

那里，有他的童年时代的梦和幻想吗？

——我看见平野的远方，有一座丘冈（淡淡的山影，有如一抹蓝烟）。

那里，有瀑布倾泻下来？有小溪流淌出来？那里，有很多蝌蚪随着小溪的流水，一直游到田野里来吗？

那浮在水面上的荷花的圆形绿叶上，有青蛙在跳来跳去？

——这些，他直到暮年还倾注着儿时的情感和稚气，一一写入他的画卷中？

还有蝉、蜜蜂。

还有雏鸡和蚯蚓。

还有骑在牛背上的儿童。

——这些，到他暮年时，都一一倾注着他儿时的喜悦、惊异、痴想和对于故土以及儿时小同伴的怀念，写入他的画卷中？

那里，车过处，所见的是遍野荷花。

它们仿佛是从他的画卷中，移植到他故乡田野的池塘中来？

（首发于《人民日报》1986 年 12 月 12 日）

205

井冈山瀑布

水口瀑布

（1987 年 11 月 11 日）

晨起，无雾，出现山间冬雨少有的晴朗。

早餐毕，即自茨坪发车，西南行不及五公里，到水口。进入风景区。先过一石桥，随即沿溪行。从过桥至瀑布倾泻的山崖，有五六华里。山水景、石趣以及树林野草山花与鸟声之佳，不可言状。

水口以瀑布闻名，当大略记述对于水景的印象。一为溪水之胜，因为山势的落差之故，溪流中或时出现奔逐于错列之溪岩中的悬瀑。此瀑又跌入溪床中的深潭，其声其状俱奇美。二为往往望见崖边巉崖间以及崖壁之草丛、树丛间有小瀑垂挂下来。这些小瀑布只见其影，不闻其声，仿佛使山景更显得清静、幽远。大约在山中行半小时，耳中忽闻水声，四山以及树木仿佛静立谛听。我一时似乎得到某种启示，不觉静立一棵树下谛听，心想，井冈山的瀑布即将出现于我的眼前了。果然转过一个山嘴，立时见到一巨瀑自崖端如从闸门决口而出，其势颇猛。这里，已利用山势，选一观瀑之最佳点：在瀑布对面的一座悬崖上筑了栏杆，站在崖边手扶栏杆，可以尽情观瀑。我站在崖上很久很久，只见瀑布不停地倾泻而下，心中不觉想道：它正是在不停的舍弃中，不停地取得生命的再生和力量。

龙潭

（11月12日）

无雾，极晴朗，且极暖和。八时，自茨坪车发，西北行七公里，至龙潭。这个风景区由金狮面、五龙飞峡组成。五龙者，指山中有五瀑且有五潭；包括金狮面的瀑布在内，有所谓十八深五潭以及其他如一线天等之胜。综观龙潭的景观，和水口的景观相较，前者似乎是清幽中寓以奇雄，奇雄中寓以秀丽；后者似乎虽然领会不到雄奇之美，但颇具野趣、古意。

大约在龙潭风景区中且行且止，为时约三小时。在金狮面，曾在壁台上眺望海螺峰，但何以名曰琴台，则不得而知。曾过一线天：从两块敞开的巨壁间，看山中的一线蓝天。过一线天后，即为水帘瀑：此溪从悬崖上落下，其所以曰水帘瀑，因瀑后为一岩穴。是日冬阳照耀此瀑，幻成数道虹影，此所以使人对龙潭之景得出奇雄中寓以秀丽的印象也。水帘瀑为彩裙瀑，它在乱石间奔腾，跌落成瀑，但是日未在此瀑前见及虹影，否则当为名副其实的彩裙瀑。此瀑之左，崖上有洞若巨狮之口，壁上依稀可见弹痕，当年红军在此与白军血战，故洞名红军洞。

五龙飞峡中，近观赤龙瀑、青龙瀑，远眺白龙、赤龙和黑龙三瀑。青龙潭最是雄伟，落差六十余米、潭极深。我在青龙瀑前逗留时间较长，发现一个自然景象：在巨大的瀑布之亘古的冲击下，作为瀑下深潭中的水却不生波浪，清澈、平静。

晚，回旅舍。心想，在革命圣地观赏自然美景，别有一番滋味在心头。

（首发于《散文世界》1987年第1期）

仙游二题

龙纪寺

午后游龙纪寺。它是我所见佛宇中颇饶意味的一座小寺。它使我感兴趣的是释、道二教的混合为一。据资料记载，此寺"草创于汉末，敕建于唐初，兴盛于中唐"。(《仙游古今》)据仙游县博物馆有关人士称，"寺创于唐末，历经重修变易，现保持清代古建筑面貌"。我查了宋代所作《仙溪志》，未列入此寺之名，则是寺于宋代时并非名刹。不过，凡此等等，在我眼中都并不重要。重要的是，清代重修此寺时，它成为一座同时具有释、道二教建筑色彩的寺观，值得瞩目。

寺在仙游县盖尾乡一座土名曰内垄山的山脊上。这里是偏僻山区。山麓有若干村舍、若干龙眼树园；无古木岩石之胜，无泉水之胜。寺观似乎处于世俗的尘境之中，这也使我感兴趣。我在村前停车，乃从曲折、凹凸不平的山坡泥路行至寺前。寺宇依着山势建筑。首殿不是天王殿，却祀玉皇大帝，而文殊、普贤二菩萨立玉帝之侧；殿做亭状，殿盖六角飞檐，殿内藻井上面的却又是太极。这样的释道两家的圣尊和得道者共聚一殿，以及独特的殿宇造型和宗教色彩，实属罕见。出殿后，见到此六角形殿宇的壁柜上，设有佛龛，内供五百罗汉；罗汉非木雕，非泥塑，乃德化瓷器。这使我想到两点。一是五百尊德化瓷器罗汉，作为艺术作品而言，世所难觏（瓷造罗汉，似乎别的佛宇中还没有）；二是五百罗汉据云是常随释迦听法的入门弟子，此处却与文殊、普贤一起，成为玉皇上帝的客卿，实在出乎我的想象。

玉帝殿之后有钟鼓楼。楼前各有石井一口。楼后则为佛殿，供释迦牟尼。此殿梁上悬木刻漆金匾板，板上刻字据云为名人题词及劝善文，未及细读（殿梁上悬漆金木匾，似为其他佛殿所未见）。殿右供严瑞义祖师像。这位祖师，清代人。从其白瓷塑像看，他坐在板凳上，未做跌跏状，而是脱下一鞋，一足踏在凳上，不似僧人。据云，这位祖师，谙阴阳五行之说，善观风水。现在这座寺观的格局，便是他按照五行之说，加以建筑的。例如，玉帝殿作六角造型建筑，意谓龙之上唇；双井意为龙目。因为在他看来，内垄山状若一条苍龙，玉帝殿正造于龙首的地位上，故应有双井以显示龙目所在，故殿体应作六角形以显示龙口所在，等等。这位信奉阴阳之说的沙门，把道教思想渗透到佛国中来，使这座寺观具有一种特殊的宗教氛围，殊可玩味。

1986 年 12 月 21 日，仙游

九座寺

九座寺闻始于唐懿宗咸通六年（865 年），佛宇九座，规模恢宏。史载，宋代文人蔡襄、刘克庄等曾来访，可以想见，当时此寺是兴盛的。此寺坐落在仙游县凤山乡，海拔达九百五十米，寺后凤冠峰海拔高达一千零六十米，隆冬之季，积雪盈尺。我于冬至节近午抵凤山乡。多云天气，日影淡淡然，照于山间看似平畴的盆地之间，似乎并未觉得置身于高岭之间，似乎并未觉得已是入冬时节。

九座寺眼下仅存一座明代重建的大雄宝殿，殿中石柱犹存，我来时正在修理中，木料杂陈，未能细看。殿前有两座高约四米的六角实心石塔。岁月使塔上的力士塑像以及花卉、云朵雕刻一一显得模糊。离塔数百米处，尚存几处石垒的寺墙残迹，尚有湮灭的放生池遗址；寺墙残迹左边，尚有一条枯溪，溪中有岩石，有潭，溪畔有丘冈、古树，凡此等等，可以约略想见当年的规模、风景以及当年的兴旺气象。

九座寺之东有石塔曰无尘塔。此塔亦建于唐懿宗咸通六年（865 年）。从一条似乎是昔日的牧童行经的泥路曲折至塔前，只见有石雕的守塔将军两尊，立于蔓草间，岁月使他们的面容以及所持的剑一一显得模糊。往前数步，只见塔基亦淹没于蔓草间；我拨开草丛，始见及石雕的舒瓣荷花和水波的图案，端庄、古朴。塔三层，各有石檐、石窗、石栏杆、石门。塔内无柱，为空心结构，从底层有螺旋式石级可登至顶层。据云，此塔造型保持唐代遗规。我想起曾在河南登封见及嵩岳寺塔，它建于北魏正光元年（520 年），至今完整，为世人所称羡，视为异物。而仙游这座无尘塔，比它稍后三百余年，亦完整无大损，以其处于僻野，世人不知耳。无尘塔之南，山间有舍利塔一座，石造做覆钟状，造型庄重，亦唐物；它深藏于僻野林中，外间更不知有此物存在。

1986 年 12 月 22 日，冬至节，仙游

（首发于《湄洲报》1987 年 2 月 1 日）

六十九岁生辰（外一章）

六十九岁生辰前夕，他收到女儿从鼓浪屿寄来的贺信，祝他快乐、甜蜜、幸福、健康。生辰当天，他的男儿和媳妇给他一匣生日蛋糕，上有桃红色的糖寿字；他的一位学生，从郊区给他送来寿面；孙儿一早就向他祝福：爷爷好！

还有鸟儿向他歌唱。

还有一大盆水仙花，在他的生辰的早晨开放第一朵鲜花；还有一株缤纷玫瑰，它的一朵花的花瓣变成雪白，和他的胡子的色彩相似，另一朵花蕾开始开放，花瓣是黄色的……

他觉得有各种祝福，包括花的祝福，以世俗的传统方式，来到他的六十九岁生辰。他坐在窗前想，不论自己一生中有过多少困顿和辛酸，有过多少挫折，他的心虽然不曾屈服且抗争，但他觉得自己毕竟是一位庸人，时或满足于一种狭窄的、随遇而安的生活，一种小康生活；他觉得古老的某种文化传统从小渗入他的心灵，至今犹如一道闸门，压在他的肩上成为负担。

他的心平和而又不安静。

他和她

她忽然来叩他的门。

其实他和她，数十年从来不曾交往。他现在已经两鬓如丝。她似乎有如一朵枯萎的玫瑰。

她走进门来。为他所意想不到的是，她眼中闪耀一种焕发青春的光辉。

他请她坐下。她忽然显得有些羞涩。过了许久，她讷讷地说："……我对您至今还有印象。我至今记得，我曾看见您在一条下雨的小巷里，边走，边读一卷诗。那时，我们都还小……"

"哦，哦。"他说。

她告辞以后，他有些忧伤。他想，她为什么忽然来呢？她为什么表白一段童年的印象呢？他是诗人。他有一点敏感。他想，有一颗无邪的种子，曾经失落在一片干旱的土地上，不曾发芽。这颗种子忽然发芽了。但是如果作为爱情的种子，它发芽得太迟了。因为在他的这一方面，感到迟暮之阴影降落于他的心灵的某一隅，虽然他的窗前照耀晚晴。

（首发于《光明日报》1987年2月8日）

森林二题

屏南

屏南的森林常常引起我的怀念之情。我一直以为屏南是闽东一个美丽的山县，这大约与在它境内到处见到美丽的树林有关。

屏南县内多山，多溪流。这些溪流往往在葱茏的森林之间，在高峻的山峦之间，通过溪中众多的溪岩，或则平缓或则激越地向前奔流。溪水流到平缓之处，往往见到两岸森林的倒影，那是虚幻而真切的、美妙的世界。而那些小小的山间村庄往往是傍着溪岸散落地建筑着许多村舍，又往往有一座像我在广西壮族村庄所见到的风雨桥，桥的两端都有一大片树林，这情景实在是美妙极了。这些树木都十分高大，树径大可数围，通常看来都有数百年的树龄。可是它们的针状树叶却显得嫩绿，好像初春长驻在枝间。这树林、村舍、风雨桥一起落在溪中的倒影，的确是一种特殊的、罕见的景象。

我特地到屏南的岭下乡上门楼村去看一片水松林。我们行经一个山间的盆地（四周都是梯田），随后沿着一条山径走到一座山间的沼泽地。沼泽地上，除生长水草和流淌泉水外，还生长着一片水松林！它的树相很特别：其树干如杉，而其叶做针状；还有在这片水松林周围，随处从水草间露出一盏盏灯罩似的树根，更显得有些奇特。少年时代读生物学，得知我国科学家曾在四川发现水杉，它乃是避开第四纪冰川运动祸患的一种孑遗植物，不知怎的，大约从那时起，便心生一种仰慕之情。这水松跟水杉一样，据云也是避开第四纪冰川时期寒流的袭击而生存下来的孑遗植物。水杉现在已在许多园林和行道间种植；而水松听说只有在福建、广东、江西等省的山间，发现有零星分布。我在这片罕见的水松林间逗留了许久，并且拍了照。在这期间，不时听见有一种不知名的鸟在叫，鸣声十分嘹亮，它们在林间飞来飞去，似乎一点也不怕有生客到此山中。

南靖

到南靖和溪乡亚热带雨林中去观赏植物的奇景，不觉已一年多了，林中的景象至今常常浮现于我的眼前。

这是在一般的森林中，几乎没有法子见到的自然奇观。据有关资料记载，在这将近三百亩的土地上，生长一千一百余种植物的植被。

这是一座丘冈。从黄土的山坡小径行入林中，首先看到一棵红栲，与此树相对的是一棵白栲。这两棵树都高达二十余米，据云树龄都在一千年以上，可是看来强壮极了。作为亚热带雨林的一种重要特征，红栲、白栲都有一种根——学名"板根"。这所谓"板根"，我在一篇题作《雨林的认识》的文章中有过描绘：从巨大树干的底部，在土壤的表层做辐射状地向四面展开，有如凝固的波浪，其高有的可以及膝。这种"板根"实在奇特可观。我们应该注意到，在这棵红桴和那棵白桴之间——它们的树荫下生长着众多的植物品种，有小灌木、小乔木以及草本植物，它们大半是耐阴植物，还有苔藓、地衣等；这里，可以谈得"详细"些，红桴、白桴等高大乔木，向空中捕捉它们所需要的日光，而它们的树荫好像一只极大的保护伞，使耐阴植物在它们的荫蔽下，得以在适当的湿度和"过滤"过的日光下生长。

走向深林中，更出现一种奇观——这种奇观是亚热带雨林又一重要特征。这便是出现了众多的藤本植物以及附生、寄生植物和苔藓。林中生长鸡血藤、花纹胶藤、板藤等，有的如蟒蛇，一圈又一圈地攀绕于某些乔木、灌木的树干上，有的如彩带任意系在树木与树木之间，有的如板桥在树干与树干之间搭起通道。而藤本植物之上，又附生兰花乃至其他寄生树，这真是一座奇特的植物世界！我只漫行这座雨林的一部分地带，除了看到有板根的桴树及藤本植物外，不少蕨类植物也极奇特，例如，我看到一种蕨草，长得像一丛灌木，真是妙极了。

有许多鸟在林中鸣叫。它们一点也不怕人，在啄食一种像红珊瑚的野果。我还看见有几只鹰在树林的上空盘旋，这实在使我高兴极了。因为，小时常见到苍鹰飞翔于家乡的蓝天之间，还看到它们有时站在我家对门人家的屋顶上，十分可爱。而似乎已经好久没有看到鹰了——现在在这奇妙的亚热带雨林的上空看到苍鹰，心中的确有一种难言的高兴。

（首发于《福建林业》1987年第2期）

5月，在波兰旅行……

——写在日记上的随笔

华沙第一天·公园和故城

（1986 年 5 月 12 日·华沙）

昨晚八时抵华沙，住欧罗巴旅馆。它临着胜利广场，其后侧为华沙大剧院，左侧为无名烈士碑和一座森林公园，右侧过一条小街有街心公园，其前侧为维多利亚大旅馆。由于有了胜利广场和森林公园，这里的天空和四周环境使我有一种宽舒、辽阔之感。欧罗巴旅馆不算豪华。进了圆形旋转门，大厅中央有一座似由黄木雕成的少女雕像，高约两米，线条简洁。走廊、柜台、橱窗间安放盆栽的常绿植物，包括似乎只有热带、亚热带地区才有的龟壳葵等，都种得很好。这里不会给人一种豪华但却俗不可耐的感觉。从旅馆的最初所得的一些感受中，你会想到波兰人民的文化素质甚佳。

我有早起的习惯。一如在国内，近六时即起。盥沐毕，即步出旅馆。街上已有行人，车辆甚少。一群野鸽从空中飞下，在旅馆的人行道以及街心啄食。我漫步至旅馆左侧的街心公园。

这里矗立波·普鲁士（波兰批判现实主义作家）的全身塑像。这使我十分高兴。我读过他的一些作品。他的小说和散文作品关注人民的命运和倾注对于下层人民的同情。我很喜欢他的散文《影子》。它描绘一位终生默默无闻的、每至黄昏时挨个点亮路灯的劳动者形象，充满抒情和象征的气氛。

这座公园有两棵高大的老树。树名稠李。从茂密的枝叶间开放一串又一串淡紫色的花穗。不知怎的，我会感到这是两棵坚强的树。它们经历过最严峻的战争考验？两次世界大战期间，华沙的建筑，它的土地上的树木，有百分之八十五以上毁于战火。战后重建时，华沙人民在总体规划中有一个很重要的指导思想，便是城市的绿化以及古树和幸存树林的利用和保护。

街心公园的树林间，有一座教堂，我看见有两位穿着教服的年轻修女经过人行道走进教堂。应该怎样认识波兰的宗教现象呢？

波兰作家协会的走廊间以及会议室里，没有什么装饰，只见到作家的肖像油画和雕刻头像，例如显克微支、斯塔夫、密茨凯维支、斯洛伐斯基、奥热什科娃等的油画肖像和雕塑头像。波兰作家协会于今年2月间选出新的理事会和正副主席。原来的主席哈琳娜·阿乌德永斯卡同志是一位德高望重的、有世界声誉的老一辈女作家。她精通德、法和俄语。两次世界大战时，她参加过"N"行动地下出版工作，写作大量德语宣传品。纳粹匪帮在德国本土多方搜查，无法获知为波兰爱国者所作。她现在仍为名誉主席。她已年逾八旬。考虑到她的健康和休息，所以未去拜访她。我们在波兰作家协会会议室会见了新任主席沃以捷赫·茹可洛夫斯基和副主席耶日·叶雄洛夫斯基、则格蒙特·乌以契克、则格蒙特·利享尼亚克及外事处主席米考外依·梅兰诺维支等同志；去年访问我国的多米诺同志也在场。不论新老友人，大家一见如故。茹可洛夫斯基同志年逾七旬，豪放而又出语诙谐。他看到我注意壁上一幅最大的油画肖像，说："并不是画面最大，就说明作家的成就最大！"

他的幽默感，使在场的同行们都愉快地笑了。他指着一尊雕刻塑像说："我喜欢他！"

他指的是密茨凯维支。我告诉他，鲁迅先生和我国的许多作家，都喜欢密茨凯维支、显克微支等许多波兰作家的作品。

这次会见主要商量在波兰访问的日程。我们感谢波兰同行的周到安排。

波中友好协会成立于 1958 年。这是一座古老的楼宇，掩映在一片树林中间。这里使我感到亲切。门口有一块铜牌，上面用波、中两国的文字写明协会的名称。进门后，便是一间大厅，挂着中国宫灯，壁上有仿照汉砖上有关我国古代马车、旅客、射箭以及飞鸟、云朵的图案。座谈会就在这间颇饶中国情调的大厅里举行。居住于华沙的、对我国怀着深厚情感的一些学者、教授和社会名流在会上热烈发言，表达一种友好情意。与会者中间，有懂得中文或能讲汉语者，有中华人民共和国成立初期即曾访问过我国者，他们以亲身感受，长期以来一直在波兰人民中间普及我国文化，介绍中国历史和当代建设成就，传播波中两国友好合作的新情况和成就。

在这个座谈会上，我们认识不少新友人。瓦夫日尼亚克同志可能是与会者中年事最高者。他到过我国多次，是波兰华沙的亚洲太平洋博物馆馆长，馆中所展出的文物大半是他自己的收藏品，其中包括他所搜集的我国文物。他曾开办一次中国年画展览会。会上最年轻的友人，可能是阿布科维奇同志。他曾任波兰驻我国广州的副领事，是一位热心翻译我国当代文学作品的汉学家。他恳切地指出，波兰文学界注意到我国当代文学所发生的巨大变化。他希望我国文学界的同行支持，不断提供新作，以便译为波兰文，推广到波兰读者中间去。

多米诺同志访问过我国。我当时和他接触时，便有一个感觉：他是一位富于民族意识和爱国热情的波兰作家；他身上自然流露一种长期居住在农村中的作家的质朴、真挚情感。多米诺同志陪同我们访问波中友好协会后，又陪同我们参观市容。从车窗间，只见华沙掩映在一大片又一大片的树林中间。一些广场上、人行道上，可以看到许多花亭和花摊，那些深红的非洲菊、芍药、黄百合花、铃兰和郁金香、丁香，使我喜欢极了。车过处，沿途时或见到国王或骑士的塑像，特别使我感到亲切的是：过科学院时，见到哥白尼塑像，快到王室大街时，见到密茨凯维支塑像，还在一座街心公园，远远望见显克微支塑像。沿途看到许多教堂。我看到其中有一座教堂，墙上弹痕累累。多米诺同志告诉我，那是有意保存的战争遗迹；他说，这是一座福音派的教堂，像这种教派的教堂，华沙只有两座。此外还有一些小教派的教堂，甚至还有佛教徒。他告诉我，波兰居民中有百分之八十以上信奉天主教，许多主教在社会甚至在国际上有很高的声誉。他又说，波兰的天主教徒在历史上一直是爱国的，许多著名的教堂，例如克拉科夫的玛丽亚教堂、琴斯托霍瓦城光明山上的教堂，分别于十三世纪和十七世纪反抗蒙古人和瑞典人的入侵而举世闻名。两次世界大战期间，教堂、修道院的教徒和人民一起和德寇战斗，刚才看到的那座教堂上弹痕累累，便是重建华沙时留下人民抗御外侮的战绩，也是敌人入侵时留下的可耻罪证。我们车过处，米多诺同志要我们注意一些住宅或商店墙上嵌着的铜牌，那上面记载波兰人民与纳粹入侵者激烈战斗的战绩。

我们的车沿着维斯瓦河岸行驶。时见搭在河上的铁桥。河东便是工业区；汽车工业、电子工业、炼铁工业、精密仪器工业都很发达。我们的汽车开到一个内港的渡口，那里有波军纪念碑，碑上有波兰士兵的雕塑群；华沙起义者就在这里强渡，开始反击德国占领军。这里当然是波兰人民永远怀念的土地。

华沙故城离波兰作家协会很近，离我们下榻的欧罗巴旅馆也不太远。按日程所定，下午要在华沙故城参观一个博物馆，临时改为逛逛故城的市街、广场。1596年，由于古都克拉科夫的瓦维尔王宫失火，国王齐格蒙特三世下令迁都华沙。萨孚扬同志、多米诺同志陪同我们参观故城。萨孚扬同志访问过我国，也是老朋友了。我们先到故城广场，这里右边是残缺的城堞、城墙，高耸的塔楼，左边是王宫。广场上，用粉红色大理石建立一座高达二十二米的纪念碑，柱顶立着齐格蒙特三世的塑像，他一手持十字架，一手持剑。据云，这原来是瓦迪斯瓦夫三世为了纪念其父迁都华沙，于1604年修造的。我们随后走进古市场，这也是一座广场，四面都是哥特式、文艺复兴式以至巴洛克式的教堂、商人住宅、商店以至最高的酒店和葡萄酒酒窖等，这些建筑物仿佛都表达一种情感，或者说都在回忆；早在十六、十七世纪期间，这里已经作为全国以至与诸邻国交易频繁的、喧闹的京都市场了。这古市场上，还停着几辆具有中世纪情调的豪华马车，更增加一种古老气氛。我们还走过一些小巷，那路面都是用小块石头铺成的，路灯、楼上的栏杆图案，门间上的彩绘和浮雕，又一一令人感受到古代京都小巷深处的另一种情致。萨孚扬同志说，波兰人民认为，纳粹可以妄想毁灭地球，但永远毁灭不了华沙。这座华沙故城，两次世界大战中全部夷为平地。战后，波兰的历史学家、艺术家、建筑工程师和工人，在全国人民支持下，把华沙故城重建起来，这里，甚至把每座住宅的细部都按原型恢复了。波兰人民的坚毅和智慧，使他们在世界建筑史上创造了奇迹。这天下午，我们未参观王宫，这留待来日。

晚，访我国驻波兰大使馆。好像到了家中。王荩卿大使、顾懋萱代办和使馆文化处官员在大使办公室里和我们交谈。他们豁达、开朗，对国际情况了如指掌，眼光开阔，所以交谈甚感愉快和得到启发。

森林公园·欢迎午宴

（5月13日·华沙）

听到隐隐的轻雷。我隐隐地感到自己此刻住在华沙欧罗巴旅馆。睡意很浓。我仍然回到梦境中，这是一种像野兽派或印象派的水粉画似的梦境。这个梦境也许与挂在壁上的一幅抽象派水彩画有关（白天，我曾多次欣赏壁上的这幅画）。但也不尽然。梦境本来就不明晰的，只表达个人的一种模糊的意念，一种飘忽不定的情绪，甚至只是某种不含任何意念或情绪的图像的复合和重叠，一如云在天上。又听到隐隐的雨声，但随后又睡了。华沙的5月深夜的温度，有如暮春时节，似乎易于催人入眠。

凌晨五点半许，我一如往昔完全醒过来。我拉开窗帘，只见天空中没有一点阴云，但散布羽状、絮状和鱼鳞状的黄色云霞。而窗外阳台上花盆中的三色堇的花瓣上，尚沾着雨水。

匆匆洗盥毕，即走出旅馆的圆形旋转门，走过胜利广场，至无名烈士碑。一盆火在碑前升腾火焰，早晨送来的鲜花簇拥着碑亭，两位波兰士兵守卫着烈士碑，气氛庄严、肃穆，充满一种真挚的敬重和怀念之情。烈士碑亭后面是一座森林公园，占地颇大，我在树林的小径中漫行，有时在坐椅上小坐一会儿，到底没有走尽公园的树林。林中有草坪，种着郁金香、鸢尾花、铃兰等，还有草地上自生自长的野花。林中有一湖，照着雨后空中的彩霞。我看见有一只天鹅在游来游去，看来它是自由地从野外飞来的。鸟声不绝于耳。画眉、山雀、野鸽在林中飞来飞去。我发现树上有人工所造的鸟巢，许多有圆形进出口的木匣挂在树干上，山雀自由地从其中飞入飞出。我将要离开森林公园时，见到草坪上有一群野鸽和黄嘴的鸫鸟一起跳来跳去，便走近它们（它们并不因此飞开）拍了一照。

今天中午，波兰作家协会在离华沙约二十五公里的阿博拉镇举行午宴，欢迎我们。

这里原是一座波兰皇族的别墅。不知怎的，大约因为圆柱和窗户都涂白色之故，使我联想到白宫。大厅以及休息厅都宽敞，挂着油画，茹可洛夫斯基同志主持了宴会。我国驻波兰大使馆代办顾懋萱同志和使馆文化处官员、新华社华沙分社记者等也参加宴会。别墅外面是一大古老的树林，并有湖沼。宴会之后，我们在树林中散步。林中的紫丁香、白丁香和珍珠梅正在盛开花朵，行经这些花树，树林愈深；那里都是一些高大的、树干挺直的榆树、菩提树、橭树、槭树；林下生长耐荫植物。随便站在一处往前看，都感到这座树林有一种特别的深邃、幽远之美。茹可洛夫斯基同志和我一起散步，忽然有一只彩色的啄木鸟从一株紫丁香树间飞到离我只有二三十步处的一棵巨树上。树上立刻传来八哥、黄鹂以及山雀的鸣声，茹可洛夫斯基同志说："那是一棵橡树！"

我第一次看到橡树。它像我的故乡的榕树，雄壮、豪迈。而我早在惠特曼的《在路易斯安娜我看见一株活着的橡树正在生长》，在普希金的《皇村》以及俄罗斯其他一些作家的笔下认识了它，我一直以为它是北方最美丽的树……

后来我又和老朋友萨孚扬同志、米加诺同志在湖边散步。湖中有睡莲，但未开花，它使我想起莫奈对于湖沼和睡莲的感情。在草地上看见了野菊和蒲公英。不知怎的，我会忽然想到，海明威小时也喜欢蒲公英；他称蒲公英为"低能的狮子"；蒲公英与低能狮子在英语中音相近。又不知怎的，我预感到我访问波兰的一些作品中，可能有一首散文或散文诗是描绘我对于波兰所见蒲公英的内心感受的……

傍晚在胡佩方同志家中。这是处于一条安静街道中一座公寓的二层楼。周围有树木和花圃。刚进了门，迎面是过道上的一大橱的各色贝壳、螺壳；壁上挂着许多波兰各地以及国外的民间工艺品。佩方同志说："这些贝壳是从世界上各地海滨搜集来的。"

我们在她的客厅里随意坐下。这里壁上许多镜框中是波兰当代一些名画家的素描，水彩画，还悬挂中国书法以及中国民间工艺品；最重要的是，除了书橱中的中国书籍和波兰文书籍外，尽是利用"空间"，在窗框、门框上面，都用以放置书籍。我有一个感觉，她的客厅中，书很多而放置得不乱。客厅中放置许多盆花，我看见其中的黄百合花正在开放花朵。她已经译了艾芜同志的《南行记》，又与人合作译了徐怀中同志的《我们播种爱情》为波兰文，正计划独立翻译《金瓶梅》——她有一部未经删节的《金瓶梅》，是以重金从巴黎的一家古旧书店中购来的。

我们在她家中用晚餐。米饭和几道中国菜。我发现她家中有整整一橱的中国罐头以及海参等干菜。用餐时，她请我们用中国甜酒。她原籍湖南，参加过抗美援朝，后在北京中国人民大学学习，这时与波兰同学发生爱情，于1955年迁居华沙，但一直到"文化大革命"始加入波兰籍。她豪放、乐观、亲切。我从她的谈吐间感受得到她深藏于心中的故国之情。

东方学院·故城王宫

（5月14日·华沙）

华沙大学东方学院汉语研究室负责人斯乌普斯基同志接待了我们。这里有我国的教师易丽君、刘环宇二同志（中国作家代表团的梅汝恺同志因翻译显克微支的作品而得到波兰文化部的一枚奖章，易丽君同志也因为翻译波兰文学作品卓有成绩得到同样的奖章）。斯乌普斯基同志能讲一些汉语。汉语研究室的波兰学生二十余人也参加了。我们在一间小会议室里交谈，有一种亲切感。根据介绍，这个教研室由波兰最早的汉学家杨·谋尔斯基于二十世纪三十年代末期建立并开始招生，1939年谋尔斯基在战争中牺牲了，工作中断，至1945年才又恢复起来。先后在这个教研室工作的有波兰著名汉学家夏伯龙、金大德、史壁高、胡佩方、谢祥骥和他的夫人洛华思等同志。他们先后翻译了《庄子》《楚辞》《道德经》《论语》《水浒传》《聊斋志异》以及《包公案》等，又翻译了鲁迅的小说选集、老舍的《离婚》、茅盾的《子夜》等。斯乌普斯基同志本人则从事《水浒传》《镜花缘》《儒林外史》的研究，对沈从文的作品也很感兴趣。

我们参观了华沙大学的校园。使我十分感动的是，教室和宿舍的墙上，用铜牌标志了肖邦于1817年至1827年在此校就读，普鲁士于1866年至1868年在此学习物理学，显克微支于1866年至1871年在此校文学系就读。当年显克微支就读的教学楼的外墙旁边树立了一座他的塑像。这里在1765年至1770年为骑士学校即军官学校，以后改建为波兰的最高学府——华沙大学，并开始授予博士学位。今天我们还观看了华沙大学颁发博士学位的仪式（只看了仪式的一部分）：执着仪杖、穿着红色长袍的校长颁发博士学位证书以后，从礼堂的铺着红毯的圆形阶梯走到大厅里来，后面跟随着十多位取得学位的学生，他们面容严肃，似乎感到今后在科学研究领域内还有无止境的工作要做。

多米诺同志陪同我们参观华沙故城的王宫。据云这是一座典型的巴洛克式的王宫。1596年波兰国王齐格蒙特三世自克拉科夫迁都至华沙，这时正是巴洛克式艺术在欧洲兴起的时期。艺术史上一般认为，文艺复兴时期的艺术风格，从艺术精神和表现手法方面讲，被归之为"古典主义"的艺术，而巴洛克风格往往被归之为"浪漫主义"的艺术。这座王宫从外表看，并没有如何引人注目之处，宫前和侧面都有广场；有城堞、塔楼，但为若干屋宇隔开了，所以它们看来似乎不成为王宫的建筑组成部分。就王宫的内部来看，规模远不及我国北京的故宫。但不管如何，它是一座古老的王宫，它的大理石砌成的华丽、宽阔而曲折的楼梯和回廊，似乎是一种能引人想象的艺术结构，绚丽多彩，单是这一点说，就颇富某种浪漫气质。巴洛克艺术风格的确是对于古典主义艺术之过于端庄、严肃的一种反动。但不管如何，这是一座王宫，而当时的历史条件是在封建天主教复辟和贵族统治巩固的时期，所以王宫内，不仅国王审理朝政的殿堂及其宝座，即使是餐厅、寝室，也无不一一装饰富丽堂皇，有一种迫人的威严之感。我觉得，在当时的历史条件下，在一定程度上，艺术确是不由自主地被时代和政治所约束，艺术家也只能在一定程度上抒发个人才情和理想。华沙故宫的大理石宽阔回廊和螺旋形的大理石宽阔台阶似乎最能表现当时建筑师的个人气质。

这座王宫毁于两次世界大战的战火。我所看到的是波兰人民按原型建筑的又一艺术奇迹。

晚，在华沙大歌剧院看现代芭蕾舞的演出。大歌剧院外观质朴，而内部建筑和设备是现代化的，豪华得如一座王宫。一共演出三出，其中有一出是由施特劳斯的圆舞曲改编的现代芭蕾舞，一出表现三对鸽子在自然界的生活。在大歌剧院里，人们盛装谛听音乐、欣赏舞蹈，可以看出波兰人民群众的文化素养和音乐欣赏趣味。

赴克拉科夫途中·画廊

（5月15日·华沙、克拉科夫）

深夜有雷雨声。至晨转晴，空中有明霞。六时三十分至街心公园。在普鲁士塑像前，只见草坪的草叶和郁金香花瓣上，尚有宿夜的雨水。八时三十分早餐后，由多米诺同志和胡佩方同志陪同，驱车前往克拉科夫，全程为三百一十余公里，皆高速公路。出郊区，公路两边出现樱桃和矮种苹果的水果加工果园，出现蔬菜和鲜花的暖房，出现丘冈和牧场、水果加工厂的厂房和农舍；那些农舍都有倾斜度很大的红色的屋顶，除了住宅外，一般都有干草棚、畜棚。多米诺同志告诉我，5月在波兰为农闲时节，过一个月就要收牧草，到森林中去采蘑菇。在农闲季节，农村中的男劳力往往去当临时工人。波兰农村的土地，在土地改革时期从地主贵族手中夺回归还农民。随后实行了强迫性的合作化。由于当时缺乏机械等原因，农业产量下降。哥穆卡于1956年调整了农村政策，以后其他党的领导又做了某些调整，现在波兰农业分国营（专业性）、集体和个体等三种所有制形式。波兰宪法规定，允许土地私有（包括留给后代）；据我了解，这些私有土地允许自由买卖，也允许雇工。但土地私有的数量有一定限制，土地拥有数量也因地区不同，例如西部每人可拥有十公顷，而东部可达三十四公顷。我们提议去访问农户，多米诺同志答应安排这项日程。

波兰土地上的森林覆盖面积比例很大。经过农村的高速公路时，只见两旁的那些平野和丘冈，都是大片的绿色混合林，一些斜坡和草地上开放大朵的黄色蒲公英。我们的汽车在途中曾在名叫施德俄维茨镇附近的一片森林前的草坪上停下，稍事休息。多米诺同志告诉我，这附近有专家教授在从事嫁接果树、改良果树的科学实验和实践，其中包括对中国梨的嫁接实验。这片森林主要为橡树、槲树、榆树的混合林，它们的树干各自笔直地、自由地伸向蓝天，林中仿佛被一片凉爽的绿色而又半透明的帐篷所覆盖。草坪上有用浅红色的岩石塑成的鹿像，甚生动。草坪对面的森林中有一座纪念碑。碑上有铭文。台座上有人们献上的鲜花。1939年9月1日至10月14日，波兰人民曾在这一带与德寇战斗。其中一位波兰英雄曾消灭敌人七辆坦克；这次战斗，共消灭敌人一千二百三十七人，毁敌人战车共五十三辆。波兰军队也牺牲了一百二十四人。多米诺同志说，在两次世界大战中，波兰每一家都有为国捐躯者，当年的波兰作家有一半以上在战争中牺牲。他说，波兰人民是坚强的，战争期间无一处沦陷地区出现伪政权。

克拉科夫位于波兰南部，处维斯瓦河上游。车行中，有一个感觉，南部地带逐渐出现丘陵地貌。我们的车曾经过一个名曰烟泽也夫的小镇，此镇在战时可能没有经受战火的破坏，从车窗中可以看见波兰村镇的古老街巷和商店，有一种幽深的气氛。胡佩方同志说，这是波兰典型小镇，这里集中许多古老的日晷，甚至可以说集中全欧洲的各种日晷，可惜我们来不及下车参观。随后，我们的汽车在一座松、橡、榆等树混合林前的草坪上停下，再次休息，这时我才知道波兰高速公路的途中有固定的停靠地。在这里我见到一棵巨大的橡树，其上悬挂一只供奉圣母像的神龛。这使我想起福州以至闽南一带的乡间，巨大的榕树上也往往供着神龛。我想这不可以单纯以为是一种宗教甚至迷信意识。这中间有普通人民的某种真挚情感、善良愿望。他们把"神"——心中的信仰或信念，供奉在他们认为最美好的"物"——古树上面，这种朴素的情感也有其感人之处。

汽车渐渐临近克拉科夫，公路两岸除田野、森林外，渐渐出现丘冈和淡淡的远山之影，时或出现远山间的城堡之影，出现古老的风车及其磨坊之影，情景动人。多米诺同志说，作为古老文化的保存，波兰党和政府有意保护、修复山间的城堡和农村的风车。途中所见风车，远远眺望过去，会引起我的一些遐思，想起二十世纪四十年代所读凡尔哈仑的《风车》中的诗情，想起堂吉诃德，又想到荷兰沿海地带的风车是怎么样的。

克拉科夫有千年历史。十世纪末叶，波兰建国伊始，这里已是全国政治、文化、经济的中心，十一世纪至十六世纪末叶一直为波兰国都。车抵克拉科夫，在旅馆用餐并稍事休息后，即往克拉科夫旧城中心的广场，著名的玛丽亚教堂就在这里，它的两座塔楼高高地耸立着，衬托着波兰南部的蓝天。我们行近广场，便听见塔楼上传出号角声。这里每小时鸣号一次，以纪念十三世纪鞑靼（蒙古）入侵这座古城时人民的反击，以唤醒波兰人民对于一切入侵者的警觉。广场四周都是罗马式、哥特式、文艺复兴式的商人住宅和教堂，广场中央立着密茨凯维支的纪念碑。此碑的后侧有一排由古老的拱门组成的门廊，门廊的厚墙后面就是中世纪的布商场，现在那里的商场排列着多彩的波兰民间工艺品。由于我们今天下午的日程主要是参观民族博物馆，所以包括玛丽亚教堂在内，都来不及认真观看。民族博物馆也在广场，这里原来是商人的货栈，十八世纪经过改造，现成为博物馆的画廊。画廊分若干室，悬挂数百幅油画，其中绝大部分描绘的是历史题材、圣经故事，最后一室为风景画。对于波兰的各时期的绘画艺术，我不熟悉，这样就不能很好地欣赏这些作品。虽然如此，这些油画的爱国主义精神和画家的个人风格，仍然能够深深地吸引我。有几幅历史题材的油画气魄很大，画面也大半以克拉科夫及其古市场、玛丽亚教堂为背景。例如有一大油画描绘波兰民族英雄科希秋什科反对沙俄等国瓜分波兰，在广场上誓师的场面；又例如有一幅大油画，描绘波兰国王齐格蒙特第一接受普鲁士帝国的投降的场面，背景为玛丽亚教堂。这些画歌颂民族的不屈精神和对国家强盛的追忆和思慕，是很感人的。有一幅大油画题为《尼禄的火炬》，这是一幅以圣经故事为题材的作品，但画家谴责罗马暴君尼禄的残忍的愤慨之情，是一种世俗之情，寄托画家对于一切暴力的憎恶。一些风景画似乎受十七世纪荷兰风景画派的影响，在描绘常见的大自然景物中间，产生一种质朴的诗情和美，虽然比起那些描绘大场面的油面来，显得轻巧，但能够微妙地影响人们的心灵，在不知不觉之间净化人的心灵，因此在艺术画廊中间，我看这样的画种或画派也是不能缺少的。

出版社·雅盖龙大学·瓦维尔王宫

（5月16日·克拉科夫）

至波兰之前，听闻5月是这里的雨季。可是，到此之后，除了13日深夜有小雷阵雨外，一直是晴美的日子。今日，克拉科夫的空中，有阴云，但缺乏雨意，颇凉爽。早餐后访问文学出版社，社长安泽库尔茨同志在自己的办公室热情接待我们，并简要介绍了该社的情况。这个出版社1953年成立，目前是波兰三大出版社之一（另两家设在华沙），每年出两百种左右的文学书籍，发行五百万册左右。主要出版波兰文学名著，包括古代和现代作家的作品。从安泽库尔茨同志的谈话间，我似乎感到他们采取一个方针，即利用出版文学名著（一般发行五万到五十万册）的盈利以补贴未能盈利的好书和出版未成名作家的作品。这些文学名著包括回忆录、文学艺术理论；也出版外国文学作品。

波兰读者对于拉丁美洲的文学作品颇为欢迎。从 1971 年以来，该社已出版这方面的翻译作品一百七十种。当然也出版东方的文学作品。由于该社日文的翻译力量较强，所以已出版日本文学作品多种。安泽库尔茨同志说，该社配有汉语的翻译，并提议："波、中两国可以互派学习人员。可以互派十名有助学金的中学学生！"

他的意思可能是，得从中学生中间开始培养懂得两国语言的翻译人才？

他热情而坦率地提出他的意见："如果中国作家协会寄送中国文学作品，我们一定译为波兰文出版。需要文学性、艺术性高的作品（拉丁美洲的文学作品在波兰受到欢迎，原因在此）；需要能代表中国当代文学水平的作品；报告文学也很需要，但它应该是文学作品，不要是一种政治宣传。"

今天还与波兰作家协会克拉科夫分会的同志恳谈。这是波兰作协最大的一个分会，有十多位著名作家，包括《文学艺术月刊》《一句话》《克拉科夫》（季刊）等期刊的负责人参加恳谈。这些刊物上都曾介绍我国文学界情况，例如刚出版的《文学艺术月刊》上即发了绿原、鲁黎的作品，他们是从《中国文学》（英文版）上翻译的。从他们的介绍中，知道克拉科夫有几个儿童刊物，如《熊》《蟋蟀》《小火焰》《小火源》等；当地有诗人杜威姆，专作儿童诗。此外有儿童剧院、儿童电影院；每两年举办一次儿童电影和绘画的展览。我自己也从事儿童文学创作，这些情况引起我由衷的赞赏。

雅盖龙大学建立于 1365 年，它的建立稍迟于布拉格大学，为欧洲最古老的一所最高学府。我们参观的雅盖龙大学博物馆的屋宇则建于十五世纪初叶，现在看来是十分陈旧的了，那被烟尘熏成黑色的砖墙、门窗、天花板，正说明它经历漫长的历史。从十五世纪初至十八世纪，这里除教学外，又一直是教授和学生同住的宿舍，以后改为博物馆。馆前有哥白尼塑像，四周树木扶疏。十五世纪六十年代，哥白尼曾就读于此校，博物馆有哥白尼专室，陈列他的手迹、他所画的天象以及他所得博士学位的证书。据云，哥白尼离开此校以后又至意大利留学。

这个博物馆有一个特点，是陈列各种古老的科学仪器。我在这个博物馆看到一幅古老的地图（1510 年制），亚美利加洲以至欧罗巴洲与现在的地理地位不同（即有差错）；有十五世纪从维也纳订购的天文仪器，有十八世纪从英、法等国订购的测量用具和留声机，有十六世纪中叶所造的人体模型，有十九世纪的化学物理仪器，如把空气凝结为水的科学实验仪器等，这些仪器凝聚了那个时代科学家打开世界奥秘的各种设想和思考，我们多多少少可以从实物中看到人类向科学世界的一步比一步深入的探索，看到人们认识自然以及采用各种手段包括分析的手段以寻找自然的奥秘的步伐，看到人类在探索自己生活于其中的世界时，开始时是多么幼稚甚至时常发生谬误；但是，我们也会得到启示：凡有所探索，必将有所收获。

在这个博物馆里，我们又多多少少可以从实物中看到从十五世纪直至十八世纪波兰高等教育的某些侧面的情况。博物馆的第三室，是当时举行教务会议以及颁发博士学位的地方；所谓教务会议，据云是一种纯科学的组织，参加会议的教授一般有很高的声望，我似乎可以想见出席这种会议的人士对于科学真理的服膺和民主气氛。至今雅盖龙大学的教务会议还在这一间古老的、传统的大厅里召开。我在这座博物馆里，还看到从十五世纪保存下的校长权杖、勋章、手表和戒指，这似乎可以使我想见当时校长的学术成就和社会地位。博物馆陈列很多教授（从十六世纪开始）赠送给学校的礼品，如十七世纪的象牙雕刻、瓷盘，十八世纪的华沙瓷器，十分华丽。这些陈列品中，有中国香炉，为明宣德年间的古瓷；还看到仿中国制的茶几以及具有本民族风格的漆器、钟表、金银器皿等。波兰在十八世纪以前均用拉丁文（这以后才有波兰文字），这个博物馆有许多拉丁文古书，包括最早的圣经。从雅盖龙大学博物馆看来，好似一部以实物展现波兰大学教育的早期历史和十五世纪以降波兰文化、科学某些发展情况的历史教科书。

瓦维尔王宫位于维斯瓦河左岸的一座丘冈上。它原来是瓦维尔人的一座城堡，建于八至九世纪，至十世纪末叶开始扩建为王宫。这是一组十分雄伟的欧洲古建筑群。它给我一种感受：各种不同风格的艺术建筑可以和谐地聚集一处，成为一个艺术整体。城墙、塔楼、庭院、殿宇、教堂，或为罗马式，或为哥特式，或为文艺复兴式乃至巴洛克式，或尖顶，或穹窿形顶，或镏金，或作蓝宝石色、绿宝石色，参差崔嵬，金碧辉煌，统一于一种不同风格的互相宽容和结合之中，统一于一种对于崇高之境界的追求之中，统一于构思的精深和建筑工艺的高超之中。看来不同建筑艺术风格各臻极致时，它们便可以和谐地兼容并蓄于一个天地中。王宫内部有许多十六世纪的艺术精品，如挂毯和油画，如内庭宫壁上贴在牛皮上作画的壁画，如会议室大厅中以硬木雕刻的天花板藻井格，每一井格有一名人头像的浮雕等，皆世所罕见。王宫内有著名的圣列昂那教堂，这里有一穹隆形的地下室，安放历代国王的棺椁，另有地下室，前后安放诗人密茨凯维支和斯沃伐茨基的棺椁。我们在这里停留了许久。

维利奇卡盐矿

（5月17日·克拉科夫）

上午九时，在克拉科夫市政府，与副市长巴尔巴拉女士会面。她是一位文学博士，看来约莫四十岁，连任副市长已十年，分管文物以及旅游、教育等方面的工作。这天早上，多米诺同志在旅馆购买部买了波兰工艺美术品分赠给我们，其中有一顶波兰南部少数民族的红色小礼帽，我们把它作为装饰品挂在西装开领上，表达一种对于波兰人民的尊崇之情。交谈间，副市长赠送我们几份印刷精美的、有关克拉科夫的资料，并拍了电视片。出市政府，我们即驱车前往离本市二十公里的维利奇卡。这里，在我眼中，是一座举世独一无二的地下艺术宫殿，这是以开挖几百年的盐矿的矿穴雕塑出来的艺术宫殿和画廊。

听闻维利奇卡盐矿的开采始于十三世纪。当时岩盐运销欧洲许多王国。这座盐矿至今尚在开采，当然已是采用现代化工艺了。经过几百年的开采，矿井下层有长达一百余公里的、两壁以圆木保护的通道通往各矿区。我们是乘电动升降机进入矿井的。现在矿井分三层，即分别为六十四米、九十米以至一百三十五米的三个深层的层次。我们仅抵达其中的一部分。初入，感到这座盐井，其气概恍若我国的桂林七星岩溶洞，但无钟乳、石笋。渐入，便开始看到在矿壁上，以岩盐雕塑出来的各种浮雕和塑像。有哥白尼胸像（因为他是最早进入矿井的一位科学家）；有坐在骡子上的抱着基督的圣母像；有流传欧洲各国的英国童话七矮人的浮雕，但七矮人都成为矿工的形象，他们或推矿车，或手携采盐工具，或做开挖岩盐状；有正在点火燃烧矿中瓦斯的矿工英雄雕像；有守护神像，守着矿井通道的一座门，他能幻变为老鼠等小动物，以保护矿工；等等。配合人像浮雕的一些图案装饰，都生动、质朴、自然。最是令人赞叹不止的是矿中的圣铿加教堂。我们从教堂的后侧，好像一座宽阔的、有栏杆的戏院包厢里走下台阶，进入礼拜堂；这时只见地板是由方块的、雕着图案的大理石拼成的，天花板也是用大理石拼成的，悬挂着无数水晶灯缀成的吊灯。但是，这些地板、天花板和吊灯，其实都是在整块的岩盐中雕塑出来的。这座岩盐教堂高二十米，宽五十米，长七十米。教堂中的圣坛和神龛中供奉的铿加公主，壁上的《最后的晚餐》等圣经故事的浮雕，我得郑重地再记一笔，也无一不是以岩盐雕刻出来的。

圣铿加教堂是矿工马尔科夫斯基兄弟用二十七年（1869—1896年）的时间一斧一锥雕刻出来的。这座以岩盐塑造的教堂无疑是举世罕见的艺术珍品。矿中有一铜牌，记录兄弟二人的功勋，记录他们的毅力和艺术才能。这座盐矿据云在二十余万年前是一深海。我们曾在矿内参观一座用岩盐开凿出来的、流动着海水一般碧绿湖水的湖，它以雪尔夫斯基将军的名字命名。湖中可以乘舟，甚大。此外还有三座同样是用岩盐开凿而成的大厅，它们无柱无梁，大者可容纳数百人。这湖和厅，它们使我感到好似奇迹一般出现在这盐矿的深层。

奥斯威辛集中营

（5月18日·克拉科夫·卡达维兹）

晨，有雾。一路上，雾一直没有散。这不是凝聚的、无边无际的浓雾，也不是使天地成为混沌一片的大雾，是一种不易消散的、若即若离的、游移的雾。从车窗间看到从雾中露出林梢的树林。有一段时间，车经一座小镇（忘记问起镇名），这座小镇似乎正在修造一座工厂？我看见从雾中露出的起重机在半空中旋转；有时看见一只飞鸟或一群飞鸟从空中飞过，而地面上的田野、树林、丘冈却还迷漫着雾。这样连续近两小时，一路看到雾景，平生还是第一次，而且又是在波兰，将令我难以忘怀。

车快抵达奥斯威辛烈士城即奥斯威辛集中营的遗址时，太阳把雾驱散了。

到了像奥斯威辛集中营这样的地方，心情不免沉郁，不由得有一种悲情之情填于胸中，不由得想到，人性难道曾经泯灭，兽性竟在世间泛滥一时吗？纳粹杀人犯曾经计划在这里残杀一千一百万犹太人、三千万至五千万的斯拉夫人！从 1941 年至溃败的五年间，他们分批在这里杀害波兰人民四百万！姑且不论战争贩子挑起第二次世界大战给予人类的浩劫如何，仅此一端，我不由得在心中发出呼号：人类的理性曾被践踏至于斯！我们到时，美国广播电台（ABC）正在这个杀人遗址拍摄电视连续剧《战争与回忆》。卐字旗从牢房的楼顶直垂地面，吹打手吹吹打打，纳粹卫兵荷枪护卫，满脸油彩的希姆莱坐在一辆装甲汽车上招摇过市，他还在策划一个新的杀人计划吗？的确如此，历史不可以被遗忘！人们呵，警惕新的战争歇斯底里的复发！

这里有十六座牢房，每座牢房囚禁被害平民一千四百人至一千八百人，有时甚至达三千人。凡无辜平民（即使是神职人员，亦不能幸免）被捕至此，先检查一番，只留百分之二十左右的青年，以备作劳工之用，余者不分男女老幼，皆残杀。留下的青年，课以重劳动，他们进入此魔窟后，体重大多急剧下降。除牢房外，还在地下室设几处所谓惩罚室。有的惩罚室仅九十厘米见方，强迫站立受害者四人；有的惩罚室，仅七米见方，强迫站立受害者三十余人；日夜站立，以至闷死。纳粹杀人犯在这里造一杀人工厂，以成批杀人。此杀人工厂有毒气楼，若澡室。受害者驱入此室，放 HCN 毒气使之毒死，另有四座瓦斯炉，以焚化受难者的尸体。人们在这里进行反抗斗争。尽管敌人设惩罚室，设监视亭和观望楼，设铁丝网，以至在每个牢房的屋顶均通电，还宣布"连坐"法等防范措施，但人们仍然不断进行反抗！如此，纳粹竟在十号牢房和十二号牢房的空地上立一水泥墙，用以当众枪杀狱中志士。据资料统计，在此墙上被害波兰志士达两万余人！他们殉难了，但他们是波兰的国魂。我们在墙前献上一束献花，向波兰的殉难烈士默哀、悼念，表达崇敬之情。

文学出版社·文学聚会

（5月19日·卡达维兹）

前日在途中，车抵一处火车小站的某小村镇时，多米诺同志下车和我们告别。我们彼此都依依不舍。昨晚车抵卡达维兹时，波兰作家协会主席茹可洛夫斯基已在我们下榻的卡达维兹大旅馆等候我们。他将陪同我们访问波兰的这座"煤都"。据资料得知，这座城市煤的总产量占全国年产煤两亿吨的百分之七十。茹可洛夫斯基同志是这座城市选民选出的议员，我想，他还可以趁此机会看望自己的选区居民。

本日很早起来，沐毕即步出旅馆。只见这座煤都到处矗立高楼大厦，其间还有教堂；到处绿树成荫；花圃、草坪如铺于地面的彩色图案和绿绒地毯。我看不见滚滚的灰尘和空中飞扬的浓烟。天上下着微雨。早班的公共汽车和电车以及私人小汽车已在街头穿梭来往，步行的行人则穿上五颜六色的雨衣，或撑着雨伞在人行道上行走而过。最使我喜欢的是，旅馆附近花亭里，已开始陈列着各色月季、黄百合花、紫丁香花、深红的非洲菊和芍药花；我又居然能在闹市的车声中看见小鸟在微雨中和树林间飞来飞去，听见它们婉转地、欢乐地歌唱。更有野鸽时时从空中飞下，在人行道以至街心上咕咕地叫和啄食。这些情景几乎使我忘记此处是一座举世闻名的波兰的煤都。雨慢慢地消失了，我慢行至卡达维兹纪念碑前来。这是一座巨大的纪念碑，在体育馆、百货大厦诸巨大建筑物之间。它的台基坐落于一片斜坡上，四面均是草坪。它像三朵巨大无比的紫铜色火焰向天空升腾，每朵火焰上各出现"1919""1920"和"1921"——这是年代的标志，它昭告人们波兰历史上爆发的三次西里西亚矿工的大起义。卡达维兹的煤矿曾一直为外来资本和侵略势力所侵占，经过抗争和起义，这里的煤矿终于归还到波兰人民手中。我觉得，这座纪念碑，好像在唱着一支雄壮的工人之力量和爱国主义的凯歌，一声声如火焰腾空。

车行中，时或见及卡达维兹街心或广场上出现塑像，例如哥白尼、肖邦、密茨凯维支的塑像，还有煤矿工人里纲的塑像。这使我感到这个现代化的工业城市有浓重的文学气氛。到达卡达维兹的第一天，我们主要是和文学界的同行接触。早餐后，和茹可洛夫斯基同志一起，先到《是与否》杂志社。该社编辑部负责人都很年轻，他们刊物上所采用的作品，主要是向青年工人作家约稿。看来这是一份看重发表工人和青年作品的期刊，这形成了这个刊物的特色。我们又应西里西亚出版社总编辑维辛斯基同志之邀，到该社访问。他的办公室宽敞，四壁书橱中满满地放置该社出版的装帧考究的书籍。他说，这个出版社出版有关采煤等方面的书籍，包括与我国煤炭工业部共同编辑一部中波煤炭词典；但也出版文学籍；出版本国的和译成波文的外国文学书籍。他还说，该社不久前出版了张贤亮的《绿化树》，并计划继续出版中国的文学书籍。

我们在"文学家之家"，参加一次很别致的文学聚会。"文学家之家"是一座精致的小洋楼，四面种着树木、花卉，环境清静。这好像是一次有中、波小部分作家参加的文学沙龙，在这座小洋楼上的套间客厅里举行，由茹可洛夫斯基和波兰作协卡达维兹分会主席别斯哈瓦共同主持。大约一星期以前，我们在华沙访问波中友好协会时，波兰汉学家阿布科维奇同志提到，为了更好地把中国当代文学介绍给波兰人民，需要中国更多地提供文学作品。陈继光同志恰巧身边带了一册自己的小说集《旋转的世界》，便当场签字赠送给他。阿布科维奇同志在很短的时间内，把书中的《蝴蝶飞去》译成波文，在这次文学沙龙上由一位著名演员朗诵了。中国当代文学作品的朗诵，使文学沙龙充满了两国人民友好的某一种独特的气氛。全场安静，沉浸于友谊的诗情画意之中。西里西亚出版社的总编辑在场，他当场提出要阿布科维奇同志把收在《旋转的世界》中的小说都译成波兰文，由该社出版。

参加这次文学沙龙的有从波兰全国其他地区前来的和当地的著名作家、学者。波兰作家介绍，波兰早期的汉学家威伯乃尔教授曾创造一种适合波兰人检字的中国词典。他们十分关注我国当前的文学创作，这正如阿布科维奇同志代表大家的心意所说的话，当前我国文学的繁荣情景，使波兰同行感到由衷的高兴。

矿工家做客·天文馆

（5月20日·卡达维兹）

这是一座现代化的城市的早晨，天气晴朗，空中一朵一朵的云，好像彩色的花一般，而从高层的现代建筑物、绿化树和现代化纪念碑的雕塑间眺望过去，使我感到大自然和世间以一种新的格局相结合，共同表达出的情调，一时难以言状。八时三十分早餐后，由茹可洛夫斯基同志陪同，车行于涅茨卡、温格诺比区，参观厂区景象。这里有现代化的钢铁厂，随处可见高压电线架、厂房，电焊的蓝色闪光以及通红的金属熔化的火光，听到机器鸣声，但又随处可见树林和林中的矿工宿舍，看到野鸽在林中飞来飞去，又在草坪上啄食的景象。在车上，我们向茹可洛夫斯基同志提议：可否带我们到一家矿工家里去看看？他是本地区选民选出的国会议员，和许多工厂工人有联系，他欣然答应了。我们的汽车行驶过一座设在树林中的酒店，到退休的矿工舍贝瓦家中做客。我们可以算是不速之客了。我们在屋前的花圃间稍候，茹可洛夫斯基同志先入屋和主人招呼，舍贝瓦和他的妻子抱着外孙女出来迎接我们，十分热情。接着，和他们同住的女儿和女婿也一起来接待了。这是一座双层小洋楼，上下共有五间住室，老矿工还有三位儿子，也是矿工，他们分住在另外的二层洋楼里。家中很简洁，设备雅致，壁上挂着油画，书橱中摆放着波兰民间工艺品，客厅中有一架钢琴。最使我喜欢的是他们的小外孙女的游乐室，这里有许多玩具，其中几十个布娃娃，小女孩给每个布娃娃都起了名字。

贝当蒙看来是卡达维兹附近的一座小城。但是，据云，在十四世纪这里已是一座城市，有银矿。这里有许多古老的住宅。我们到一座深藏于林荫之间的、清静的教堂中来。这座教堂现在又是当地画家都纳·格拉兹的作品展览馆。在我看来，都纳·格拉兹是一位颇具独创性的漫画家，作品很有个性；他是以油画处理漫画的画意（或者说，是以漫画的构思处理油画），并以图案和某些细节的极端写实和荒诞的夸张，和谐地、几乎是令人不知不觉地相结合起来，以处理漫画的画意。他的作品充满着对于劳动者的同情，也涉及宗教问题，有些夸张手法是很大胆的，可以说是在嘲讽中寄托沉痛的一种独特的严肃艺术。

霍若夫城离卡达维兹不过二十公里。我们在夕照中抵此。这里原来是堆煤的地方，现在建立为一座面积很大的森林公园，另外还建立一座天文馆，馆前有高达三米左右的哥白尼塑像，他捧着一颗行星。我们在天文馆里，先看到模拟的月出和月落，只见一个圆月，带着朦胧的、淡黄色的清光，从地平线的东边行过天宇，又平静地降于西方；随后看到我国和波兰的夏季天空中的星象，是以我国的普通话解释星象的。

后来，我们又在森林中散步，听森林中晚间的鸟鸣。

琴斯托霍瓦城

（5月21日·返回华沙途中）

早餐时，胡佩方同志给我们每人一份点心，其中包括巧克力。她说，茹可洛夫斯基同志昨晚一直东奔西走，去看望他的友人和选民，深夜归来时特地为我们准备途中的点心，他自己于凌晨乘火车先返华沙。我们则乘汽车返回华沙。

在回华沙的途中，我们顺道到古老的琴斯托霍瓦城。这里是天主教在欧洲的一个中心，终年朝圣的教徒和游客不绝于途。我们的汽车到此圣地时，只见市区好像一个欧洲的古镇。那些路是用石头铺成的，那些屋宇多半近似巴洛克风格，看来有一种十七、十八世纪的建筑格局。市街整洁，种着千叶桃、珍珠梅，它们正在盛开花朵，深红和洁白构成色彩的强烈对比。在市街尽处，绿树繁花深处，一座名为光明山的丘冈上，出现美丽的古建筑群，那便是举世闻名的琴斯托霍瓦教堂和它的修道院了。

这座教堂和修道院的建筑物外面有城墙似的围墙，墙上有许多塑像。这些围墙和塑像在蓝天（这天，天气多么晴朗）的陪衬下，似乎能使人感到墙内的教堂的建筑物不是囿于一个狭小天地内，而似乎展示了内中有更空阔的空间。实际情况看来也是如此，围墙内的庭院、台阶、塔楼、拱门在晴美的阳光照耀下，使我感到这中间有广阔的、神秘的、使人思索的一个世界，一种氛围。庭院中聚集了很多教徒和游客，最使我注目的是有不少男孩和女孩，头戴白色的花环，穿着乳白的教服，和大人们一起到这里朝圣。据云，这些儿童是来施坚信礼的。

导游让我们观看正在圣坛前面进行的弥撒。除了波兰的教徒外，似乎还有附近其他一些国家，有从阿拉伯某一国家远道而来的教徒一起在唱诗。琴斯托霍瓦教堂供奉的圣母是黑脸的，脸上有伤痕，因此有种种传说。我觉得这位圣母的彩绘形象显得特别庄严、神秘而又仁慈，容易引人生出种种联想，如她有舍己精神，有一颗救苦救难的心。圣坛的四壁除浮雕和彩绘外，还挂着许多信徒贡献的珠宝。随后，我们还到珠宝库参观，只见嵌着玻璃的硬木框和硬木橱中间，玲珑满目，都是全世界各地教徒以及历代国王贡献的珠宝礼品，其中有大科学家居里夫人的献品，尤为使我注目和引我思考。

这座教堂和修道院有抗击外敌侵犯的爱国历史，十七世纪中叶，波兰的天主教徒在这里坚守，击退瑞典人的入侵。显克微支曾以此为题材写成作品，教堂的一堵墙上陈列着瑞典入侵者的炮弹和显克微支像。

这座教堂的一座塔楼，高达一百零四米，建于十四世纪。它的建筑之美，体现了波兰人民的智慧。立于塔前，所看到的天空，好像显得十分深远。

下午三时返抵华沙，仍下榻于欧罗巴旅馆。晚，至胡佩方同志家中做客，晚餐席上有中国菜、中国酒，其中有一匣厦门鼓浪屿出品的豆腐乳，是胡佩方同志从巴黎买来的。

贝市市容·国际图书俱乐部

（5 月 22 日·贝德歌什赤市）

车离华沙向西北行。维斯瓦河真是波兰的母亲之河。此行亦常常在它的河岸上行驶。岸边的麦田中有农民在锄草。这一带的河面比往南至克拉科夫所见者似宽阔得多，河中多出现沙洲，随时有成群的沙鸥在水面飞来飞去，或入水游泳，或宿于洲之芦苇丛间。又时见好似白颈鸦的飞鸟成群地飞过天空。这些飞鸟是白颈鸦吗？还是别的飞鸟？车行约三小时，看见公路一边尽是高层的建筑物，我疑惑，我们此次要到的贝德哥什赤市离华沙三百公里，怎么如此快便到了？汽车仍然前行，询问一下才知道这是哥白尼故乡多伦市的新城，归途中，我们还要到多伦市的。

贝德哥什赤市的地名约于十二世纪已见史籍的记载，1346年由当时的国王授权成立城市。抵达此地后，除了城市中树木苍郁给我以很深的印象外，车过时能见及诸如古老的小教堂、古老的河堤等古迹；另外，也时或在树荫下见到一些园林雕刻小品：以岩石或木头雕成的、写意的、线条简练的小动物或人像的雕塑。我想起这是一座古老的建筑艺术和现代的城市雕刻装饰艺术和谐地融化于一起的城市。这是在车上所得的印象。在旅馆稍事休息后，我们又步行到流贯这座城市的布维河的河边去，我们站在桥上，看到以石头砌成的护河坝和岸上建于十九世纪的仓库，河边停着许多小汽船。桥上有花亭，出售月季、郁金香以及铃兰等鲜花。过桥不远为市中心的广场，广场上有几百只野鸽在自由地啄食，一些行人随手撒下面包屑喂养它们，我还看到有一位年轻的母亲，让自己刚学步的小儿和野鸽玩在一起。这时，我又感到这是一座恬静的城市。

广场上有一座纪念碑，这是记载苦难历史和抗争的纪念碑。据介绍，两次世界大战期间，德寇残杀这里的人民，"唯一的罪名是因为他们是波兰人"，人民起来抗争，受到更加残酷的残害，到战争结束，城市及其郊区剩下人口不及十二万，战后四十年，才恢复现在的三十四万人口。广场上的这座纪念碑，雕塑一位儿童撑开两臂保护后面的父兄和乡亲，至今还在对战争提出控诉。

我想起莎士比亚在《亨利第四·下篇》中的台词："我们决不再让战争的锋刃像一柄插在破鞘里的刀子一般，伤害它自己的主人。"

参观了这里的国际书报俱乐部。它实际上是书店，又是群众阅读书报和进行公共文化活动的场所。这是一座现代化的、设计精巧、大方的楼屋。楼上一个宽敞的大厅里，有出售汽水和冷饮的柜台，四面排列着据云有五百余种波兰及欧洲各国的报纸，供读者随意翻阅，渴时可在柜台边买冷饮。楼下是书店，出售欧洲各国的书籍、画册乃至地图和挂历。我们在楼上一个看来是排练厅里和波兰读者见面，他们当中有老年人、青年和姑娘，他们关注我国当前的文学创作自由问题，以及青年作家创作情况等，发问者都很有教养，彬彬有礼。

晚上，在音乐学院参加了克莱门丝·扬尼茨基文学奖的颁奖活动。这是贝德哥什赤市举办的，评选全国范围内的作品。这个文学奖颁发翻译奖、诗歌奖、散文奖和新人奖各一名。颁奖大会后，演员拉着手提琴，朗诵克莱门丝·扬尼茨基的诗；没有舞台，就在颁奖会场前挂着几道幕布，点着蜡烛，气氛清幽、高雅。波兰统一工人党中央文化部部长那勃鲁茨克同志、当地作家和来自全国其他地区的作家参加这次颁奖活动。诗朗诵之后，那勃鲁茨克同志和我们交谈，祝贺我们在波兰的访问取得成功，并表示他希望有机会访问我国。

农民家做客·营火会

（5月23日·贝德哥什赤市）

贝德哥什赤市政府是一座白色的、有许多拱门的楼宇，其正前方通过一片树林便是两次世界大战纪念碑和市中心的广场。它的门前有金雀花的花丛，开着黄色的花朵。市长瓦德斯瓦夫·普舍贝尔斯基同志在办公室和我们会面。他对贝市情况做了简明的介绍。这座建于十四世纪（1346年）中叶的古城，有现代化工业，例如生产海底电缆以及自行车（行销我国）等。文教事业，特别是文化事业看来颇为发达而且颇具特色。例如，这里的音乐厅，据云是全欧洲音响最好的音乐厅之一，傅聪曾在此演奏；每四年举行一次音乐节，中欧、东欧各国音乐家云集于此，其研究、演唱的主要内容是恢复、寻找古乐。这里有画廊。正在修建大歌剧院、现代化的图书馆和全国最大的儿童书店。

我们参观了这里的一个博物馆，这个博物馆很有特色，它利用旧时代（十六世纪）的造纸厂、牧房、粮食仓库作为馆址。这个博物馆坐落在一条叫牧帐河的小洲上，我们走过一座桥，便见这个原来的造纸厂掩映在河边的树林中，林中有斑鸠在飞来飞去，有稠李树的花落于河上，环境幽静。这天是贝市的传统的学生节。中午，庆祝典礼在市中心广场举行。市长走出市政府拱门，从树林下的石板路走到广场一座舞台上去，将一把大钥匙交给学生代表。这是一种象征性的礼仪，表明三天之内市政府交由学生管理。随后表演节目，音乐和民族、民间歌舞，还有一个表演节目：一对青年男女学生，穿戴结婚礼服，由市长当场"证婚"，等等。广场上挂着各色的旗帜，台上、台下吹着号角。

勒扬诺维兹村离贝市十公里。这里是树林、平原和田野。车从田野公路开到村里的个体农民施达西凯维兹·亚当家。我们到他的院中，只见这里种着苹果树，四面是农具棚房；棚中都是农业机械，包括康拜因、拖拉机、脱粒机、扬谷机以及麦秆压缩机、土豆收挖机等；还有私人汽车。他家种地五十公顷，养猪五百头，有鱼塘，还养一头奶牛（专为两个小孩喝奶而养）和家庭食用的鸡、鸭。

施达西凯维兹·亚当大约四十岁，他的妻子伊沙白拉穿着深红的连衣裙，抱着小孩玛加，热情地接待我们。他们的父亲也在场，是一位朴实、勤劳的老农民，手上全是茧子，这位老农民住在旧屋。亚当夫妇和两个小孩住在新屋，这是一座使用面积达三百五十平方米的二层洋楼。楼上有大、小两个餐厅，并有酒吧间，餐具、酒器以及全套餐桌、橱等都相当新颖、考究。各寝室的设计布置不同，有法国式的，有美国式的，最令我赞叹的是：一、主人寝室的书架上放着全套的司汤达全集的豪华本，二、两位小孩各有自己的游艺室，内置玩具甚多。

这家农民主要经营小麦、甜菜和油菜，农忙时所雇临时工一天达三百人，除供伙食外，日工资为一千兹罗提。这些临时工人大多是从一家机械公司的休假工人中雇用的。又闻，农民的土地可以自由买卖。

"你们是靠什么，能够过富裕的日子？"

"靠政府的政策，靠勤劳和善于经营！"

我有一个想法，各个社会主义国家，按各自国家的国情、民情进行城乡社会主义建设的探索和改革，是合适的。社会主义还在继续完善和创造中。各个社会主义国家之间应该互相尊重，取长补短，而不必对于他国的探索轻易做出某种判断。我相信，各社会主义国家的人民在实践中会创造一条走向社会主义的康庄大道。

贝德哥什赤市的郊区有一座很大的森林公园。我忘记问它占地面积多少，但从车行近二十分钟还在它的森林边缘行驶这一点来看，可以设想其规模之大。它同时是一座植物园，一座动物园。森林公园多半是白桦林和橡树林，但其间生长一千余种植物。动物园很有特色，养的是生活于波兰国境内的各种鸟类、兽类，包括兀鹰、野牛、鹿、狐狸等几十种动物。园中有湖。因为是一片大面积的森林，一些鸟类自己飞来定居。我看见鹳鸟自己造巢于湖边的电线杆上，它们的巢好似小时我在家乡树上所见到的苍鹰的窝，用枯枝筑成。我看到鹳鸟十分高兴，因为我在童年时代读到安徒生的童话，提到鹳鸟飞到埃及去，这次在波兰见到童年时代在童话中认识的鹳鸟了。在一大群品类不一的猫头鹰中，我看到一只羽毛雪白的，听说它是从西伯利亚的雪原上自由飞到这里来的。

我们坐了饶有中世纪古风情的马车去参加在这座森林公园中举办的营火会。马车在林间小径中行驶，马蹄嘚嘚，马喷粗气；途中不时见到有用树木雕成的人像、动物。随后，马车在林间的一个空地前面停下，待我们下车后，马车便开走了。空地上以许多干木柴烧了一大堆篝火，音乐家在篝火边吹奏民族乐器、唱歌。还有一种艺术表演，有如我国的相声，二人登台共同表演，听众笑声不绝。

图书馆·哥白尼故居·家宴

（5月24日·多伦市）

上午九时，车由贝德哥什赤市抵多伦市。我们是到多伦旧城。公元八世纪，多伦已是一座维斯瓦河上的港口。这座旧城保存了建于十三世纪中叶的城堡，保存了三百五十余座古建筑包括市政厅和古广场。前两天车过多伦时所见高层的现代建筑物，则为新城，未及往访。抵多伦后，即往访这里的图书馆。只见市街深藏于树林之间，林中有座椅，菩提树的淡绿的细小花瓣被微风吹着，从叶间散落下来。穿过这条市街，看见图书馆也掩映于树间。这是一座现代化的图书馆。藏书达七十余万册，以电脑查书。我们参观了期刊室，书架上陈列波兰及其他各国的期刊五六百种，包括中文的《中国科学》《中国》等。参观了教授阅览室，此室藏许多珍本，得博士以上学位的学者可持特别证件借阅藏书。参观了古籍藏书室，这里收藏两万三千余册古籍和手抄本，有防潮防火防盗设备，室内保持恒温。我们被特许入古籍室，由一位年逾古稀的女专家向我们介绍情况。我们看到多伦市最早市容的铜版画和地图、1340年的日历、十六世纪（1585 年）当地（多伦）版的历史教科书和圣经；看到十七世纪的市政法和数学、物理、世界史的教科书，十六世纪（1506 年）在克拉科夫印刷的波兰国歌；看到密茨凯维支的袖珍本诗集，看到分别于 1543 年、1566 年和 1617 年在国外印刷的哥白尼著作。多伦市人口不及二十万，有此现代化的、藏书丰富的图书馆，弥足珍贵。又，此馆尚有二十三座分馆，遍布全市。

我们参观了城堡。这是 1228 年多伦被波兰大公请来十字军骑士团以对付普鲁士人时开始修筑的（骑士团十分残暴，1454 年，多伦爆发了居民反抗十字军骑士团的起义，曾摧毁城堡。现在我们参观的是经过维修的城砦的残墙和它的箭楼）。我们通过城门，走到维斯瓦河岸上来。那里有草坪和种着鸢尾花、郁金香的花坛，有座椅，可看到水鸟在河上飞行。

我们参观了哥白尼故居。它在旧城哥白尼大街十七号，是一栋有拱门的三层小楼。1473 年 2 月 17 日，科学巨人哥白尼诞生于此。这里有十五六世纪的壁橱、食具和家具以及当时演员的服饰，还看到古多伦市的模型，凡此等等，似乎能使我们对于哥白尼所处的时代及其风貌能够有某种遥远而又贴近的感受。故居中还展出哥白尼生前著作如《天体运行论》的最早版本等，展出他做科学实验的天文观测器等的复制品。波兰人民说，哥白尼使太阳停住了，使地球转动了。但是，这位伟大的科学家在他去世以后始为世人所认识，除了不朽的著作以外，他所留下的遗物不可能太多。我们参观了古广场，它的四面是古建筑群：古商人住宅和市政厅，广场中立哥白尼纪念碑，碑座上立着他的塑像；他的手中捧着一只天体行星，他似乎至今还在与偏见、与愚昧、与迷信斗争……

下午三时返抵华沙，仍下榻于欧罗巴旅馆。稍事休息，即赴茹可洛夫斯基同志之家宴。入晚，又应萨孚扬同志之家宴。茹可洛夫斯基同志的家，便在旅馆隔街那座树立波兰批判现实主义作家普鲁士塑像的公园右侧不远之处，那里清静。在他的客厅中，我不意间看到书架上有一只铜牌，牌上有矿工雕像。这是因为他被全国矿工推选为"最受欢迎的作家"，而由矿工作为纪念品赠送给他的。还注意到书架上有一册书，封面上有描绘我国姑娘的画。原来早在中华人民共和国成立初期，他作为波兰的部队记者访问过我国。他参加过大陈岛的战斗，并曾沿着红军二万五千里长征的道路进行访问，归国后写了歌颂中华人民共和国的书籍《害羞的姑娘》等书。他至今还会讲几句中国话。他的夫人、女儿都是博士，在厨房亲自做波兰点心接待我们，其中有拌着罂粟枳的蛋卷以及奶油咖啡蛋糕等。我到波兰以后，一直以为波兰的甜点心十分适口和独具特色。

茹可洛夫斯基同志出语诙谐，又是一位富于情感的老人。他表达了对于我国的怀念之情。

萨孚扬同志的家在华沙故城的一条深巷中。和茹可洛夫斯基同志的家一样，他的家也有许多居室，包括书房和客厅，颇宽敞。他们都有很多藏书，室内挂很多名画，包括中国画（茹可洛夫斯基同志家中有赵子昂的画，谅为仿制品）。夜晚来了。萨孚扬同志和夫人在客厅中扭亮了电灯，又点上蜡烛。那花瓶中的深红的芍药以及镜框中的风景画，似乎都进入一种沉思和回忆的境界中。我们以中国筷子夹波兰风味的菜肴。我喝了两口波兰甜酒。

我想起了厦门的南普陀寺。在那里，我们一起尝中国素菜。

我对萨孚扬同志夫妇说："在厦门南普陀寺，我们见到佛。佛有过去相、现在相、未来相。我们和波兰作家之间，我们个人之间的友谊，不仅属于过去和现在，更属于未来……"

"谢谢！"

露天音乐会·工艺美术节

（5月25日·华沙）

上午至维斯瓦河畔，去看美人鱼的铜像。她是一位善良的、聪慧的、勇敢的少女。传说中，她从河中游到岸上，帮助波兰的男孩华尔和女孩沙娃在密林中建设这座城市（真的，华沙至今有多少树林！华沙至今掩映于树林和花朵之间）！她一手持剑，一手持盾，她又是华（尔）沙（娃）的庇护神。

离开美人鱼的铜像后，乃驱车至华沙文化宫前的广场，去参观一年一度的民族美术工艺品节。这有点类似市集，有点类似圩日，有点类似全国少数民族民间美术工艺品的交流会。广场上有一座又一座具有波兰各地（特别是山区）少数民族居屋风格的木屋，到处吹奏着各地区少数民族的各种乐器，参加者有从南部涅维达勒山区来的，有从东南部札科山区来的，他们善舞能歌，善于制作各种工艺品。只见穿着少数民族服饰的妇女、姑娘和工匠，一边出售各地少数民族的工艺品、特产，一边当众表演他们的手艺。实在是琳琅满目。这中间有各种皮革制品，包括皮帽和雕花的腰带，有用木制纺织机（古老的！）当场编织的花边，有当场纺出的羊毛，有麻织品，有铜锣等乐器；有古城克拉科夫桃形饼（上面饰以彩色的花朵图案，所以不仅是一种食品）；有挂毯；有各种木雕。我似乎最喜欢木雕，我见到一位民间雕刻家的作品：人物造型古拙、夸张，表情深沉、坚毅，有一种不易表露的智慧；这人物的造型和形象就像坐在自己众多作品后面的雕刻家自己。

中午，我们到瓦琴卡公园。这是一座很大的森林公园。波兰的公园有一个特点：全是树林、花坛，另外便是纪念碑和其他园林雕塑小品。瓦琴卡公园中的道路都掩蔽在树林中间，这里有国王扬·索别斯基三世的纪念碑等。但最引人注目的是肖邦的纪念碑。碑上有肖邦塑像，它立于一座小湖之中，有桥可通岸上。湖畔四面都是树林和正在盛开花朵的月季花坛、玫瑰花坛，充满某种诗情，某种追念之情。许多座椅分散地、不规则地安置于树荫下和月季、玫瑰花丛之间。人们陆续地来了，有老者，有青年，有妇女、姑娘和儿童，他们自由地坐在座椅上。每周六的中午，在这里举行露天音乐会，演奏肖邦的音乐。

在肖邦塑像的台座前，钢琴响起来了。美妙的音乐和微风一起，飞到树林和花朵之间，飞到华沙的蓝天中，飞到人们的心中，飞到云中……

下午五时许至华沙机场。我国驻波兰大使馆代办顾懋萱同志和使馆文化官员、波兰作协主席茹可洛夫斯基等同志至机场送行。波兰作协外事处主任梅兰诺维奇同志同机至莫斯科。他介绍我们下榻于莫斯科机场附近一家波苏合办的旅馆。由于时差关系，到莫斯科时才下午五时左右，明亮的日光照耀着莫斯科国际机场和四近的树林。

（首发于《海峡》1987年第2期，收入《晴窗小札》）

壶公山

最早认识的山

它屹立于我的故乡之青色的平原上。

天晴的时候，它是一座蓝色的山；有如李白醉酒的巨大塑像，东临我的故乡的兴化湾，南临湄洲湾。

立于我家的门口，便可以眺望它的绝顶，那里，时时或有白色的云、白色的雾环绕其间，迷漫其间。

它是我最初认识的山。到了我的老年，我到南岳衡山，在绝顶时，不知怎的，我会想起它，想起它是我儿时认识的山，故乡的山。

火山口和船锚

我在砺青小学的课堂上（那时，我不过十岁吧）听我的地理老师讲课。他说，故乡的壶公山高七百一十米，在一亿至一亿五千万年以前，它是沉在海中的一个岛屿。

——在壶公山的一些岩石间，可以寻找到一些荒古年代海生动物的骨骸，例如鱼类的骨骸和海蛎的壳。

还曾发现一些船锚。

——它们是我们在原始时代的祖先航海时，遗留下来的……

这次，我上壶公山的绝顶，在凌云殿院中看到一口井，一口天然的、岩石形成的井，井口有泉。

有人说，这口井，其实是几千万年以前，火山口爆发后留下的遗迹……

我立于这口井前，想起这山上发现鱼的遗骸、牡蛎的壳以及原始的船锚，想起在洪荒年代，这里有过惊天动地的火山爆发；又想起我们往往在某一块地壳上，发现大自然的爆炸和迁移的遗迹，发现远古人类生活的遗迹，而感到惊喜，并且感动极了。

古塔的遗址

行至壶公山凌云殿的前庭不远处，可见到其处有古樟如盖，古榕如龙。闻原来尚有古杜仲树若干棵，浓荫笼罩附近一条古涧和一口野塘。

古樟之下，我看见有石狮两尊；它们歪歪斜斜立于那古樟的树荫下。它们像被弃置不理，威风大减。石狮附近一带，山地颇平，但乱石纵横，见之颇有一种荒漠之感，一种被某种力量破坏之后的荒漠之感。随后，我便知道，这里原来有七座雕刻古朴的石塔，一一被毁了……

——不知怎的，我忽然想起河南的少林寺。

想起这座古寺，它会显得多么逊色……

——不知怎的，我想起凌云殿的前庭附近，古樟和古榕的树荫下，如果七座石塔如今仍在，这一带的风光，会显得多么美妙……

我这样想着，有一阵阵隐痛来到胸中，我仿佛失去自己的至爱之物——但是，我为什么要想得这么多呢？

桃金娘花和百合花

我想，到了晚年，我到底登上故乡的名山壶公山了。我觉得故乡的7月真好，车沿着盘山公路登山，一路除了看见青色的芒草以及疏朗的黄山松外，不时看到路旁有一丛一丛的桃金娘正在开花，灿若樱花。我想起二十世纪五十年代到闽南一座农场去，那里正在试种引进的橡胶树。一位农艺师告诉我，桃金娘是一种指示植物。凡生长这种野花的地带，一般说来，都可以试种橡胶树。我看到随地开放桃金娘花，忽地又想起故乡这座高山，有朝一日会成为橡胶园？或遍地种植青色的亚热带树林？人到了故乡，总希望自己的故乡日益富裕，更加美丽。

游览凌云殿、白云院、观音庵后，即上绝顶。立于绝顶，南可眺望湄洲湾，东可眺望兴化湾，北可眺望木兰溪和莆田平原。我所伫立之地，恰好是壶公山绝顶之脊，南北两面均为陡坡。我看见两面陡坡的青草间，都有百合花正在开放。我忽地觉得这些雪白的百合花，和我一样，正在眺望兴化湾、湄洲湾、木兰溪以及田野。它们的白色的喇叭一般的花朵，在山巅和陡坡之间流动着的风中摇晃；我心中忽地生出一点诗情，一点幻觉，以为这些美丽的百合花，它们的心在胸间不停地跳动；它们的绿叶像许多绿色的手帕，向故乡的海湾溪流、田野不停地招呼……

古道

登壶公山原来有一条古道。它是用不规则的石块、碎石铺成的石级，按照山势，蜿蜒地通向绝顶。现在有一条盘山公路，故可乘车直达绝顶。我从车窗里，一路除看见好像贴着青草而开的樱花似的桃金娘花、芒草以及黄山松外，时或见到原来的古道的石级。这古道的石级，还很完整，但有许多处为盘山公路所截断了。

是的，我从车窗里，看到这条古道，有许多处被盘山公路截断、分开了。车行中，我有时看见那被截断的古道，有的路边生长一片古松，有的路边有许多流着泉水的岩石，这条古道，使我想起前人踏在上面的足迹，想起前人攀登绝顶的信念和其他种种心思，也使我想起前人登此山的艰辛和所得的种种乐趣。

（首发于《广州日报》1987 年 3 月 18 日）

莫斯科—北京

（1986 年 5 月 26 日·莫斯科）

昨晚在莫斯科机场附近的旅馆周围漫步，感到树林向看不见的远方伸延而去。今早车从旅馆开去。一路从车窗间眺望，得知这片树林一直伸向莫斯科近郊，车行数十分钟间所见都是树林。车行至莫斯科边缘时，才出现郊区的高层现代化建筑物，但仍然是绿化物穿插其间。我隐隐约约地看到莫斯科河岸的陡斜的草地间，到处是黄色的蒲公英和五彩缤纷的花坛。

我在心中默想，这些地带远在十三世纪蒙古人入侵时，以及后来拿破仑野心勃勃地进军莫斯科时，第二次世界大战纳粹疯狂地进犯时，都是激烈的战场……道路中间出现一个高大的金属牌，亲自为我们驾驶汽车的我国驻苏联大使馆文化处刘文学同志（新华社原驻苏记者）告诉我，金属牌上写明苏军曾在这一带战场上与德寇对峙，争夺祖国的分寸土地。人们呵，不能忘记战争，要警惕战争！当然也警惕一切形式的扩张主义，它会使一个国家偏离历史的进程，它会挑起战争。

树林和花朵如此美丽。它们告诉人们，和平多么珍贵。

在莫斯科市区看到马雅科夫斯基的高大魁梧的塑像。我们的汽车行经以高尔基和契诃夫命名的大街。我也看到加里宁的塑像。俄罗斯文学曾哺育我国的文学。十月革命的火炬曾照亮我国无产阶级革命的道路。中、苏两国人民历来友好，我国和苏联应该成为世界上近邻友好的典范，我想。在赴红场和克里姆林宫之前，到我国驻苏联大使馆。这里好像一座很大的园林，富有我国民族风格的建筑物掩映于树林间。林中有一湖，湖上有亭，我看见有水凫飞到湖中来。水凫是候鸟，他们到了秋天以后，会飞到我国的湖泊中去过冬吗？

红场有许多游人。但我看到更多的、戴着红小帽的苏联儿童，他们在教师的带教下，手持郁金香或芍药的花束，到列宁陵墓前致敬。

一进入克里姆林宫，就看见墙下有无名烈士墓，有在两次世界大战中建立殊勋的名城如列宁格勒的纪念碑。我同样看见许多苏联女教师带领儿童在那里献花。在这里，我看到始建于十六世纪初叶直到末叶才建成的彼得大帝钟楼，就近观赏，似乎远比图片中所得印象更为雄伟。也见到建于十五世纪末叶的圣母升天教堂和报喜教堂，它们的金色圆顶以及拱廊，比图片上所见，一是感到亲近，二是感到特别壮丽、辉煌。我不大喜欢观看武器，却在宫中的"炮王"前观赏很久，这是一件艺术品，为工匠安得烈克·乔霍夫于十六世纪（1586 年）所造，重一百五十吨，炮筒、炮座和车轮上都有图案，我后来在莫斯科百货商场的工艺部除购了一个烟盒外，还购了一座"炮王"和彼得大帝钟楼的工艺品。

克里姆林宫中有列宁塑像，不知怎的，我进宫后竟来回往复于塑像前两次，肃立致敬。他的眉宇间流露一种智慧，他的目光间流露一种仁慈，一种宽恕，一种对于无产阶级革命事业的信念。他的上身略为前倾，手托下巴，他似乎在沉思，仿佛在思考他生前来不及思考的若干问题。

——例如，各社会主义国家如何按照各自的国情、民情建设各具特色的社会主义国家；

——例如，各个社会主义国家怎样平等相待，互相尊重……

晚上八时，在莫斯科机场上看到北方的黄昏来到了，看到一个日常生活中看见无数次的落日正欲在苍茫的土地边缘降落下去。飞机上升到九千米，上升到一万余米，时间一小时、两小时、三小时地过去，而那个落日一直没有降落下去，只见它一直为云层所轻轻地托起，一直出现在太空的边缘。多么漫长的黄昏呵，而黑夜一直不能降临……

我在座位上假寐。看看手上的表，只见一时半左右，这时，大约飞机正飞临我国的领空。有人悄声叫道："太阳出来了！"

一个太阳在云层边升上来，整个高空照耀着曙光……

我在心中默想，由于时差关系，我们经历过一次不见黑夜的日子，我们看到苏联领空间的黄昏和我国领空间的黎明连接起来，中间没有黑夜。飞机在北京机场上降落时，机上服务员同志告诉我，现在是 5 月 27 日——北京时间十一时。

（首发于《广州日报》1987 年 3 月 18 日，收入《晴窗小札》）

北京—莫斯科—华沙

（1986 年 5 月 11 日）

原来考虑经由西伯利亚铁路至莫斯科，然后换乘飞机前往波兰华沙。我曾因此想来想去，或者说浮想联翩。我想到会从车窗间看到贝加尔湖了，想到苏武曾在湖畔的雪地上牧羊。

想到西伯利亚的黑夜、黎明和黄昏的景色是怎么样的，想到白桦林的连绵不止的景色，想到会看见具有俄罗斯特色的铁路附近的一些小镇了。

想到列宁。想到我看过的一幅画：列宁坐在西伯利亚草地上，在一座茅舍前思考着什么。想到普希金的《寄西伯利亚》，等等。

现在改乘中国民航飞机（CA907 航班），从北京飞向莫斯科。这样，旅程可以缩短六昼夜。从北京飞往莫斯科，六千四百千米，飞行八小时又三十分钟。今日北京多云，天气温暖。九时零五分起飞。同机者有好几个出国访问的代表团。如至华沙的体操代表团，至民主德国的音乐家代表团；有以个人身份至波兰讲学的整容医生，有从北京大学外语系毕业、因工作需要改行，而今至法国、联邦德国考察啤酒生产的。有一位姑娘，她曾随父母在泉州一个中学就读，以后又随父母至北京，在医学院就读，她才二十二岁，单身至芬兰学习某种临床医疗仪器的运用。等等。我在心中默想，我国正稳步地而又加快步伐地，从封闭型走向开放型，正在经历史无前例的经济、政治体制改革。我们国家充满朝气。显然，一个民族、一个国家的进步，需要吸收人类的智慧，需要吸收其他民族和国家（哪怕是意识形态和所信奉的哲学体系多么不同）当前最高成就和创造经验。也需要把自己在各个领域取得的成果公诸世界，公诸全人类。各国人民在各个领域的交流和接触，是人类进步的一种标志和共同需要。

我想到一点：以真挚的情感和波兰同行相处，朴素、谦逊。要排除任何偏见，深切地、设身处地地从实际观察社会现象包括宗教现象；满腔热情地看待波兰人民的经济改革和政治改革，我相信这中间必定有若干使我们深思的地方，我们会学到不少东西……

我怀着良好的愿望。

我喜欢从舷窗间观察空中和云层下面的地面变化以及各种景致。二十世纪五十年代，飞机飞临某一地带上空时，机上会有所通报。现在没有这样做。飞机平稳（好像在长江上航行的轮船一样平稳）地飞行。算来飞行速度每小时八百千米左右。有些旅客各以自己的地理知识，对照随身携带的航空地图，思忖飞机下面所经行的大体地域。一会儿，有人说，现在可能到达小亚细亚上空了？又一会儿有人指着从机窗所见，说，那可能是阿尔卑斯山脉了？人们都希望更多地了解世界……

我一会儿闭目养神，一会儿从舷窗里观看景致。机翼下面往往出现云层。有时阳光射入机舱。有时看见湖泊、河流；有时看见山间为冰雪所封锁的小路和大片的森林。机上有各方面出国考察的专家（除上面已提到的以外）。有人在称赞苏联境内森林保护工作做得很好。特别是，飞机显然已飞抵莫斯科附近地带时，地面上出现农村的建筑物、森林和河流、堤坝、水闸等水利设施系统，机上有人在谈论这一地带的水利规划及其工程建筑问题，发出许多即兴的、探讨性的言谈。

飞机降落在莫斯科国际机场时，为当地时间十二时左右。这时北京时间为下午五时左右。我们遇到李立三同志的女儿李岂娜同志。她精通俄语，热情、谦逊。她是要到波兰去的。她用俄语与苏联的海关工作人员联系，在她的帮助下，我们顺利办理入境手续。莫斯科机场的总体建筑给我以一种庄重、沉毅之感。机场休息室在放映《普希金故居》。诗一般的画面，出现俄罗斯的白桦林和林间色彩斑驳的秋景，出现湖泊以及被秋风吹下的红叶黄叶；出现村间小径和老树，出现诗人的住宅，他的写字间、书桌、壁上的油画、桌上的蜡烛；出现从诗人的写字间的窗口眺望出去的十九世纪的俄罗斯村野和秋天……而那正是米哈伊洛夫克村吗？据说，在村口有一木牌，上面攀缘着牵牛花的萝藤，写着诗人的诗句……

我一边看，一边回忆自己在二十世纪四十年代，在闽北一座四面环绕着杉木林的山村中（抗战时期，学校内迁山区）就读时，曾经在溪边读着诗人的小说《驿站》《黑桃皇后》，手抄他的《茨冈》。

在李岂娜同志的帮助下，在机场餐厅用晚餐。这是纯粹的俄国西餐。除了牛排、果子汁外，有几片黑面包。这使我想起在执行新经济政策期间，列宁把自己的黑面包和牛奶分给儿童的情景。这是在一部影片里所见的一个镜头，历久不忘。

在候机室里，有人介绍我们与宋健同志相识。他曾是我国定位卫星的总指挥，杰出的科学家，现是我国政府高级官员。他将到波兰。

他见到我老了，携手提包。他说："我替你提吧！"

我看到的不是宋健同志一人的形象。我看到我国高级科学家和在中央领导机关办事的人民公仆的形象。

莫斯科时间晚上八时，我们上飞机时，我感受到一种北方苍茫的黄昏气氛，落日正欲从西边土地边缘降落下去。飞机在高空飞行时，我从舷窗间随意观看风景。一种景象使我心生疑惑：飞行间，高空边缘的太阳何以逐渐明亮？有一个时间，照在舷窗的日光，望之令人目眩。随后我明白，这是时差之故。"时间"在往"回头路"（或轨道）推移；在华沙机场降落时，恰好是当地时间晚上八时，如此我们"赢"时间两小时。但是，这时华沙也已是一片黄昏景色。候机室里电灯明亮。我国驻波兰大使馆的同志，波兰作家协会的负责同志和波籍华人、汉学家胡佩方同志等到机场迎接。波兰《诗刊》主编德罗兹夫斯基同志驾驶他自用的轿车送我到我们下榻的华沙欧罗巴饭店。去年，他和波兰作家萨采扬同志、多米诺同志一起访问过我们，所以我和他算是旧友了。他明天清晨即将到布格拉等地去。

华沙之夜清静，很美。车过处，树影、花影在灯影中婆娑舞动，另有一种情意。

（首发于《散文》1987年第3期）

禹和三峡

舟过屈原故里

江声如吼。江涛如沸。风急浪高。从船舱间眺望，江岸上郁郁苍苍而又岩石嶙峋的一座悬崖，便是卧牛山吗？从烟霭如织间露出的林影，是橘子林吗？

山间云雾颇重。那里是他的读书洞？吟诗台呢？那是屈原和女须吗？那响鼓溪如鼓的流水声，能够传到我的舟中来？

我想，我还没有见到一位诗人的人品和诗篇，千古不衰地，如此深入民间！是非之辨，忠奸之辨，千秋万代，历史自有定论，人民自有定论。但是，舟过他的故里时，我的心中总感到有一种千古的遗恨，又感到有一种难以名状的寂寞感遗留在这江中。

香溪

有一位我国古代女子的崇高品质，照耀着这一条注入大江的山溪，以致它的流水，显得如此明净！

我的船，行经它的流水之前，我亲眼看到了它。因此，我自己可以做证，它的流水如许明净。

我觉得，我们不可以说更多的话了，我们只说，它的流水明净，如同一位古代女子的心和她的崇高品质。

神女峰

它实实在在是一块岩石。

由于它立于长江三峡一座高峰之巅，时有云或雾行经其间，时有雨自其上降落，日月之光最先照耀其间……

由于有一个神话谈论到它，说它是一位女神，它有一个坚贞的爱情故事，于是，我看到若干诗篇从神话延伸出来，把它描写得非常美丽，把它视若一位爱的女神，向它倾诉自己的恋情、思念以及自己在爱情中的失意和得意……

但是，它对于真诚的恋情、欢乐以及失去恋情的悲苦，均无动于衷。

由于它实实在在是一块岩石。

神女峰（二）

它和它立于其上的巫山。

当我们的船，行经其崖下时，全为雾所笼罩。人们一时看不到它……

它被神话、诗篇和传说所着意渲染，它被涂上香膏，它似乎便是爱情和美。

于是，有人因为看不到它，在船上叹息，乃至走入船舱呜咽……

它有时给人以消失了的遗憾和痛苦，给人以隐秘的失望。

其实，它永远存在。只是，它也许是美，但不是爱情。

杜甫
——奉节小记

这里便是古夔州？这里的古城犹在。这里是夔门雄踞之地。这里，赤甲、白盐二山欲合，"双崖壮此门"，江水从此门奔腾而入三峡。我从江边的石级，好像登上一座山岭一般，登至古城门之前。不知怎的，我什么也不想，一下想到这里是杜甫晚年曾经居住之地……

我想了那么多。想到他在这里种稻，在这里开辟柑子园，在这里种植枣树；想到他有时登上白帝城，访诸葛祠，观八阵图；有时，他在晚间日落之前登上江城，观江水仿佛从月窟中来，江流所过之处，悬崖峭壁仿佛是白云生根之地；想到神州之战乱，生民之涂炭，日夜使他焦虑……

公元 766 年，他到这里。流寓于此不及两载，成诗四百余章。这里成为我国的一座诗城，成为后人追寻先贤的诗迹的一座诗城。我到了这里，心生一种从未有的崇敬和思念之情。

登白帝城

在这里观看刘备庙后，即往观星亭休息。我不觉得刘备庙有多少可观之处；帝王之气势咄咄逼人，反而不足观。观星亭传为诸葛亮观星象之遗址。我也来了。时值溽暑，坐亭内以承受江风吹衣。

坐亭中，没有想到，我竟暗自在心中议论起史事来，以为刘备晚年不免刚愎自用。公元222年，即他称帝之次年，竟然不听诸葛亮的规劝，倾整个蜀汉之兵力，劳师动众下三峡，扎了七百里连营大寨，以攻东吴。东吴派陆逊屯兵宜陵，守峡口，坚壁不战，待蜀军情绪低落、戒备松懈，乃以计火烧连营寨，刘备全军覆没，突围走白帝，次年薨。这实在是一场历史悲剧；但对于刚愎自用者，又是一场不可避免的历史悲剧。

我想到杜甫盛赞诸葛亮。杜诗云："伯仲之间见伊吕，指挥若定失萧曹。"但对刘备之攻东吴，背约于汉吴之联盟，我觉得诸葛亮的规劝不得力……

看来，对于历史和历史人物，后人总是要议论的。即使只是在心中想来想去，即使只是一种腹议。

杜甫（二）
——咏杜甫草堂

这里有一座草亭（内立石碑一座），立于水边，立于古树木和竹林中间。这里是他原来所筑茅屋的遗址所在吗？

我想，在这古浣花溪畔的一座唐代的茅屋里，他曾作两百多章诗篇。其中包括为我从小便喜欢的《茅屋为秋风所破歌》《登楼》《闻官军收河南河北》等章。

我想，他的诗魂时时到这座草亭附近散步吗？这里，会是他最感到亲切的地方，他最感到惬意的地方？在这里，在这一带小溪岸上的草径间，他生前曾曳杖而行，思考民间的疾苦，寻找最能表达自己诗情的诗句吗？

他的诗魂，时时到这草亭附近，去寻找他开垦荒地而辟出的药圃吗？

我想，他很少到工部祠去。他似乎不愿意到那里去。他似乎不敢看一看自己的立像；看了，他似乎总感到有点不安。他似乎以为把自己塑造为一位种稻的农夫、一位种药的老者比较合适。

我想，他的诗魂时或邀请陆游、黄庭坚一起步出工部祠，到草亭来论诗、啜茗。

他似乎有如此感受：让他俨然坐于陆游、黄庭坚的上座，于心不安！

（他似乎认为随意而坐比较好，不至显得拘谨。）

我似乎看见，他从诗史堂里，取出若干部后人为他刻印的诗集。

我想，他会对诗人陆游、黄庭坚说："最好选得精些，不必刊这么多诗。我也有一些应酬之作……"

黄庭坚、陆游颔首微笑，没有说更多的话。

荔枝树

——访三苏祠

眉州三苏祠的快雨亭前，有两棵荔枝树。

公元 1067 年，因父丧于京师，苏东坡与其弟子由扶丧返川。次年服满。当他与子由离川返京时，其友人种植荔枝树，以待他归来。那年，他三十二岁……

但是，从那年以后，他一直未能归来。这位为我所十分景仰的杰出诗人，在宦海里浮沉，时或被卷入朝廷权力之争的旋涡之中。他多次被贬，被流放。直到六十二岁高龄，尚不免被贬至惠州，随即又被谪至琼州（今海南岛），被流放到天涯海角……

在他的晚年，他多么希望家乡故人送他东去时，手栽待他归来的荔枝……

在三苏祠的快雨亭前，有两棵荔枝树。

我觉得这两棵荔枝树的心中至今依旧有一种无以言状的寂寥感。

至今仿佛仍有一种期望、惆怅、抑郁以至愤愤不平的复杂感情，汇合在它们的心中。

禹和三峡

从有关禹和长江的关系的传说和神话中，我得到一种启示，认为凡代表人民的利益和为人民的幸福而创造的殊勋，被渲染，被夸大到极致，借以表达人民的强烈的感激之情者，往往成为神话。船过三峡，我相信禹曾役使雷电，役使火，役使鬼神，尽力乎沟洫，尽力乎湮洪水，决江河，通四夷九州，于是，夔门出，八阵图出，巫山十二峰出，牛肝马肺峡出，兵书宝剑峡出。我甚至相信他的确遗下一只神牛，以守黄牛峡。

有天险和古代洪水为患之地带，往往流传着禹治水之传说或神话。禹，代表着在洪荒年代，在原始氏族社会里，我们的祖先与水患斗争的气魄、睿智和毅力。

（首发于《散文世界》1987年第3期，收入《旅踪》）

牡丹

　　夏历癸亥年（1983 年）和丁卯年（1987 年），我都至洛阳参加牡丹花会。我翻阅日记，癸亥年举办的洛阳首届牡丹花会期间，自 4 月 18 日至 26 日，我一共住在洛阳八九天。当时洛阳还举办灯会。我记得第一天车抵洛阳时，从车窗间看到灯影中的牡丹花影，情景之华丽以及弥漫一种民间传统节日的氛围，所得印象殆不可言状。我的下榻处左近，是灯会汇集点：一座街心公园；北面是横贯洛阳城东西数公里之长的中州公路的中段，每隔不数米之远，便有一片绿化地。如此，为我提供一个赏灯、赏花的便利条件。客居洛阳八九天，几乎每晚均在灯影中观赏牡丹。大概由于是癸亥年，所以灯会中有很多猪的灯和猪八戒的灯；当然，还有各色其他的灯。洛阳的灯会和南方的灯会（例如，同样是文化古城的泉州灯会）有显著不同之处。即南方灯会上的灯，多为宫灯，风格绚烂。而洛阳的灯，风格豪放，大半为人物形象，并与民间故事、传说的情节相结合，成为一整组（或曰系列）的灯。如唐僧骑白马，与沙僧、孙悟空、猪八戒往西天取经的灯，如包拯乘轿出巡的灯，如表现诸葛亮设空城计的灯，等等。唐僧、猪八戒、包拯、诸葛亮以及马、桥和轿夫、兵卒、城楼的灯，一一发亮起来，于是，在弥漫各种民间传说、历史故事之情意的灯影中，漫行于牡丹花丛间看花；或者反过来说，漫行于花影间观赏灯景，这样，眼中的情景，心中的感受，更一一非我所能言传者。不过，我曾在日记上写了一点"感想"：

> 灯传达光明。花朵传达色彩的芬芳。它们所传达的——是心灵中之最美好的感情；或者说——是为人们所向往的感情。传达光明、色彩、芬芳并以之造就一种超脱尘埃之境界者，莫过于洛阳牡丹花会中之灯会，或者说，莫过于洛阳灯会中的牡丹花会……

我有拂晓即起的生活习惯。这种习惯使我在洛阳时，每日得以在曙明观赏牡丹。洛阳中州公路东西贯穿新城，朝东行，只见旭日从东方紫气之间冉冉升起，一种我国中原的吉祥朝气照耀着古都绿化地上到处开放的牡丹花，气象庄严。不知怎的，其时我心中生出一种虔敬的情感。

洛阳花会的牡丹，集中种植于王城公园和牡丹公园的花圃间。癸亥年花会期间，我一共至王城公园三次，其中最后一次是 4 月 25 日为了观赏晚开的名种"豆绿"，而冒着中原黄土高原的雷阵雨而去的。牡丹公园因离我的下榻处稍远，只到过一次，但在花前流连长久。当时最主要的感想之一：不可随意强加牡丹以所谓花中之王的"嘉名"。我以为牡丹作为美丽的花，和一切花朵一样，其心灵必定是朴素的、谦逊的。如果没有这种品质，不可能专心致志地开放如此灿烂的、纯洁的，如此崇高的各色鲜花。作为美丽的花朵，彼以开放花朵为唯一职志，哪里想得到非分的称号呢？当时，我在王城公园看见了原牡丹正在开花。所谓原牡丹，就是牡丹的最原始的、不知在哪个地质年代已经出现了的山野间的牡丹原种。它似乎至今保持其祖先在高山野地生活时代的情感和生活旨趣：它实在朴实极了，只有五枚花瓣，淡黄色，好像木槿花。而正是具有这么一颗朴实的心的原牡丹，繁衍至今的后代已有二百余品种（单就洛阳而言）——家族。其中若干品种——家族，已成为古老的、著名的世家而流传于世间。在洛阳看牡丹时，对我来说，最易认识的是"洛阳红"。它并不出众，深红花瓣，深黄花蕊，如此而已，但开得很旺盛；更重要的是，我在洛阳大街小巷经过时，都能看到它；据云，自隋唐以来，洛阳的普通老百姓家种植的都是"洛阳红"，它的这种平易近人的品质，使我深深感动。"姚黄""魏紫"为名种，历代咏牡丹的诗篇往往提及，的确名不虚传。"魏紫"花颇大，但以其红得近乎紫，看多了似乎有些令人厌倦。"姚黄"是一种白牡丹，花亦大，一味乳白中，在花心间稍稍地出现淡黄的花晕，使我想起其花魂当有一颗素淡的心。丁卯年的洛阳花会期间，我只于 4 月 22 日至 24 日一共在洛阳三天，其间还至龙门，再访石窟和白居易墓，又至伊川县，访"二程"墓、范仲淹墓，所以只到王城公园和洛阳植物园观赏牡丹一个上午。这次到王城公园，未见到原牡丹，但在花丛中间很快识出了"魏紫""姚黄"等名种。至于"豆绿"，这次给我的印象更为深刻，也许还对它的品质有比较清楚的认识。上面提及，癸亥年，我是冒着雷阵雨去看晚开的"豆绿"

的。今年，"豆绿"早发，只见它，花瓣浅绿（如豌豆的豆荚?），又深藏于自己的绿叶底下；如此，在纷繁的色彩中间，其花朵，其仪表，显得超脱、谦让，显得不落凡俗。在洛阳植物园则看到了"二乔"，即株发两色花朵；又看到黑牡丹，曰"泼墨紫"、曰"青龙队卧墨池"，俱名贵品种。

牡丹性喜居高寒之地。在南方少见牡丹。前两年，我到闽东北的高海拔的山区屏南县去，在该县一个处于环山之中的盆地间的小山镇里，在一家山民的祖宅的小庭院里，看到三盆牡丹。这家山民种植牡丹已有数代了。他家的牡丹名满县城远近。在僻壤之乡，几代种植牡丹，此事颇感人。可惜我是3月间到他们家中，其时牡丹始发蕊，尚未发花。

（首发于《文艺报》1987年9月5日，收入《石羊及其他》）